Jahrelang war François Heurtevent Bürgermeister von Perisac und ging seinem Amt voller Leidenschaft und Engagement nach. Dennoch wird er, völlig unerwartet, nicht wiedergewählt. Diese Niederlage lässt für ihn eine Welt zusammenbrechen – Sah er doch das Bürgermeisteramt als seine Lebensaufgabe. Während François völlig niedergeschlagen sein Büro räumt, fällt es ihm in die Hände: sein Klassenfoto, dreißig Jahre alt, darauf lauter junge Gestalten, vor denen die Zukunft wie ein zauberhaftes Geheimnis zu liegen scheint.

Kurzerhand beschließt François – schließlich hat er jetzt Zeit –, die Kameraden von früher aufzuspüren. Ob Pfarrer, Friseurin oder Pornoregisseur – bei seinen Begegnungen wird François klar, auf welch unterschiedliche Weise sich das Glück im Leben darstellen kann. Doch wird er selbst es wiederfinden, jetzt, wo sich die Hinweise auf einen Wahlbetrug verdichten?

Antoine Laurain arbeitete als Drehbuchautor und Antiquitätenhändler in Paris. In Frankreich ist er ein gefeierter Bestsellerautor. *Mit Liebe mit zwei Unbekannten* (2015) gelang ihm der internationale Durchbruch. Auch sein Roman *Der Hut des Präsidenten* (2016) war in zahlreichen Ländern ein Bestseller. Zuletzt erschien von ihm auf Deutsch *Ein Tropfen vom Glück* (2019).

Claudia Steinitz übersetzt seit dreißig Jahren Literatur aus dem Französischen, unter anderem von Grégoire Delacourt, Virginie Despentes und Véronique Olmi.

Antoine Laurain

Glücklicher als gedacht

Roman

Aus dem Französischen
von Claudia Steinitz

Atlantik

*Atlantik ist ein Imprint des
Hoffmann und Campe Verlags, Hamburg.*

1. Auflage 2021
Copyright © 2009 Le Passage Paris-New York Editions, Paris
Für die deutschsprachige Ausgabe
Copyright © 2020 Hoffmann und Campe Verlag, Hamburg
www.hoffmann-und-campe.de
Umschlaggestaltung und -illustration:
© Kuzin & Kolling, Büro für Gestaltung, Hamburg
Satz: Pinkuin Satz und Datentechnik, Berlin
Gesetzt aus der Trump Mediäval
Druck und Bindung: GGP Media GmbH, Pößneck
Printed in Germany
ISBN 978-3-455-00920-0

HOFFMANN
UND CAMPE

Ein Unternehmen der
GANSKE VERLAGSGRUPPE

Meine Vergangenheit ist drei Viertel meiner Gegenwart.
Ich träume mehr, als ich lebe, und ich träume rückwärts.

Jules Renard
(Tagebuch, 23. März 1901)

EPROM: Erasable programmable read-only memory
(Löschbarer programmierbarer Nur-Lese-Speicher)

Vor wenigen Minuten hatte der Champagner noch auf dem Buffet gestanden. Wie von Zauberhand war er nun verschwunden. Am anderen Ende des Saales knallte ein Korken, und alle Blicke suchten empört den Übeltäter.

»Was soll das denn?«, murmelte Julien Bailler.

Der junge Mann, der das Geräusch ausgelöst hatte, zuckte mit den Schultern und schenkte sich ein Glas ein, er hatte halt Durst.

Ich hatte keinen Durst. Ich kannte das Endergebnis seit einer Dreiviertelstunde. Ein Mitglied der Parteigruppe hatte mir um siebzehn Uhr dreißig mit tonloser Stimme mitgeteilt, dass das Wahlergebnis entgegen allen Erwartungen sehr eng ausfallen werde. Da wusste ich es schon. Mein Freund Armand von der Firma hatte mich zehn Minuten zuvor angerufen. Seit einer Stunde stagnierten die für mich abgegebenen Stimmen. Ich kam nicht wieder hoch.

»Sie sagen, es sei ein Phänomen von Röhren.«

»Was für Röhren? Backröhren?«

»Kommunizierende Röhren. Die eine füllt sich, und die andere hört auf, sich zu füllen ... die andere bist du.«

»Was soll denn dieser Röhrenschwachsinn?«

»Sie sagen, das sei selten, komme aber vor.«

Eine Stunde und sechzehn Minuten später bestätigte der Parteisekretär Armands Röhrengeschichte: »François ...«

»Wird's nichts?«

»Nein. Alphandon hat es geschafft, keine Ahnung wie, aber er hat gewonnen.«

»Für alle überraschend verliert François Heurtevent die Bürgermeisterwahlen in Perisac«, verkündeten die nationalen Fernsehnachrichten. Dabei hatten mich alle Umfragen und Prognosen als Gewinner gesehen. Diese Wahlen zu verlieren war nahezu undenkbar gewesen.

»Das ist nicht schlimm, Schatz«, sagte meine Frau leise in meinen Nacken, ganz dicht hinter mir, wie eine tröstende Muse.

Worte, die man Kindern sagt, wenn sie gerade einen Wettkampf im Mickymaus-Club verloren haben.

»Doch, das ist schlimm.« Ich hätte gern mit düsterer, männlicher Stimme geantwortet, die keinen Widerspruch duldet. Aber der Satz war kaum zu hören. Ich kam nicht von den Champagnerflaschen los, die gerade verschwunden waren. Dann wanderten meine Augen zu einem gerahmten Poster an der Wand, das für Fahrradausflüge in der Region warb. Darauf sah man Jungen und Mädchen, die mit strahlendem Lächeln über unsere schönen Straßen radelten. In der zum Wahlkampfbüro verwandelten Geschäftsstelle der Partei waren sie die Einzigen, die lächelten. Das von der Sonne ausgebleichte Foto war mir vertraut, es hing bestimmt schon zwanzig Jahre da. Seit der zweiten Amtszeit von Mitterrand. Auch die schien schon Lichtjahre entfernt. Inzwischen hätte man es mal ersetzen können. Ein neues aufhängen. Irgendetwas in der Stadt war eingeschlafen. Zu dem, was die Journalisten Alltagstrott nennen, wenn sie nichts Berichtenswertes mehr finden, gehörte auch ich, ja seit zwei Monaten war ich geradezu seine Verkörperung. Jetzt hatte ich die Rechnung. Die Radfahrer auf dem Foto waren um die zwanzig. Jetzt mussten sie also vierzig sein, verheiratet und mit Kindern, die selbst schon Räder hatten ...

›Wenn Derk das sehen würde‹, war der einzige Satz in meinem Kopf, den ich beinahe ausgesprochen hätte.

»Der Unterschied beträgt nur zweihundertzwei Stimmen«, tröstete mich Beauvin und legte mir die Hand auf die Schulter.

Ich drehte mich um und sah ihn ausdruckslos an. Ohne Zorn, ohne Verzweiflung. Ich betrachtete den Kulturdezernenten genauso, wie ich das Fahrradposter betrachtet hatte. Wie ich einen Hummer im Aquarium des Fischhändlers angestarrt hätte. Merkwürdigerweise signalisierten meine Papillen Appetit auf gegrillten Hummer. Er verschwand sofort wieder, sicher die unbewusste Erinnerung an eins von Sylvies neusten Gerichten, gegrillter Hummer mit Süßholzrinde an einer Soße aus roten Pflaumen mit Eischnee.

»Möchtest du etwas essen?«, fragte mich der Dritte auf der Liste und reichte mir eine Schale mit Keksen.

Ich nahm einen und kaute darauf herum.

»Schmeckt ja widerlich, wer hat die gekauft?«

»Äh ... Wir. Das ist unser Kampagnenbuffet.«

»Das erklärt alles«, antwortete ich, legte den halben Keks auf den Teller zurück und wandte mich ab.

Ein Kameramann packte seine Ausrüstung ein, der Saal leerte sich rasch. Das Wort *Exodus* kam mir in den Sinn. Auf den Fernsehbildschirmen, die in allen vier Ecken aufgestellt waren, sah man das gegnerische Lager feiern. Hübsche Mädchen jubelten vor den Kameras der Regionalsender mit Champagnerflaschen in den Händen. Wie 1998 nach dem Endspiel der Weltmeisterschaft. Das erinnerte mich daran, dass ich bald die Fotos von mir mit Berühmtheiten von den Wänden meines Büros abhängen würde, unter anderen das mit Zidane. Ich sah darauf besonders blöd aus, aber den Bürgern hatte die

Nähe ihres Bürgermeisters zum großen Zizou gefallen. Wer bietet mehr? Damals niemand. Tausendmal wurde ich auf der Straße gefragt, ob Zidane nett sei. Das beschäftigte sie am meisten: ob er nett sei.

Zurück im Rathaus, allein auf der Terrasse, hörte ich Knaller und Gehupe in der Nacht. Den Gesang angetrunkener Wahlkämpfer. Mich überkam die romantische Vision, wie das Rathaus ganz allmählich unterging und ich auf dem höchsten Punkt der Brücke darauf wartete, dass mich die Fluten verschlangen. Das war der Moment für großartige Sätze. Aber mir fiel nichts ein. Zweiundsechzigtausenddreihundertacht Bürger, zweihundertzwei Stimmen Abstand. Ich fragte mich, wo unter den Lichtern in den Häusern diese zweihundertzwei Stimmen waren.

»Zum Wohl, Herr Bürgermeister!« Ein junger Mann prostete mir vom Platz aus mit einer Dose in der Hand zu. Ein Anhänger, der mich trösten wollte, oder ein Unterstützer des gegnerischen Lagers, der mich verarschte? Ich hatte keine Ahnung und grüßte ihn mit einer sparsamen Geste, wie der Papst auf dem Petersplatz. Da gab es nur den kleinen Unterschied, dass der Papst sich im Vatikan einer jubelnden Menge gegenübersah. Der Platz war leer, nur ein grauer Hund überquerte ihn, um an einer Laterne das Bein zu heben. Das war das Bild, das mir von diesem Wahlabend bleiben würde. Sicher ein Hund des gegnerischen Lagers, der zu viel Champagner getrunken hatte und sich vor meinem Fenster erleichterte.

»Die Küche von La Musarde ist offen, komm, wir gehen essen«, sagte Sylvie, die mir gefolgt war. »Es gibt Hummer mit Süßholzwurzel.«

In dem Moment erhielt ich eine SMS von meiner Tochter. »Echt Scheiße«, schrieb sie mit der Frische ihrer achtzehn

Jahre. Ich, der ständig ihr Vokabular kritisierte, konnte ihr ausnahmsweise nichts vorwerfen, sie hatte die beste Zusammenfassung des Abends formuliert.

*H*at die letzten Wahlen um das Bürgermeisteramt von Perisac verloren. Gleich am nächsten Tag hatte ich diesen Satz in meiner Biographie bei Wikipedia ergänzt.

Heurtevent, François (französischer Politiker), geboren 1961. Sohn von Pierre Heurtevent, Zahnchirurg, und der Boulevardschauspielerin Marie Dava-Heurtevent. War mit dreiundzwanzig Jahren Mitglied der Anwaltskammer von Paris, schlug jedoch keine Anwaltslaufbahn ein, sondern begann seine politische Karriere an der Seite von André Dercours. Stand als dessen persönlicher Sekretär und später parlamentarischer Referent auf Platz zwei der Liste, mit der Dercours die Kommunalwahlen 1989 gewann, und wurde sein erster Stellvertreter als Bürgermeister von Perisac. Nach Dercours' Tod während seiner Amtszeit wurde Heurtevent vom Gemeinderat zum Bürgermeister ernannt und gewann die nächste Wahl im ersten Wahlgang mit einundsechzig Prozent der Stimmen. Heurtevent ist kein typischer Politiker, kein Absolvent der ENA, stammt nicht aus dem Dunstkreis der Macht. Sein Netzwerk geht weit über die Grenzen seiner Partei hinaus. Er wurde als Bürgermeister zweimal wiedergewählt und bewarb sich erfolgreich um ein Abgeordnetenmandat, das er aber bei den letzten Parlamentswahlen knapp verlor. Sein Charisma macht ihn zu einem bekannten Vertreter seiner Partei.

François Heurtevent ist mit der berühmten Sterneköchin Sylvie Desbruyères verheiratet.
Hat die letzten Wahlen um das Bürgermeisteramt von Perisac verloren.
→ *Link: Website Stadt Perisac.*
→ *Link: Website La Musarde****
→ *Link: Website seiner Partei.*

Nach dieser absolut masochistischen Handlung lief ich durch meine Stadt. Ohne bestimmtes Ziel. Wie früher, wie ganz am Anfang. Als ich so allein durch die sonnigen Straßen wanderte, hatte ich das seltsame Gefühl, in der Zeit zurückzugehen. In der Altstadt besuchte ich einige Händler, die mir mit betroffener Miene versicherten, sie könnten meine Niederlage nicht begreifen. Der Chef einer neuen Weinbar ließ mich zwei auserlesene Weine verkosten. Er erwähnte die Wahlergebnisse nicht, wir plauderten über die Gerbsäure des Weins, die Preise und das Wetter.

Vor dem Gymnasium Paul Valéry kam ich an unseren Wahlplakaten auf den zusammenklappbaren Metallständern vorbei, die man bald entfernen würde. Sie waren mit dicken Ketten verbunden, die an Motorradschlösser erinnerten. Die Kandidatin des Front National war wütend zerfetzt worden, jemand hatte kleine Hakenkreuze auf den blauen Hintergrund des Plakats gezeichnet. Nur der Kopf von Bernard Farnou, dem Kandidaten der Grünen, war unberührt, er hatte so wenig Stimmen erhalten, dass er bei den Einwohnern keinerlei Hass ausgelöst hatte. Ich bereute, kein Bündnis mit ihm eingegangen zu sein. Er war ein sympathischer Mann, pensionierter Biologielehrer, ein wenig überfordert von den Zielen seiner Partei. Wir hatten uns wegen einer kommunalen Mülldeponie entzweit, die, zugegeben, nicht gerade den Normen entsprach, aber es gab keinen anderen Standort. Streit über nicht recycelbare Abfälle und die Mülltrennung hatten unser Zusammengehen verhindert. Dem kommunistischen Kandidaten hatte jemand »Schwuchtel« auf die Stirn geschrieben, obwohl er meines Wissens nicht auf Männer stand. Ein gebildeterer Gegner hatte mit rotem Filzstift ergänzt: »Lass dich bei Putin wählen«. Die Liste der Revolutionären Kommunisten war zerrissen und flatterte im Wind, ich strich sie mit der flachen Hand glatt. Pierre-Marie Alphandon, mein Nachfolger, war auch bekritzelt worden, aber der Schmierfink hatte nur noch wenig Tinte in seinem Kuli gehabt, denn das Gesicht war verschont geblieben. Dafür hatte ein Spaßvogel mit schwarzem Filzstift einen Regenwurm gemalt, der ihm aus dem Ohr kroch. Ebenfalls mit schwarzem Filzstift hatte dieselbe Hand mein Porträt mit einem Schnurrbart à la Salvador Dalí und einem schwarzen Zahn versehen. Ich trat zurück, um mich zu betrachten, der Schnurrbart war nicht ohne Chic, der Zahn gefiel mir weniger. Erst bei näherem Hinsehen bemerkte ich, dass der Mann mit dem Kuli ohne Tinte eine Korrektur meines Slogans vorgenommen hatte: Aus »Eine Zukunft mit Heurtevent« hatte er »Keine Zukunft ...« gemacht. Eine kleine, aber wirksame Infamie.

Ein paar Jahre zuvor hatte ein Fotograf aus der Stadt eine Förderung bei der Kulturabteilung beantragt, um seine Fotoserie zerrissener und durch anonyme Hände verunstalteter Wahlkampfplakate herauszugeben. Ich fand die Idee lustig, aber der Gemeinderat war mir nicht gefolgt. Die Fotos zeigten so ziemlich alles, was sich an den Eingängen der Wahlbüros aufspüren ließ, entzückende Wörter wie »Schwanzlutscher«, »Kackvogel« oder »Schlitzohr« fanden sich neben anderen, weit poetischeren Kreationen. Seine Entschlossenheit, alles in seine Sammlung aufzunehmen, hatte die Publikation verhindert.

»Herr Bürgermeister!«

Ich drehte mich um und stand vor eben jenem Fotografen. Wie hieß er noch? Es gab eine Eselsbrücke, um sich seinen Namen zu merken ... Guillaume Lux, das war es. Wie der Fernsehmoderator Guy Lux.

»Guten Tag, Guillaume«, sagte ich.

Er schien sich zu freuen, dass ich mir seinen Vornamen gemerkt hatte. Nachdem er einige Fotos von den letzten verunstalteten Plakaten gemacht hatte, unterhielten wir uns. Ich wunderte mich, dass er meins nicht fotografierte, war das ein Ausdruck von Takt, weil ich neben ihm stand? Aber er hatte es schon in der vorherigen Woche aufgenommen, und das Plakat hatte sich seitdem nicht verändert, wie er mir erklärte. Er bot in seinem kleinen Laden Hochzeitsfotos, Passbilder und Aufnahmen von Familienfeiern an. Das musste auf Dauer langweilig sein. Wir gingen ein Stück zusammen, und bevor wir uns trennten, fragte er schüchtern, ob er ein Foto von mir machen dürfe.

»Kein Plakat, Sie selbst. Ein Porträt auf der Straße.«

Gerne erfüllte ich ihm diesen Wunsch.

Er machte mich darauf aufmerksam, dass ich keine Krawatte umgebunden hatte, erst da fiel mir auf, dass ich dieses Symbol seit der Niederlage nicht mehr trug. Ich lehnte mich in offenem himmelblauen Hemd und grauer Jacke an die Mauer des Gymnasium, sah ihn an und versuchte, ein Lächeln anzudeuten. Ein leichter Wind zerzauste meine Haare, mein Lächeln erlosch, er drückte zweimal auf den Auslöser seiner Leica. Dann beugte er sich vor und machte ein drittes Foto.

»Danke«, sagte er sehr respektvoll. »Sie haben sich verändert.«

»Wirklich?«, fragte ich.

»Ja«, antwortete er ernst. »Da ist etwas in Ihren Augen ...«

Dann verschwand er, ohne zu versprechen, dass er mir die Bilder schicken würde.

Der Amtsantritt von Pierre-Marie Alphandon war der Schluss-akkord dieses Schwebezustands. Ich hatte die Übergabe der Macht auf sechzehn Uhr verschoben, um ausschlafen zu können. Natürlich hatte ich eine kleine Ansprache verfasst. Dabei hatte ich genug qualifiziertes Personal, das mir meine Reden schrieb, aber für diesen Anlass übernahm ich das selbst. Beim nochmaligen Durchlesen gefiel sie mir ziemlich gut. Die Lokalzeitung veröffentlichte sie im Wortlaut, mit einem Foto von mir beim Verlesen meiner Prosa. Vielleicht hätte ich mich öfter persönlich um bestimmte Aspekte meiner Kommunikation kümmern sollen. Mein Wahlkampfleiter, Franck Charmatan, und sein für den Kontakt mit den Medien zuständiger Stellvertreter waren gleich nach der verlorenen Wahl verschwunden. Ihren Slogan »Eine Zukunft mit Heur-tevent« hatten sie mitgenommen. Ich hatte eingewandt, dass ich schlecht die Zukunft verkörpern könne, da ich schon die Gegenwart darstellte. Mit Kurven und Tabellen bewiesen mir die beiden Schwachköpfe das Gegenteil: »Die Verschmelzung Gegenwart-Zukunft, Sie verkörpern die Dialektik des Dia-logs«, hatte mir Charmatan erklärt.

Man brauchte nur einen Buchstaben seines Namens aus-tauschen, um zu wissen, was er war.

Nachdem ich meine kleine Ansprache unter Applaus be-endet hatte, musste ich in drückender Stille die Hand meines Nachfolgers drücken, ich wünschte ihm viel Glück und dach-te das Gegenteil. Die Kameras der Lokalpresse verewigten diesen schmerzlichen Moment auf ihren Speicherchips. Ich war nicht besonders betroffen, darüber war ich schon hinweg, eigentlich spürte ich nur unendliche Müdigkeit und Rücken-schmerzen, dagegen hatten auch die beiden Paracetamol nicht geholfen, die ich am Morgen geschluckt hatte. Die Mitarbeiter der Stadtverwaltung, die mich seit fünfzehn Jahren begleitet hatten, würden in den kommenden Wochen gefeuert werden.

Ich war niemand mehr außer François Heurtevent, achtund-vierzig Jahre, braunes Haar, an den Schläfen etwas grau, ein Meter fünfundachtzig, von nun an ein ganz normaler Bürger.

*E*in Monat war vergangen. Die Sonne schien durch die Vorhänge des Schlafzimmers, es war ungefähr elf Uhr, vielleicht auch schon zwölf. Meine Frau stand weiterhin um sechs auf, um ins La Musarde zu gehen. Für mich war das Aufstehen zum schwierigsten Akt überhaupt geworden, der mir neuerdings eine mehrstündige mentale Vorbereitung abverlangte. Zwischen neun und halb zwölf spielte ich flüchtig mit dem Gedanken und versank wieder im Halbschlaf, die Nase ins Kissen gebohrt, wie eine komatöse Katze auf einem Heizkörper. Während dieser leeren Stunden im stillen Haus kam nur Archipattes ab und zu vorbei, um meinen Schlaf zu kontrollieren. Der Familienkater war Frühaufsteher, er schlief erst ab dreizehn Uhr und wachte gegen zwanzig Uhr zu den Fernsehnachrichten auf.

So wurden meine Vormittage unter der Bettdecke nur kurzzeitig durch das Trommeln der Krallen am Bettrahmen unterbrochen. Kleine Angelhaken, die sich gleich darauf mit Wut und Genuss in den Lakenstoff bohrten. Ich brauchte nur unter dem Kopfkissen hervor »Archipattes!« zu schimpfen, dann hörte er sofort auf; nach ein paar Sekunden Stille folgten ein wilder Galopp und das Rutschen von Krallen in der Diele. Dann war Stille, und Morpheus nahm mich bis mittags erneut in seine Arme.

Archipattes war zwölf Jahre zuvor durch das Fenster meines Büros im Rathaus gekommen. Ich hatte eine Besprechung mit der Kulturabteilung, um unseren Salon du Livre vorzubereiten: »Ein Buch, viele Autoren, eine Region«. Als ich in mein luxuriöses, mit Deckenleisten verziertes Büro ganz im Stil Napoleons des Dritten zurückkam, stand der Kater mitten auf meinem Schreibtisch auf dem Dossier über die Aktionen des Gewerkschaftsbundes. Er sah mich näher kommen, ohne mit der Wimper zu zucken, und als ich vor ihm stand, lächelte er mich mit gelangweilter Miene an. Hätte man in dem Moment ein Foto gemacht, hätte man denken können, der Bürgermeister von Perisac sei ein Kater. Nur Sempé konnte solche absurden Situationen in einer Zeichnung einfangen. Am selben Abend brachte ich die Raubkatze nach Hause, und meine damals sechsjährige Tochter Amélie taufte sie Archipattes.

Man kann durchaus sagen, dass mein neuer Tagesrhythmus meine Umgebung beunruhigte. Missbilligend beobachtete meine Frau, wie ich immer länger schlief. Zunächst waren alle voller Verständnis für den kleinen Durchhänger und rieten mir, mich zu erholen, »Abstand zu nehmen«. Sylvie machte mir sogar eine heiße Zitrone, so eine Fürsorge hatte es seit den ersten Jahren unserer Ehe nicht mehr gegeben. Ungefähr nach der dritten Woche wurde es suspekt. Dass sich François Heurtevent, führender Kopf seiner Partei und ehemaliger Bürgermeister einer Stadt mit mehr als zweiundsechzigtausend Einwohnern, wie sein Kater benahm, war auf die Dauer offenbar schwer hinnehmbar.

Eines Morgens klingelte das Telefon auf dem Nachttisch. Schlaftrunken nahm ich den Hörer ab und knurrte ein »Hallo«.

»Heurtevent?«

»Am Apparat.«

Veillergant, PR-Chef meiner Partei, klang aufgeregt. Der Parteivorstand plane ein großes Meeting mit dem Vorsitzenden in Paris, auf dem Messegelände an der Porte de Versailles.

Neben den Gewinnern seien auch alle Bürgermeister eingeladen, die die Wahlen verloren hätten. Man wolle die Reihen
wieder schließen, sich um die Führung scharen und eine kla-
re Linie für die Zukunft festlegen. Meine Teilnahme sei un-
erlässlich. Er wiederholte das letzte Wort und ergänzte es um
Schlagwörter wie Strategie, Zweck, Ziel und Kampf.

»Wir müssen uns aufraffen!«, schloss er.

Aufraffen? Ich schlug das Wort im Wörterbuch nach: »aufraffen (V., refl.) sich – mühsam, mit Überwindung aufstehen,
sich erheben; sich zusammennehmen, sich zusammenreißen,
mühsam Haltung annehmen.«

Genau darüber stand: »aufquellen: (V., i. 192; ist) quellen,
durch Aufnahme von Flüssigkeit anschwellen.«

*I*n der Politik sind die Höhen sehr hoch und die Tiefen sehr tief.« Dieser Satz von André Dercours, an dessen Seite ich fünfundzwanzig Jahre zuvor meine Karriere begonnen hatte, ging mir oft durch den Kopf. Bisher hatte ich nur die Höhen kennengelernt. Die Tiefen sollten sich tatsächlich als sehr tief erweisen, dennoch würde ich in diesen tiefen Wassern, dort, wo selbst Fische nicht mehr wie Fische aussehen, für einen Augenblick das Licht finden.

André Dercours, genannt »Derk«, war Abgeordneter und Bürgermeister, Senator, kurzzeitig Minister, dann wieder Abgeordneter, Senator, und noch einmal kurzzeitig Minister gewesen. Eine Persönlichkeit des politischen Lebens der siebziger und achtziger Jahre, ein alter Fuchs, kahl wie eine Billardkugel und schlau wie ein Affe. Ich habe mich oft gefragt, was aus mir geworden wäre, wenn ich ihn nicht getroffen hätte. Wahrscheinlich gar nichts, jedenfalls nicht der, der ich bin. Männer wie André Dercours wird es nie mehr geben. Ich lernte ihn über meinen Vater kennen, der sein Zahnarzt war. Zwischen Karies und Füllungen entwickelte sich eine Art Freundschaft zwischen den beiden. Unsere Geschäftsbeziehung, wie Derk es nannte, begann im Jahr nach meiner Anwaltsprüfung. Ich hatte ohne Begeisterung Jura studiert. Im Gegensatz zu meinen Kommilitonen hatte ich keinen Ehrgeiz. Die Sache der anderen, die Sache des Volkes begeisterte mich nicht, ich wollte lieber meine eigene vertreten, und dabei half mir niemand.

»Deine Mutter hat erzählt, dass dir der Anwaltsberuf nicht gefällt«, sagte André Dercours eines Tages zu mir. »Das ist dein gutes Recht. Aber Spaß beiseite, das Leben hat dir weder eine Künstlerseele noch den Verstand eines Wissenschaftlers geschenkt, mein Junge, deswegen habe ich eine einfache Frage: Reizt dich die Politik? Anders gesagt, möchtest du für mich arbeiten?«

Ich glaube, dass es ihm mit seinen siebzig Jahren sehr gefiel, einen dreiundzwanzigjährigen Sekretär zu haben. Der Begriff »Assistent« war damals noch nicht üblich. Ohnehin hätte Derk ihn nicht verstanden. Er hätte für ihn einen unangenehmen Beiklang gehabt. »Ich brauch doch keinen Krankenpfleger« hätte er gesagt und dabei auf seinem Gebiss herumgekaut. Ein unerträglicher Tick, den er in den letzten Jahren entwickelt hatte, wobei er so weit ging, das *corpus delicti* auf seinen Schreibtisch zu legen und sogar Gäste zu empfangen, während seine Zähne gut sichtbar in der Stifteschale lagen. Der Gast hielt das Schweigen des Meisters für gründliches Nachdenken, bis sein Blick auf das Gebiss fiel, woraus er schloss, dass das Fehlen von Worten nicht undurchdringlichen Gedanken, sondern dem temporären Verzicht auf Schneide- und Backenzähne geschuldet war. Ich musste allerdings feststellen, dass Politiker eine sehr begrenzte Beobachtungsgabe haben, nur wenige entdeckten das Gebiss auf dem Schreibtisch. Jacques Chirac allerdings fiel nicht darauf rein. Wenn er uns besuchte, ließ er sich immer schwungvoll auf den Louis-XV-Stuhl fallen, um sich dann mit dem Problem konfrontiert zu sehen, wo er seine Beine unterbringen sollte, die eher zu einem amerikanischen Schauspieler der fünfziger Jahre passten. Wenn die Beine irgendwie verstaut waren, rief er: »Setz deinen Kiefer ein, bevor ich mit dir spreche, sonst verstehe ich dich nicht, alte Tarantel!«

Damals mochte ich Chirac. Viele von uns mochten ihn, links wie rechts hatte er ein überraschendes Kapital an Sympathie. Nur die Franzosen mochten ihn nicht. Als er 1988 von Mitterrand mit vierundfünfzig Prozent geschlagen wurde, war das eine schallende Ohrfeige. Derk, der sich sein Leben lang zwischen links und rechts durchgeschlängelt und wie ein Wetterhahn im Wind gedreht hatte, sagte ihm seine baldige Wahl voraus: »Du wirst sehen, du schaffst es noch. Wahrscheinlich beim nächsten Mal. Du schaffst es, du bist wie das niedliche Mädchen, das man ganz nett findet, aber mit dem man nicht unbedingt die Nacht verbringen möchte. Irgendwann kommt ein Abend, wo man sich einsam fühlt, man bumst mit ihr, und es ist eine Offenbarung. Du wirst die Offenbarung für Frankreich, sobald es Lust hat, mit dir zu bumsen. Auf die Nacht musst du geduldig warten.«

»Was redest du für einen Unsinn! Ich glaube, es ist mir doch lieber, wenn deine Zähne in der Stiftschale liegen«, war die Antwort des künftigen Präsidenten der fünften Republik.

Aber Derk behielt recht.

Besuche von Mitterrand waren hingegen echt verwirrend. Die beiden sprachen nie über Politik, nur über alte Bücher, die sie einander mit der Koketterie von Pornoautoren zeigten. Ich brachte ihnen den Kaffee. »François, mein Sekretär«, sagte Derk und wies auf mich. »Bonjour, Namensvetter«, begrüßte mich Mitterrand mit der kleinen Grimasse, für deren Imitation Thierry Le Luron berühmt war. Manchmal sah ich zu, wie sie sich ihre Bücher zeigten, wie Kinder ihre Spielsachen. Alte Kinder, sehr alte Kinder. In solchen Momenten packte mich der Schwindel: Was tat ich da mit diesen Greisen aus einer anderen Zeit, die sich dank einem Pakt, den auch Faust nicht abgelehnt hätte, an die Macht klammerten? Wenn ich so weitermachte, würde sich nie etwas ändern, sie würden völlig senil werden, und ich würde immer da sein, um ihnen den Kaffee zu servieren. Beängstigend.

Der eine hatte ein Dossier über jeden, der in Paris Rang und Namen hatte, der andere herrschte über die Atomwaffen. Und dann schwatzten sie über alte, ledergebundene Ausgaben, und ich machte den Kaffee mit gutem Évian in einer Kupfermaschine aus Zeiten Daladiers. Internet, Mobiltelefon und Plasmabildschirme waren im Kommen, aber die Regierenden lebten in einer anderen Welt, der versunkenen Welt der Menschen von früher, die mit dem Ende des 20. Jahrhunderts endgültig verschwinden würde.

Ich ließ sie über ihre Sammlerstücke plaudern und sah aus dem Fenster auf die getarnten Autos der Leibwächter des Präsidenten. Die Personenschützer mit ihren Ohrstöpseln und dem toten Blick hinter dunklen Brillen überwachten die Straße in aller Diskretion. Es war wie ein Ballett, nichts entging ihnen, weder die Frau mit dem Kinderwagen noch der Mann mit dem Baguette, das Paar, das die Straße überquerte, oder der junge Mann mit Inlineskatern. Auch ich nicht, hinter den Fensterscheiben von Derks Büro. Einer der Leibwächter sah zu mir nach oben, er erkannte wohl hinter der Scheibe eine bekannte Gestalt, die den Vorhang beiseiteschob. »Das ist der Junge bei dem Alten«, sagte er vielleicht in sein winziges Mikrophon. Übersetzt: »Das ist François Heurtevent bei André Dercours.« Sie wussten alles. In diesen Kreisen wissen alle alles über alle. Das waren die Dossiers. Das war Derks Stärke. Er hatte sie seit mehr als fünfzig Jahren gesammelt. Um mich zum Lachen zu bringen, besorgte er meine Akte aus dem Innenministerium. Sie hatten mich überwacht!

Weil ich für ihn arbeitete, hatten sie Erkundigungen eingezogen.

Von der Personenbeschreibung in meinem Personalausweis bis hin zu meinen intimsten Gewohnheiten war alles drin. Meine Stammkneipe, das Mädchen, mit dem ich mein Leben teilte, und das andere, mit dem ich ein paar Nächte teilte, die ich in meinem vollen Tagesablauf unterbrachte, wovon das erste Mädchen natürlich nichts wusste. Sie wussten es. Welches Bier ich trank und welche Zeitung ich las. Ich vermute bis heute, dass sie seinerzeit sogar in meine Wohnung eingedrungen sind und alles haarklein untersucht haben, um so gut informiert zu sein.

»Dossiers, mein Junge! Man muss Dossiers anlegen. Eines Tages, in einem Jahr, in zwanzig Jahren, werden sie dir nützen.«

Mit den Dossiers kann man Druck auf den Gegner ausüben und dadurch seine Haut retten. Je mehr man hat, desto mehr Joker hat man. Die Dossiers teilen sich in zwei Kategorien: Sex und Geld. Das Sexualleben: alle denkbaren Abweichungen, Geliebte oder Liebhaber. Das Geld: alle denkbaren Bestechungen, Korruption, Veruntreuungen. Außer Sex und Geld gibt es nichts. Höchstens noch die alten Bücher.

»Dieser handschriftliche Brief von Zola ist ein Meisterstück der Literatur des 19. Jahrhunderts, der Schlüssel zu seinem Werk.«

Ich höre noch die Stimme des Präsidenten, die vor lauter Begeisterung ganz schrill wurde, und Derk, der antwortete: »Ja. Ich hänge sehr daran.«

Heute gehört dieser Brief mir.

*I*ch möchte, dass du zu Dr. Houdard gehst.«

»Er ist ein Idiot.«

»Wie? Houdard ist ein Idiot? Er hat dich gerettet, als du deinen Infarkt hattest.«

»Du übertreibst immer, es war bloß eine Herzrhythmusstörung, die von selbst wieder weggegangen ist. Der Kerl langweilt mich, er erzählt mir von Tennis, und Tennis ist mir schnuppe, ich spiele kein Tennis.«

»Selbst schuld, du solltest es ausprobieren, das würde dir sicher guttun.«

»Um mit Doktor Houdard zu spielen?«, antwortete ich grinsend.

»Warum nicht?«

»Ich geh nicht zu ihm, außerdem bin ich gar nicht krank.«

»Du bist nicht krank? Sieh dich doch an! Amélie, findest du, dass dein Vater in einem normalen Zustand ist?«

Amélie war übers Wochenende nach Hause gekommen, sie machte eine abwehrende Geste, um zu zeigen, dass wir sie beim Nachdenken störten und sie sich zu diesem Thema ohnehin nicht äußern wolle.

»Was soll das?«, rief meine Frau. »Du machst es dir zu einfach, beteilige dich gefälligst an unserem Gespräch! Sag schon! Ist dein Vater in einem normalen Zustand?«

Der kleine Familienaperitif drohte, eine schlechte Wendung zu nehmen. Mir gefiel nicht, wie Sylvie Amélie in unser Leben einbezog, darüber hatten wir uns schon oft gestritten. Sie fand, auch wenn Amélie ihr erstes Studienjahr an der Kunsthochschule in Paris absolviere, müsse sie am Familienleben teilnehmen und ihre Meinung dazu äußern. Selbstverständlich sollte diese Meinung mit Sylvies übereinstimmen. Ich fand, dass jedes Alter seine eigenen Sorgen hat und die häusliche Atmosphäre in Perisac weit weg von der Rive Gauche und ihren neuen Freunden war.

»Er ist auf einem schlechten Trip, das ist normal, er hat die Wahl verloren und kann nichts mit seiner Zeit anfangen.«

»Das ist normal«, wiederholte meine Frau und nickte niedergeschlagen. »Bestätige ihn nur darin. Diese Vater-Tochter-Solidarität ist wirklich super.«

Amélie warf ihrer Mutter einen finsteren Blick zu. Sie schien nicht recht zu verstehen, von welcher Solidarität sie redete. Während der Pubertät war unsere Beziehung immer schlechter geworden. Eine kleine, banale Frage von mir, eine genuschelte Antwort von ihr. Eine Art Nebel hatte sich seit ihrem dreizehnten Geburtstag über unser Verhältnis gelegt. Lange Zeit war ich nicht sicher gewesen, ob die Sonne diese klimatische und hormonelle Trübung eines Tages wieder aufhellen würde. Seit ihrem Abitur und dem Umzug nach Paris war unsere Beziehung wieder herzlicher geworden. Aber das gleich als Vater-Tochter-Solidarität zu deuten …

Meine Frau verließ wortlos das Zimmer, um das Abendessen aufzuwärmen. Bestimmt ein neues Experiment von La Musarde.

»Sie nervt! Wie hältst du das bloß aus?«, fragte mich Amélie.

Das war keine Frage, mehr ein laut geäußerter Gedanke.

»Sprich nicht so über deine Mutter«, antwortete ich wenig überzeugend und fügte hinzu, sie sei nicht immer so gewesen, womit ich Amélie eher recht gab.

»Das muss lange her sein«, maulte sie.

Sie hatte nicht unrecht. Es war fast zwanzig Jahre her. Das war zugleich lange und kurz. Trotzdem kam es mir vor, als wäre ich ihr erst gestern auf dem Marktplatz von Perisac begegnet.

»Und für das hübsche blonde Fräulein? Was darf es sein?«

»Zwei Lammkoteletts bitte.«

1989. Der Wahlkampf in Perisac hatte gerade begonnen, Derk stellte sich als Parteiloser mit einem sehr persönlichen Programm zur Wahl, das ihm von Links bis Rechts viel Spielraum ließ. Ein großer Teil der älteren Wähler, die inzwischen tot sind, erkannte in ihm den erfahrenen Mann, der den Krieg erlebt hatte und wusste, wovon er sprach. Und er sprach gut. Derk war kein Jungspund mehr, aber ihm kam Mitterrands Dynamik zugute; der Präsident war zwar auch schon alt, aber das hatte seine triumphale Wiederwahl nicht verhindert.

Mit geistvollen Sprüchen von Sacha Guitry, Zitaten von General de Gaulle und Anleihen bei Mendès France oder Léon Blum fand Derk bei den meisten Leuten Anklang. Der amtierende Sozialist hatte sich durch diverse Skandale ins Abseits manövriert, und der Kandidat des RPR war zu jung. André Dercours wickelte alle um den Finger, die jungen Leute gewann er dank des Zweiten auf seiner Liste, eines charmanten jungen Mannes, der den Mädchen und den alten Damen gefiel. Er hieß François Heurtevent.

Man hatte mich mit dem Wahlkampfteam und Bergen von Flugblättern zum Wochenmarkt geschickt, um Händlern und Kunden die Hände zu schütteln, Hündchen zu streicheln, mit den Kindern zu scherzen, die runden Tomaten, das Aroma der Wurst, die Form der Eier, die Knusprigkeit der Backhähnchen, den Duft der Blumen und die Ausgewogenheit des Weins zu loben. Am Anfang war ich etwas zurückhaltend, dann kam ich auf den Geschmack, ermutigt von Derk, der wusste, welchen

Nutzen er aus mir ziehen konnte. Am Stand eines Fleischers lernte ich meine spätere Frau kennen. Der Händler, ein dicker Mann mit blondem Schnurbart, warnte mich: »Für mich gibt es keine anständigen Politiker, nur das Fleisch ist anständig, Kleiner.«

Der Kleine von einem Meter fünfundachtzig versuchte trotzdem, den Mann für sich zu gewinnen.

»Das ist Pierre Cardian, der beste Fleischer auf dem Platz, die Leute lieben ihn«, flüsterte mir ein Wahlkampfberater zu, der sich auskannte und mir diskret ins Ohr sagte, wer wer war und was er wählte.

»Front national«, fügte er hinzu, um mich von dem Stand wegzubringen.

Das machte es noch komplizierter. Ich versuchte, Cardian mit einem heiklen Kompliment für seine blutbefleckte Fleischerschürze zu gewinnen, die ich als wunderbare Arbeitskleidung seines schönen Berufes bezeichnete. Ich klang wie der letzte Idiot, war aber überzeugt, dass er mit einer Bemerkung über meinen grauen Anzug und meinen Schlips antworten würde. Das tat er prompt.

»Ja, Monsieur von der Dercours-Liste, das ist meine Arbeitskleidung, Ihre kommt natürlich direkt aus der Reinigung«, entgegnete er, und die Umstehenden lachten.

»Tauschen wir?«, schlug ich ihm vor. »Sie borgen mir Ihre Schürze, ich borge Ihnen mein Jackett und bediene fünf Minuten lang die Kunden.«

»Oh oh! Die kleine Made wird mir mein ganzes Fleisch verderben, aber gut, da haben Sie das Messer, in Gottes Namen, da gibt es was zum Lachen!«, antwortete er, hielt mir sein Fleischermesser hin und knotete seine Schürze auf.

Ich zog unter den entsetzten Blicken meiner Begleiter das Jackett aus.

Der dicke Fleischer zog es vor, mein Jackett in der Hand

zu halten, er meinte, wenn er da reinkäme, würde er nicht so bald wieder rauskommen. Ich zog seine Schürze an und band sie nach allen Regeln der Kunst über der rechten Schulter fest zu. Schon da änderte sich sein Gesichtsausdruck. Ich zog den Schnittschutzhandschuh an, dann nahm ich das Messer in die rechte Hand und begann meine Show.

»Und für das hübsche blonde Fräulein? Was darf es sein?«

»Zwei Lammkoteletts bitte«, sagte die junge Frau, die sich über den Scherz zu amüsieren schien.

Ich nahm das große Stück Lammrücken, schnitt zwei Koteletts vor, hackte die Knochen durch und entfernte das Fett. Verpackt, gewogen, Kassenbon und auf Wiedersehen, Mademoiselle.

Der Fleischer sah mir kopfschüttelnd zu. Immer mehr Leute drängten sich um den Stand. Dann schnitt ich von einer Kalbsoberschale zwei schöne Schnitzel, gewogen, verpackt, Kassenbon und auf Wiedersehen, Madame.

»Ich weiß nicht, wer dir das beigebracht hat, mein Junge, aber du bist kein Grünschnabel«, sagte der Fleischer. »Deinen Dercours wähle ich trotzdem nicht«, rief er in die Menge.

»Das wissen wir doch, Riton, du wählst Jean-Marie!«, rief ein anderer Händler von seinem Fischstand.

»Sicher stimme ich für ihn, auch wenn alle es wissen, das ist schließlich meine Sache!«

Wir tauschten wieder Jackett und Schürze.

»Und jetzt mal im Ernst«, sagte er leise, »das hast du doch nicht in deinen Kaderschmieden gelernt?«

»Nein«, verriet ich ihm in vertraulichem Ton. »Der beste Freund meines Vaters war Fleischer. Als Kind war ich oft bei ihm, und er hat mir viel gezeigt.«

Die Erklärung befriedigte ihn. Zum Beweis schlug er mir so kräftig auf den Rücken, dass er mir fast einen Wirbel verschoben hätte, und schenkte uns zwei Scheiben Kalbsleber.

»Die Vorstellung ist zu Ende!«, rief er als Schlusswort. »Die Zungenfertigen gehen, aber wir haben noch leckere Rinderzunge im Angebot, greifen Sie zu!«

Zwanzig Jahre später war die Vorstellung wirklich zu Ende. Inzwischen war ich mit dem blonden Fräulein verheiratet, das mir zwei Lammkoteletts abgekauft hatte. Sie hatte mich mit einem Lächeln am Nachbarstand erwartet.

»Sie sind witzig, kann man Ihnen im Wahlkampf helfen?«

»Ja natürlich, indem Sie mit mir Mittag essen«, hatte ich frech geantwortet.

Sie war so dreist zuzusagen. Unsere Tour auf dem Markt endete ein paar Stände weiter, und wir gingen zurück ins Büro. Die Wahlkämpfer, die mich begleiteten, waren mit Lebensmitteln beladen. Derks Wahlzentrale befand sich in einer ehemaligen Weingenossenschaft, zu der ein kleiner Pavillon mit Küche in einer Ecke des Gartens gehörte. Dort verspeisten wir den wie immer zu reichlichen Einkauf vom Markt. Meine Unbekannte bereitete die Kalbsleber, die uns der Fleischer geschenkt hatte, mit Himbeeressig und Bratkartoffeln zu. Ein Teller für sie, einer für mich, ein Mittagessen auf einem Wachstuch, das noch aus Pompidous Zeiten stammen mochte.

»Wer sind Sie?«, fragte ich sie.

»Sylvie Desbruyères, die Tochter von Bastien Desbruyères.«

»La Musarde?«

»La Musarde«, bestätigte sie lächelnd.

Mich überkam eine Welle von Nostalgie, fast schon Traurigkeit, als ich mich all dieser Dinge erinnerte. Anfänge sind wunderbar, in der Liebe wie in der Politik, und ich hätte viel gegeben, um diesen Sonntagvormittag noch einmal zu erleben, den dicken Front-National-Fleischer und das Wachstuch der Genossenschaft, die zehn Jahre später auf meine Anweisung hin in einen Kindergarten verwandelt worden war.

Vielleicht hatte Sylvie recht, vielleicht sollte ich zum Arzt gehen. Sie ärgerte sich nicht nur über mein Herumgammeln, sondern auch über die unvorhergesehenen Auswirkungen der Wahlniederlage auf unser Liebesleben.

»Du hast keine Lust mehr auf mich«, sagte sie eines Abends in der Stille der Nacht.

»Nicht doch«, flüsterte ich. »Daran liegt es nicht.«

»Woran dann?«

Diese Frage wurde nur vom Reiben des Lakens, dem leisen Quietschen der Federung und der Stille unseres Zimmers beantwortet. Was sollte ich sagen? Dass ich auf nichts mehr Lust hatte, weder auf sie, noch auf irgendetwas anderes?

Seit meiner Niederlage hegte ich einen leichten Groll gegen Sylvie. Für sie ging einfach alles weiter. La Musarde war ihr Leben, die Politiker kamen, der Laden lief, alle Anstrengung galt dem Ziel, den dritten Stern zu behalten. Gleich am Tag nach den Wahlen, als für mich mein allmorgendlicher Winterschlaf begann, war Sylvie ins Restaurant zurückgekehrt, als wäre alles beim Alten. Ich habe eine der besten Köchinnen Frankreichs geheiratet, ich, dem selbst pochierte Eier zwei von drei Mal missglücken. Für meine Frau ist das Kochen eine Berufung, ein heiliges Amt. Wenn man die Kochkunst auf dieses Niveau hebt, hat sie etwas Mystisches. Ich erinnere mich an ein Gespräch zwischen Ducasse, Robuchon und Sylvie in Paris. Ich saß mit am Tisch, war aber völlig ausgeschlossen, ich verstand nichts von dem, was sie redeten und zeichneten. Ich fühlte mich wie auf einem Kongress russischer Chemiker mitten im Kalten Krieg. Schließlich verdrückte ich mich und ging aus Rache in den nächsten McDonald's.

Bei uns ist der Kühlschrank ständig voller Experimente, die auf dem heimischen La-Cornue-Herd durchgeführt werden. Es gibt Gläser mit seltsamen Flüssigkeiten und der Aufschrift »Nicht öffnen«, darunter die detaillierte Zutatenliste. Merkwürdige Experimente von Austern mit Thymian oder Kalbsbries mit Honig. Gerichte, die ich sehr lecker finde, werden als »schlecht, iss das nicht« abgetan und verschwinden aus meinem Blickfeld in Richtung Mülleimer, während ich mit der Gabel in der Luft dastehe. Den Gipfel dieses Hangs zur Perfektion hat sicher Vatel erreicht, der sich am 24. April 1671 in sein Schwert stürzte, weil die Austern nicht rechtzeitig geliefert worden waren. Ein Gericht zu verpatzen ist für einen Koch wie die Abwahl für einen Politiker. Manche entscheiden sich für radikale Lösungen, um dieser Hölle zu entkommen. Jeder hat seinen Märtyrer, die Köche Loiseau, wir Bérégovoy. Angesichts ihrer Selbstmorde gefriert einem das Blut in den Adern, sie sind der letzte Ausdruck einer Ablehnung des Scheiterns, künden von einer so hohen Meinung von sich selbst, dass kein Ausrutscher erlaubt ist. Der kleinste Zwischenfall wird als Katastrophe erlebt. Dann stürzt man sich in den finstersten Abgrund, aus dem man mit den Füßen zuerst, aber mit unbefleckter Ehre herauskommt.

Ab und zu spazierte ich durch die Küchen von La Musarde, verschränkte die Hände auf dem Rücken, grüßte Sylvies Angestellte und ließ den Blick über Kochtöpfe mit undefinierbarem Inhalt schweifen. Schon als Kind hatte ich gelernt, als privilegierter Besucher an heiligen Orten der Kunst geduldet zu werden. Damals waren es nicht die Feuer der Küchenherde, sondern das Scheinwerferlicht. Meine Mutter war Schauspielerin, eigentlich ist sie es immer noch. Ich kenne den roten Samt der Theater an den Grands Boulevards, aber auch die Metallvorhänge, die die Feuerwehrleute vor jeder Vorstellung prüfen. Vor allem der Schnürboden mit seinen tausend Kabeln und Seilrollen hatte es mir angetan. Wenn die Bühne, auf der so viele Leute spielten oder herumliefen, menschenleer und ich ganz allein da oben war, wurde mir schwindlig, aber das dauerte nie sehr lange, weil mich meine Mutter suchte oder besser gesagt vom Inspizienten oder einer Hilfsgarderobiere suchen ließ, die mich in ihre Garderobe zurückbrachten.

Marie Dava hatte mehr als zwanzig Jahre lang Erfolg. Nicht

mit Pinter oder Corneille, nein, ihr Register war der Boulevard, der so französisch daherkam und in Wirklichkeit aus dem Englischen übersetzt war. *Appartement pour quatre, Viens dormir à l'Assemblée, L'Arnaqueuse, Lily est partie, Le vison voyageur.* Ich verstand nicht richtig, warum meine Mutter im Zuschauerraum für so viel Gelächter sorgte, wo sie doch zu Hause verbittert und launisch war. Wie alle Schauspielerinnen berauschte sie sich am Beifall. Eine einzige Geste, ein bloßes Schulterzucken sorgten im Saal für größte Heiterkeit. Ich bin wahrscheinlich allem begegnet, was diese oft in ganz kurzer Zeit inszenierten Stücke an berühmten Schauspielern zu bieten hatten, aber auch zwielichtigen Agenten, Debütantinnen mit nackten Schenkeln und jungen Sternchen, die man weder alt noch als Stars wiedersah.

Der Trumpf meiner Mutter war, dass sie Komödien spielte und obendrein sehr schön war. Diese seltene Kombination machte ihren Erfolg aus. Wenn meine Eltern an den Wochenenden oder mittwochs nicht wussten, was sie mit mir anfangen sollten, nahm meine Mutter mich mit ins Theater, ohne nach meiner Meinung zu fragen. Den langen Stunden, in denen ich ihr, ihren Partnern und Regisseuren beim Proben zuhörte, folgten lange Monate, wo sie auf Tournee ging und weder mein Vater noch ich sie sahen. Manchmal schickte sie Ansichtskarten.

Mein Vater hatte Marie Dava bei Freunden kennengelernt, sie lud ihn sofort zu ihrem neuen Stück ein, das *L'Arracheur de dents* (*Der Zähneausreißer*) hieß. Mein Vater hatte wenig Sinn für Humor, ging dennoch hin und verbrachte, wie er später erzählte, den besten Abend seines Lebens. Dass die beiden geheiratet haben, ist kurios. Ich glaube, meine Mutter brauchte an einem Punkt ihres Lebens Stabilität, weil der Rest aus Scheinwerfern, Pailletten und komischen Repliken bestand. Kulissen und Spiel sollten in hartem und schwerem

Beton verankert sein: einem Ehemann mit seriösem Beruf, einer schönen Wohnung im 7. Arrondissement, einem Kind mit guten Schulnoten. Niemals hätte sie mit einem anderen Schauspieler oder einem Regisseur zusammenleben können, sie brauchte den absoluten Gegensatz, der ihr Halt gab und es ihr dadurch erlaubte, der Phantasie freien Lauf zu lassen.

Meine ersten Erinnerungen an Derk sind mit Generalproben und Schneiderinnen verbunden. Er war sehr beeindruckt, als mein Vater ihm offenbarte, dass Marie Dava seine Frau sei. In der Tat kam man nicht ohne weiteres darauf, dass mein Vater, immer in Schlips und Kragen, mit graumeliertem Bart und Stahlbrille, sein Leben mit der exzentrischen Boulevard-Schauspielerin teilte. Derk schwärmte für den Boulevard, alles gefiel ihm, von *L'Hôtel du libre échange* bis zum dümmsten Quatsch. Sein Zahnarzt öffnete ihm die Türen zu den Stars und ihren Aufführungen, manchmal sogar zu den Proben. Als Mann von Welt vergaß er nie, meiner Mutter prächtige Blumensträuße liefern zu lassen. Ich sehe ihn noch, wie er zwischen ihren Kostümen und Schminkutensilien in der Garderobe saß. Damals wusste ich nicht genau, wer dieser Mann war. Ich erinnere mich, wie er sich vor mich kniete und mich durch seine Hornbrille ansah.

»Ich habe dich schon gesehen, als du ganz klein warst, aber das weißt du sicher nicht mehr.«

Ich antwortete nicht, sondern starrte auf seinen Schädel, so kahl wie ein menschenleerer Planet.

»Antworte gefälligst, François«, sagte meine Mutter, die sich vor dem Spiegel abschminkte.

»Nein, das weiß ich nicht mehr«, antwortete ich schüchtern.

Derk nickte wortlos.

Das Stück hieß *Mademoiselle est fiancée*. Ein aus dem Englischen übersetztes Boulevardstück um Verwechslungen, knallende Türen und Rendezvous, die einmal mehr in einer verrückten Farce mündeten.

Wenn mich mein Vater unterbringen musste, setzte er mich bei seinem Regimentskameraden René, dem Fleischer, ab. Nach so vielen Jahren muss ich gestehen, dass ich den Nachmittag lieber bei ihm und seiner Frau Denise verbrachte, Rechnungen in die schwere Registrierkasse eintippte und später unter Renés aufmerksamem Blick einen Braten vorbereitete, manchmal sogar verschnürte, als in andächtiger Stille meine Mutter zum x-ten Mal wiederholen zu hören: »Und Sie, Caroline, Sie haben keine Ahnung, wo sich mein Gatte aufhält? Man möchte meinen, der Mann sei im Bordell!«

Außerdem brachte mir René das Louchébem bei, den Jargon der Fleischer in den Pariser Markthallen, eine Art poetische Geheimsprache, deren Wörter alle mit »em« endeten, und die mir großen Spaß machte.

Mit den Jahren wurden meiner Mutter seltener Rollen als verführerische, ein bisschen verrückte Frau angeboten, weshalb sie immer öfter synchronisierte. Nun konnte ich mir berühmte amerikanische Fernsehserien ansehen und ihre Stimme aus dem Mund einer Westküstenheldin hören. Das war ein merkwürdiges Gefühl. Gelegentlich war sie auch noch im Theater zu sehen, wo sie die Mutter der Person spielte, die sie fünfzehn Jahre früher in demselben Stück dargestellt hatte. Das drückte ihre Stimmung. Sie flog nach Brasilien, wo ihr Agent ihr ein Engagement für eine Telenovela besorgt hatte. Sie lernte Portugiesisch, das die Heldin mit einem leichten französischen Akzent sprechen sollte. Völlig unerwartet hatte die Serie, die in Frankreich nie gesendet worden ist, in der ganzen südlichen Hemisphäre einen Riesenerfolg. Als die erste Staffel abgedreht war, wurde ihr Vertrag sofort verlängert. Ihre Rolle wurde immer bedeutender, und man schlug ihr vor, sich ganz in Brasilien niederzulassen. Im selben Monat starb mein Vater am Durchbruch eines Aneurysmas. Ohne ihn hatte meine Mutter keinen Grund, nicht in Lateinamerika zu bleiben. Derk hatte mich gerade als Sekretär eingestellt, sie bat ihn, auf mich aufzupassen und reiste ab.

Sie ist immer noch dort, die Serie wurde erst vor sechs oder sieben Jahren eingestellt. In Brasilien ist sie berühmt, sie tritt beim Teleshopping auf und gibt ihren Namen für Bücher über sanfte Medizin her. Außerdem hat sie wieder einen Zahnchirurgen geheiratet. Diesmal einen Brasilianer. Unser Kontakt beschränkt sich auf ein oder zwei Postkarten im Jahr, wir haben uns nichts mehr zu sagen. Zu Derks Begräbnis war sie zum letzten Mal in Frankreich. Sie warf eine vertrocknete Rose auf sein Grab, aus einem Strauß, den er ihr bei einer Premiere geschenkt und von dem sie sich nie getrennt hatte. Dazu sagte sie einen merkwürdigen Satz: »Lebt wohl, Geheimnisse.«

Sylvie und ich sind Erben. Sie hat das Wissen ihres Vaters, des Schöpfers des legendären La Musarde, ich das von Derk geerbt. Wir haben nichts Neues geschaffen, sondern das Werk anderer fortgesetzt. Sie haben in gewisser Weise durch uns überlebt.

*B*ald würden sich zu Hause in meinem Arbeitszimmer die Kartons stapeln. Der Raum, den ich seit Jahren weder renoviert noch verändert hatte, würde sich mit Akten aus meiner Bürgermeisterzeit füllen. Obwohl ich meinem Nachfolger fünfzehn Jahre Amtsführung in den Gemeindearchiven hinterlassen hatte, stand eines Morgens die Umzugsfirma mit gut zwanzig Kartons vor der Tür. Ich bat sie, die Kartons zu stapeln, und in wenigen Minuten entstanden zwei eindrucksvolle Säulen, die fast bis zur Decke reichten. Ich stellte mich zwischen die beiden Türme und dachte an den armen Samson, der entmachtet und blind seine Bodybuilder-Arme ausgestreckt und gedrückt hatte, bis die Säulen des Tempels nachgaben und das Bauwerk einstürzte. Ich ahmte ihn nach, spreizte die Arme wie der antike Koloss. Meine Hände berührten die Kartons. Das reichte mir nicht, und ich drückte mit den Handflächen dagegen, den Kopf voller Bilder aus Historienfilmen. Beide Stapel fielen mit einem langen, dumpfen Poltern zusammen: ein Wasserfall von Kartons und ihren Inhalten. Ich kauerte mich zusammen und schützte meinen Kopf. Als ich die Augen öffnete, besah ich mir die Katastrophe; die Kartons waren aufgeplatzt, die Akten über den Boden verstreut. Das ohnehin unordentliche Zimmer war endgültig im Chaos versunken.

Ich setzte erst einen, dann den anderen Fuß auf die Mappen, die mit *Cofidec* oder *CGT-Kontakte*, *Crédit Mudinis*, *Culture* oder *Salon des Chasseurs* beschriftet waren. Es fühlte sich an, als liefe ich auf schwankendem, feindlichem Packeis oder als wäre ich ein Kind, das auf dem Bürgersteig nicht auf die Fugen treten will, weil es überzeugt ist, ein Abgrund werde es verschlingen. Der Rahmen des Zidane-Fotos war zerbrochen. Ich trat auf eine blaue Mappe und betrachtete die aufgeklappten Ordner. Bei verschiedensten Anlässen in Perisac aufgenommene Fotos bedeckten den Boden: Rosenfest, Tag der Arbeit, Kränze zum Andenken an die für das Vaterland gefallenen Soldaten, Übergabe von Medaillen an verschiedene Händlerzünfte ... Unter den Fotos ein einzelner Umschlag. Ich setzte mich hin, ohne meine Insel von Ordnern zu verlassen, und streckte die Hand danach aus. Was erwartete mich, wenn ich ihn öffnete? Ein Bild von mir beim Händeschütteln mit den Siegern eines Sportwettkampfes des FC Perisac oder bei der Einweihung des Parkplatzes von Baussières? Vielleicht sogar ein altes Wahlkampffoto von Derk?

Die erste Reihe sitzt, die zweite steht. Jungen, Mädchen, alle im selben Alter, blicken in dieselbe Richtung. Siebzehn, höchstens achtzehn Jahre alt. Die École Levert 1977 oder 1978.

Béatrice Bricard.

Wie lange habe ich nicht mehr an diesen Namen gedacht, fragte ich mich beim Anblick des blonden jungen Mädchens mit Pferdeschwanz.

Und ich? Wo war ich? Seltsamerweise sah ich nur die Gesichter der anderen, aber nicht mein eigenes. Da! Zweite Reihe, dritter von links. Stehend, mit Jacquard-Pullover, tadellos gekämmten Haaren, abwesendem Blick. Das sollte ich sein? Dieser schlanke Junge, dessen graue Hose und Mokassins man hinter den Stuhlbeinen der ersten Reihe erriet? Hatte ich wirklich mal so ausgesehen? Ich hatte nur dunkle Erinnerungen, nahm mein Äußeres eher wie durch einen Regenvorhang wahr, der die Umrisse verwischt und die Farben verschwinden lässt. In meinem Gedächtnis ergab das einen ganz anderen François Heurtevent. Eine Mischung zwischen dem Jungen von damals und dem Mann von heute. Jemand, der nie woanders als in meiner Phantasie existiert hatte. Aber das Foto war da, als eindeutiger Beweis. Ich sah so jung aus, wir sahen alle so jung aus! Ich hatte nicht mehr gewusst, wie kindlich wir ausgesehen hatten.

Der Junge mit krausem Haar, der ins Objektiv lächelt und irgendwie ungeschickt dasitzt, mit halb gespreizten Beinen – plötzlich fiel mir sein Name ein: Éric Larmier. Und die kleine Dunkelhaarige mit Locken, die die Augen zusammenkneift, war Audrey Desnois, sie trug eine Brille, die sie wohl vor der Aufnahme abgenommen hatte, daher die Grimasse, die das Objektiv für immer festgehalten hatte. Ich betrachtete das Bild, als hätte ich es nie gesehen. Aber natürlich hatte ich es gesehen, natürlich kannte ich es. Damals hatten wir es sicher alle bekommen und beim Anblick unserer Gesichter herumgealbert. Die Zeit hatte ihr Werk getan, wie Wellen, die den Felsen angreifen, ihn abschleifen und bröckeln lassen, um ihn schließlich Zentimeter um Zentimeter abzutragen. Jahr um Jahr war das alles langsam aus meinem Gedächtnis verschwunden. Ich hatte keine Erinnerung an dieses Foto. Es war soeben zu mir zurückgekehrt, wie ein archäologischer Fund aus einer verschwundenen Zivilisation, von der man fast nichts mehr weiß. Dieses Bild war wie ein Beweisstück, ein Beleg, der meine verwaschenen Erinnerungen erhärtete. Ich hatte die tausenden Unterrichtsstunden nicht geträumt, von denen ich heutzutage keine einzige Minute wiedergeben könnte, ebenso wenig die Orte: Klassenräume, Flure, Schulfoyers, Pausenhöfe, die wie unscharfe Dias auftauchten. Nach all den Jahren waren sie nicht realer als die Erinnerung an einen lange zurückliegenden Traum.

Ich erkannte das Gesicht unserer Philosophielehrerin, und

ihr Name fiel mir so schnell ein, als würde ihn mir jemand ins Ohr flüstern: Mademoiselle Marsille. Damals kam sie uns alt vor, dabei dürfte sie höchstens fünfunddreißig gewesen sein. Mademoiselle Marsille ist heute über sechzig, dachte ich, und es war wie eine Offenbarung. Das schien mir unmöglich, und irgendwie war es das auch: Mademoiselle Marsille war für ewig fünfunddreißig, ihre braunen Locken konnten nicht grau geworden sein. Sie hatte immer eine goldene Kette über ihrem Rollkragen um den Hals getragen. Daran erinnerte ich mich, und ich hielt das Foto vor die Augen, um es zu überprüfen. Ein Herz aus Gold, in der Mitte zerschnitten, wie von einem Blitz gespalten. Hatte sie mit dem Mann, der die andere Hälfte besaß, ihr Leben verbracht? Trug sie die Kette noch? Oder lag sie seit langer Zeit in der Tiefe einer Schublade, und sie selbst hatte sie vergessen?

Dominique Pierson, ein großer Junge, viel größer als wir anderen, mit langen Haaren und dem Blick einer wütenden Möwe. Was war aus ihm geworden? Delphine Poisson mit ihrer Goldrandbrille, dem blonden Pony und dem Lächeln eines amerikanischen *college girl*. Wir hatten uns immer gefragt, ob sie etwas mit Sébastien Beauchy hatte, dem Blonden in der zweiten Reihe mit den lachenden Augen und der ins Hemd geklemmten Sonnenbrille. Dann gab es noch Clément Jacquier mit halblangen Haaren und einer vagen Ähnlichkeit mit Bonaparte, er wollte damals zum Film. Marjorie Levart, Daniel Célac, Cédric Pichon, und der da, dessen Gesicht mir etwas sagte, dessen Name mir aber nicht einfiel. Auch das Mädchen, ich erinnerte mich gut an ihre Gestalt, aber ihr Vorname? Sabine? Valérie? Nathalie?... Irgendwas mit i.

Ich drehte das Foto um. Hinter dem weißen Passepartout standen mit Maschine geschrieben alle Namen und Vornamen. Dazu Jahr und Klasse.

1977–78. Abiturklasse A. Mademoiselle F. Marsille. Philosophielehrerin.

Erste Reihe (sitzend, von links nach rechts): Marjorie Levart, Franck Alèsse, Éric Larmier, Béatrice Bricard, Delphine Poisson, Jérôme Auberpie, Daniel Célac, Marie Farnoux, Jean-Marc Lacaze.

Zweite Reihe (stehend, von links nach rechts): Cédric Pichon, Aude Gerfon, François Heurtevent, Dominique Pierson, Gilles Dervet, Nathalie Dirand, Audrey Desnois, Pascale Genvrier, Clément Jacquier, Stéphane Crestin, Pierre Lecoq, Jérémie Pedrini, Sébastien Beauchy.

Foto: Ets. Tourte et Petitin. 53, rue Paul Vaillant-Couturier. 92300 Levallois-Perret.

Schließlich hatte ich nachgegeben. Ich würde zum Arzt gehen, aber nicht zu Doktor Houdard. Ich entschied mich für den erstbesten, den ich im Internet fand. Am Tag des Termins stand ich früher auf als in letzter Zeit üblich. Unterwegs frühstückte ich auf der Terrasse des Rendez-vous de Jean Bart in der Sonne. Ein hartes Ei und einen Milchkaffee. Im Licht dieses Morgens geschah etwas Unerwartetes: Ich hätte traurig sein müssen, aber ich war glücklich, es kam mir vor, als hätte ich dieses Gefühl nicht mehr verspürt seit … seit wann? Es war unmöglich, den Moment festzulegen, auf jeden Fall lag er ziemlich weit zurück. Wie ein Geschmack, ein Duft, den man vergessen hat und der einen plötzlich in andere Jahre versetzt. Entfaltete die Entdeckung des Klassenfotos bereits ihre Wirkung in der Chemie meines Unterbewusstseins? Mir ging die verschwommene Gestalt des jungen Mannes, der ich gewesen war, durch den Sinn, ohne dass ich seine Züge deutlich erkennen konnte, wie ein Name, der einem auf der Zunge liegt. Ich fand den beruhigenden Gedanken wieder, dass das Leben ziemlich einfach ist, wenn es voller Begegnungen und Zufälle vor einem liegt. Dass es lang ist, wie die Tage der Kindheit. Erst später zieht sich die Zeit zusammen. In meinem Alter sind die Tage schon kürzer; je weiter es geht, desto schneller werden sie vergehen. Als Kind dauerte ein Tag ein Jahrhundert. Zwischen dem Frühstück vor der Schule und dem Abendessen mit den Eltern floss ein Ozean von Zeit. Die Stunden zählten doppelt, ja dreifach.

Der Geschmack des hart gekochten Eis mischte sich mit dem des Milchkaffees und führte mich irgendwie zurück in die Zeit vager Erinnerungen, voll sonnendurchfluteter Nachmittage. In Wirklichkeit war der Himmel vielleicht grau gewesen. Das Barometer des Gedächtnisses ist anders, gute Erinnerungen richten die Nadel immer auf »warm und trocken«. Der Begriff »große Ferien« kam mir in den Sinn, dabei gab es keine Verbindung zwischen hartem Ei und Milchkaffee und den großen Ferien meiner Kindheit. Ich dachte an die Analytiker, die genüsslich die hunderttausend Rädchen des menschlichen Geistes zerlegen. Die verrücktesten Assoziationen enthüllen tiefe Geheimnisse, die in den Schichten der Persönlichkeit vergraben sind. Ja, die großen Ferien dauerten ewig, wenn die schönen Tage anfingen, war das Ende des Sommers so weit weg. Inzwischen habe ich kaum Zeit, ein paar schöne Julitage zu genießen, da beginnt schon der September.

Nur alte Menschen erleben, wie sich die Zeit erneut dehnt. Sie stehen mit den ersten Sonnenstrahlen auf, schlafen nur noch vier, fünf Stunden pro Nacht. Ein Ministerschlaf für leere Tage. Der verfliegenden Zeit ein paar Stunden zu stehlen ist vielleicht die Vollendung jedes Lebens, dachte ich beim Anblick einer Frau, die mit ihrem Stock vorbeiging und die ich gegen die Sonne kaum erkennen konnte. Ihr Schatten zog sich auf dem Rathausvorplatz ins Unendliche.

Ich bat den Kellner, mir noch ein Ei zu bringen.

»Dieser Anblick ist doch ein Jammer«, sagte er, als er mir ein paar Minuten später mein Ei servierte.

Ich dachte, er spreche von den Eierschalen, die ich auf der Marmortischplatte verstreut hatte.

»Wo Sie sich solche Mühe gegeben haben! Das ist nun der Dank der Stadt. Und dieser Alphandon liegt in Ihrem Büro auf der faulen Haut. Die Leute sind undankbar, das sage ich Ihnen, Herr Bürgermeister.«

Ich wollte ihm eine beruhigende Antwort geben, einen jener sybillinischen Sätze, von denen die Politiker Hunderte in Reserve haben, aber er ließ mir keine Zeit, sondern fuhr entschieden fort: »Ganz genau, sie sind undankbar und erkennen die Anstrengung der anderen nicht an, das sage ich Ihnen. Ihr Schicksal erinnert mich an meine erste Stelle in der Brasserie du Renard. Ich habe mir solche Mühe gegeben, um die Gäste zufriedenzustellen, und keine sechs Monate später hat mich Guichaud entlassen, ohne Grund, ohne Anlass, einfach so und nicht anders. Genau wie bei Ihnen, Herr Bürgermeister. Perisac ist eine Brasserie du Renard in groß! Das hab ich am Abend der Wahl zu meiner Frau gesagt. Aber wir setzen auf Sie, Sie müssen die Festung wieder einnehmen«, verlangte er mit inzwischen hochrotem Gesicht. »Obwohl ich Sie gern auf meiner Terrasse bediene, dort will ich Sie sehen, für mich sind Sie unser Bürgermeister! Ich möchte wirklich wissen, wer die zweihundert Weicheier sind, die Alphandon gewählt haben!«

Ich tätschelte ihm freundschaftlich den Arm.

»Wie heißen Sie mit Vornamen?«, fragte ich.

»Claude.«

»Danke für Ihre Unterstützung, Claude«, sagte ich und drückte ihm die Hand.

Da kamen meine alten politischen Reflexe zum Vorschein. Nennt man den Wähler beim Vornamen, schafft das Vertrautheit, Vertrautheit ist die Schwester des Vertrauens, und das Vertrauen ist die Mutter aller Stimmzettel.

Er entfernte sich, mit dem Tablett an der Schulter, Wampe voran. Sein kleiner Exkurs über die Wahlen hatte mich aus meinen melancholischen Träumereien gerissen. Das friedliche Gefühl vom Anfang dieser einfachen Mahlzeit hatte sich abgeschwächt. Doch als die Sonne eine Wolkenlücke nutzte, um alle Terrassen zu erhellen, kam es noch stärker zurück. Ich schloss die Augen und trank einen Schluck lauwarmen

Kaffee. Das Bild, das mir in den Sinn kam, war das eines Juninachmittags während der Abiturprüfungen. In allen Einzelheiten hatte ich das Café vor Augen, in dem ich nach dem Philosophieexamen saß. Ein kleines Bistro mit rot-weißer Markise. Auch damals hatte ich einen Kaffee und hart gekochte Eier bestellt. Dann wurde die Erinnerung deutlicher, wie ein Foto, das im Entwicklerbad der Dunkelkammer sichtbar wird. Mein Klassenkamerad Clément Jacquier mit den halblangen Haaren, denen er seine Ähnlichkeit mit Bonaparte verdankt, kommt vorbei, seinen apfelgrünen Rucksack über der Schulter, an dessen Seite die ausgestreckte Zunge der Rolling Stones aufgenäht ist.

»Was hast du genommen?«, fragt er.

Und ich höre mich antworten: »›Erklärt die Vergangenheit die Gegenwart?‹ Und du?«

»Den Satz von Descartes, aber am Ende war ich nicht besonders gut. Ich hab irgendwie Kierkegaard und Kant verwechselt.«

Clément Jacquier interessierte sich nur für Film und wollte Regisseur werden. Sein Idol war François Truffaut, dessen Foto er auf sein Schreibheft geklebt hatte. Lange habe ich im Kino den Vermerk »ein Film von« mit seinem Namen gesucht. Doch kein Clément Jacquier hatte sich in der siebten Kunst hervorgetan. Was war aus ihm geworden? Ein Geheimnis liegt über dem Schicksal der Jungen und Mädchen, mit denen wir jahrelang unsere Zeit verbracht haben und die wir nach einer Prüfung verlassen und nie wiedersehen. Es ist, als lebten sie in einer anderen Dimension, einem Zeit-Raum, der uns nicht zugänglich ist.

*A*lter, Kinderkrankheiten, Probleme in jüngster Zeit. Seit einigen Minuten folgte eine Frage der nächsten.

»Müdigkeit vielleicht?«, fragte er mich, als würde er sie zum Verkauf anbieten, diese Müdigkeit: Darf's noch etwas Müdigkeit sein? Ja, bitte packen Sie mir ein schönes Bund dazu.

»Ich bin etwas abgespannt«, gab ich zu.

»Schlafprobleme?«

»Ich stehe spät auf.«

»Sehr spät?«

»Spät.«

»Lustlosigkeit? Beim Essen, beim Sex, überhaupt?«

»War schon mal besser«, antwortete ich trocken.

»Ängste?«

Eine Handvoll Ängste mit der Müdigkeit in einer Brühe aus Schnauzevoll köcheln lassen, nach einer Stunde ein paar Scheiben Schlaf dazugeben.

»Ja, Ängste, obwohl, ich weiß nicht recht. Nostalgie.«

Das Wort machte ihn neugierig.

»Können Sie das genauer beschreiben?«, fragte er mich.

Meine Geschichte vom Klassenfoto und den harten Eiern auf der Terrasse mit der Erinnerung an Clément Jacquier interessierte ihn sehr.

»Ich erinnere mich auch noch! Zehn Jahre nach dem Abi«, sagte er, versank in seinen Sessel und ließ den Blick ins Leere schweifen. »Wir hatten eine Art Schwur abgelegt.«

Er starrte auf die alte Siebziger-Jahre-Lampe aus gebürstetem Stahl. Das Dekor seines Büros hatte sich seit Pompidou nicht verändert, was irgendwie eine beruhigende Atmosphäre schuf; die Moderne hatte keinen Zugang, und draußen auf der Straße würde ich wahrscheinlich diversen Citroën DS, Peugeot 204 und Frauen in A-Linien-Kleidern begegnen.

»Ein Schwur?«

»Ja. Es war mein letzter Schultag in Lyon. Wir schrieben unsere Namen auf ein Blatt Papier, eine kleine Gruppe, vielleicht zehn der fünfundzwanzig Schüler. Wir vereinbarten, dass wir uns zehn Jahre später vor der Tür des Gymnasiums wieder treffen würden, auf den Tag und die Stunde genau, am 11. Juni 1973, ich habe 1963 Abitur gemacht. Während dieser zehn Jahre haben wir uns nicht gesehen. Rein zufällig, ich hatte diese Abmachung völlig vergessen, fand ich den Kalender wieder, in dem ich das Datum eingetragen hatte. Drei Monate später, am 11. Juni um 19 Uhr, ging ich zum Gymnasium. Ich war überzeugt, dass niemand kommen würde, dass die Jugendwette im Leben untergegangen war. Zehn Minuten später kam Pierre Larnaudy um die Ecke, er hatte sich auch daran erinnert und war auf Verdacht gekommen. Dann Marie Lelièvre, Francis Joincourt ... Es ist lange her, dass ich diese Namen ausgesprochen habe. Eine halbe Stunde später waren wir zu sechst. Wir hatten uns erinnert.«

»Was haben Sie gemacht?«

»Wir haben uns in eine Eckkneipe gesetzt. Wir haben geredet, bis sie zugemacht hat, ich erinnere mich genau, es war sehr heiß, es war ein schöner Abend«, schwärmte er, während er auf die Wand starrte, als würde er darauf Dias dieser Augenblicke aus seiner Jugend sehen.

»Haben Sie sich danach wiedergesehen?«

»Ich hab noch zwei, drei Mal von diesem oder jenem gehört, dann nichts mehr. *C'est la vie*«, schloss er und sah mich an.

Neben diesen Betrachtungen über das Wiederfinden alter Klassenkameraden diagnostizierte Doktor Francœur bei mir eine leichte depressive Phase mit gelegentlichen Angstzuständen. Die Geschichte mit dem Foto hatte das Eis zwischen uns gebrochen. Er wusste natürlich, wer ich war und versicherte mir, er könne gut verstehen, dass meine Niederlage psychische Turbulenzen ausgelöst habe. Er fand meinen Zustand nicht weiter besorgniserregend. Stilnox zum Einschlafen und das Beruhigungsmittel Temesta, das ich nur bei Bedarf nehmen sollte, würden mir bestimmt helfen, die Krise zu überwinden.

»Ich habe letzten Dienstag mit meinen Kindern im La Musarde Mittag gegessen«, sagte er mir vertraulich. »Ein Genuss, bitte sagen Sie es Ihrer Gattin!«

»Das mache ich bestimmt«, versicherte ich.

Die Arztpraxis war nicht weit vom La Musarde entfernt. Ich nutzte die Gelegenheit, um Sylvie vor der Essenszeit zu besuchen und sie über meinen Geisteszustand zu beruhigen. Ja, ich war depressiv, aber leicht, und es war nichts Schwerwiegendes. Mein Schlafrhythmus würde sich mit Hilfe des Medikaments von dem unserer Katze entfernen. Das Beruhigungsmittel konnte ich unmöglich in der Apotheke von Perisac kaufen, dann hätte die ganze Stadt Bescheid gewusst. Ich würde mit dem Auto nach Beaulieu fahren und es dort holen. Aber die Fahrt hatte auch ein paar Tage Zeit.

Éric, der Oberkellner, öffnete die Tür und drückte mir die Hand.

»Ich freue mich, Sie zu sehen. Essen Sie mit uns?«

»Nein, ich will nur bei Sylvie vorbeischauen.«

»Sie ist in der Küche und probiert etwas aus, ich lasse sie rufen.«

»Nein, wenn sie etwas ausprobiert, stören Sie sie bitte nicht.«

Ich wusste besser als Éric, dass man meine Frau beim Kochen nicht stören durfte.

»Einen kleinen Aperitif vielleicht? Den Kir Royal des Hauses?«

»Einverstanden.«

»Den Tisch zum Garten für Monsieur Heurtevent«, wies er einen Kellner an, der mich dorthin führte.

Ich trank langsam meinen Kir Royal und genoss dabei den Blick auf den Innengarten, die Nachahmung französischer Rabatten mit kugelförmig gestutzten Sträuchern an allen vier Ecken, den Brunnen aus rosa Marmor und das an einer Wand hängende schmiedeeiserne Schild, das Sylvies Vater einem Antiquitätenhändler abgekauft hatte. Darauf stand in schwarzen Eisenlettern »La Musarde«, verziert mit Köpfen von Windhunden und Weinranken aus Blattgold. Das Schild blieb ein Rätsel. Bastien Desbruyères wusste ebenso wenig, wo es herkam, wie der Händler, bei dem er es erstanden hatte. Es lebte sein zweites Leben, indem es dem Restaurant seinen Namen gab und dabei sein Geheimnis bewahrte. Sylvies Vater hatte das Restaurant Anfang der sechziger Jahre mitten in Perisac in einer ehemaligen Poststation aus dem 16. Jahrhundert eröffnet. Es gab die Legende, Robespierre habe dort während der Revolution einen Ring vergessen. Das mythenumwobene Schmuckstück wurde unter einer Glaskugel in einer Nische der dicken Mauern aus hellem Stein aufbewahrt. Nach fünfzehn Jahren hatte sich La Musarde drei Sterne im Guide Michelin erobert. Marie Desbruyères, die früh gestorben war, hatte nur die Zuerkennung des zweiten erlebt. Ich habe oft gedacht, dass der frühe Tod ihrer Mutter einen Anteil am düsteren und eigensinnigen Wesen meiner Frau hat. Ihr Vater, ein großzügiger, aber wortkarger Mann, hatte sie allein aufgezogen und alles der Religion der Kochkunst und der Obsession des Erfolgs unterworfen. Im Jahr nach seinem Tod verlor das Restaurant einen Stern. Mit Hartnäckigkeit und Genie war es Sylvie gelungen, ihn zwei Jahre später wieder ihrem Namen hinzuzufügen, und es kam nicht mehr infrage, ihn zu verlieren. Das Privileg der drei Sterne teilte sie mit nur zwei anderen Frauen, Anne-Sophie Pic und Hélène Darroze. Während ich an sie dachte, kam sie von Kopf bis Fuß weiß gekleidet und mit einem riesigen Metalllöffel in der Hand auf mich zu.

»Man hat mir eben erst gesagt, dass du da bist«, sagte sie lächelnd. »Ich freue mich, dass du vorbeikommst.«

Ich erzählte ihr von meinem Arztbesuch und dass ich mir gleich ein Schlafmittel aus der Apotheke holen würde, ich erwähnte das Beruhigungsmittel, das ich außerhalb kaufen wollte. Sie hörte mir mit der gleichen Aufmerksamkeit zu, die ich von ihr kannte, wenn sie mit Bocuse oder Pic sprach und sich die Namen aller erwähnten Zutaten merkte. Hier waren es Stilnox und Temesta statt Gorria und Vanille.

»Das ist gut. Das ist sehr gut«, sagte sie und legte ihre Hand auf meine.

Wir sahen uns schweigend an.

»Warte, du sollst etwas probieren. Éric! Lassen Sie unseren Versuch auf den Tisch bringen, François macht den Verkoster.«

Éric verschwand und kam sogleich mit zwei Hilfsköchen zurück, von denen einer einen Porzellanteller trug, auf dem eine Portion Dorade in Sauce lag.

»Probier mal!«

Ich nahm einen Bissen, kaute langsam, versuchte, alle Feinheiten zu erfassen. Meine Frau, die beiden Hilfsköche und Éric beobachteten mich besorgt, mit erhobenem Kinn, in Erwartung meines Urteils.

»Es schmeckt sehr gut.«

»Das ist nicht die Frage«, erwiderte meine Frau und verdrehte die Augen. »Was ist das für ein Geschmack?«

»Ein anderer Geschmack, kein Fischgeschmack ... Ein Geschmack nach ... Wald?«

»Bravo!«, jubelte sie. »Aber was noch?«

»Ich weiß nicht. Das ist schon mal gut, oder?«

»Geht zurück in die Küche«, sagte sie ihren Angestellten.

Sogleich entfernten sich die beiden Hilfsköche und Éric.

»Hast du die Haselnüsse herausgeschmeckt?«, fragte sie und rückte näher an mich heran.

»Ja, vielleicht.«

»Vielleicht gibt es nicht! Ja oder nein?«

»Ja.«

»Du lügst. Das sehe ich, ich kenne dich«, sagte sie gekränkt.

»Ich bin kein Gastrokritiker, Sylvie.«

»Nein, aber du kennst meine Küche, deine Meinung zählt.«

»Danke.«

»François, François«, sagte sie seufzend, »das ist kein Kompliment. Das Entscheidende ist die Haselnuss, diese Haselnussgeschichte ist sehr kompliziert. Wir haben sie zerkleinert und destilliert, um ein ziemlich flüchtiges Aroma daraus zu gewinnen, das aber im Mund zurückkommen soll. Es ist da«, sagte sie und zeigte auf das weiße Fleisch, »es ist nicht in der Soße, es ist im Fisch.«

»Ja, mein Schatz, im Fisch«, sagte ich und wusste nicht weiter.

»Fast hätte ich es vergessen. Vorhin wurde etwas für dich abgegeben.«

Sie stand auf, suchte hinter dem Tresen und brachte mir ein großes Kuvert aus festem Papier.

Es kam von dem Fotografen. Er wusste wohl meine Privatadresse nicht, und ins Rathaus konnte er mir die Post nicht mehr schicken. La Musarde war also der einfachste Weg, mich zu erreichen. Drei Schwarz-Weiß-Fotos, zwei bis zur Taille und ein Porträt.

»Ich sehe traurig aus.«

»Nein, du bist sehr schön«, sagte sie gerührt. »Wer hat die gemacht?«

»Guillaume Lux, ich habe ihn nach der Wahl vor den Plakaten getroffen.«

Sylvie schaute still auf mein Porträt mit wehendem Haar.

»Kann ich es hierbehalten?«, fragte sie leise.

Die Tür des Restaurants ging auf.

»Guten Tag, Herr Bürgermeister«, sagte der Oberkellner.

»Was sucht der denn hier?«, flüsterte ich atemlos, als ich Alphandon mit drei anderen Männern hereinkommen sah.

»Er hat reserviert.«

»Hast du kein Zyankali in deinem Kräuterschrank?«

»Ich bediene lieber einen Gangster, der Feinschmecker ist, als einen Priester ohne Gaumen, hat mein Vater immer gesagt. Ich kann nichts dafür, François. Er reserviert, ich bediene ihn.«

Sylvie schob das Foto in ihre Schürze, grüßte den Bürgermeister und verschwand in Richtung Küche. Alphandon nickte mir kurz zu und setzte sich. Ich ging grußlos hinaus.

Ich würde wohl früher als geplant nach Beaulieu fahren, um mir das Beruhigungsmittel zu holen.

*I*ch vertraue auf die Zukunft, ich vertraue auf unseren Kampf und ich vertraue auf euch für alle Kämpfe, die uns bevorstehen! Es ist Zeit für uns …«

Tosender Applaus.

»Es ist Zeit für uns, die Reihen zu schließen und diesen Weg mit Zuversicht zu gehen …«

Seit gut zwanzig Minuten dröhnte die Rede des Generalsekretärs in meinem Kopf. Ich war zu spät gekommen, hatte einige Hände gedrückt und dann in der Messehalle sieben an der Porte de Versailles eine ganze Sitzreihe zum Aufstehen gezwungen, um meinen Platz zu erreichen. Der Sekretär redete sich im Licht der Scheinwerfer in Ekstase:

»… die Hoffnungen und Wünsche all derer aufzunehmen, die uns vertraut haben und uns weiter vertrauen werden!«

Tosender Applaus.

»Noch regieren wir in der Hälfte aller Städte Frankreichs«, sagte er mit gespieltem Entsetzen, als hätte er das soeben entdeckt. »Das ist Fakt«, setzte er in demselben Ton fort, »und das ist nicht wenig! Wir sind da!«, schrie er plötzlich, »und wir werden immer da sein! Daran müssen wir glauben! Gemeinsam, liebe Freunde, gemeinsam gewinnen wir die Kämpfe der Zukunft, eine Etappe nach der anderen. Auch ihr, die ihr euer Rathaus knapp verloren habt, auch ihr müsst nach vorne sehen! Wir sind an eurer Seite, die Partei unterstützt euch, wie sie euch immer unterstützt hat.«

Mäßiger Applaus.

»Ich denke an Catherine Veyrant, die die Wahl um drei Prozent verfehlte, aber einen starken Wahlkampf geführt hat. Ich denke an François Heurtevent, der seine Hochburg mit nur zweihundertzwei Stimmen Abstand verlor!«

Der ganze Saal drehte sich zu mir um. Galten die erzürnten Blicke den zweihundertzwei Stimmen oder mir? Was fiel dem Sekretär ein, so vor allen Leuten auf mich zu weisen? Er, der im ersten Wahlgang mit zweiundfünfzig Prozent wiedergewählt worden war.

»François, du bist einer unserer Besten, komm zu mir auf die Bühne, sag uns, wie du dir die kommenden Kämpfe vorstellst.«

Hatte ich richtig gehört? Ein Mann rief: »Bravo, Heurtevent!« Ja, ich hatte richtig gehört. Ich sollte vor Hunderten Parteimitgliedern aufstehen. Sollte zu ihnen sprechen. Das überstieg meine Kräfte! Meine Beine waren schwer wie Blei, meine Schuhe verwandelten sich in Taucherflossen. Ich versuchte, den Sekretär durch einen ablehnenden Gesichtsausdruck davon abzubringen, vielleicht würde er mich verstehen, obwohl wir uns nicht sehr nahe standen. Nein, er wartete auf mich. Er streckte mir die Arme entgegen.

»François Heurtevent! Komm auf die Bühne, François, du wirst uns allen sagen, was Kampf bedeutet, was ein Politiker ist. Ruft ihn, Freunde!«

Alle riefen im Chor meinen Namen.

»Frischer Wind mit Heurtevent!«, kreischte eine Frau in Anlehnung an ein Buch, in dem keine Zeile von mir war, erst recht nicht der Titel.

Der Abgeordnete Bastieri zwang mich aufzustehen, Évelyne Delmas, gewählte Bürgermeisterin von Norimont, ergriff meinen Arm und schwenkte ihn in der Luft. Die Teilnehmer fingen an zu applaudieren. Der Schmerz drang wie ein Gift in mich ein, sein Name war Panik. Ich wollte nach Hause, mich ins Bett legen und nie wieder aufstehen. Sogar meine Frau und meine Tochter wollte ich nicht mehr sehen und mich erst recht nicht vor ihnen rechtfertigen. Nur der Kater sollte mein Schlafzimmer betreten. Man würde mir mittags und abends mein Essen auf einem Tablett vor die Tür stellen, und ich würde nie mehr aufstehen. Stattdessen ging ich in Richtung Tribüne, Gesichter und Hände streckten sich mir entgegen, wie einem Schlips-und-Kragen-Typen in den Slums. Von der Menge getragen, kam ich bis zu dem Sekretär, den ich so verstört anstarrte, dass er zurückwich. Mit übermenschlicher Anstrengung klammerte ich mich an seine Schulter und flüsterte ihm ins Ohr:

»Ich kann nicht sprechen, ich habe eine Angina.«

Meine Stimme war tonlos, ich hatte alle Symptome der Krankheit, meine verzerrten Züge waren ein Beleg für das Fieber.

»Ach, verdammte Scheiße, hätte ich dich bloß nicht hochgerufen!«, antwortete er und wandte sich dem Mikrophon zu: »Unser Freund ist ohne Stimme, er kann nicht zu uns sprechen. Das ist Wahlkampf! Er hat seine Überzeugungen als ehrlicher Mensch so laut verkündet, dass er die Stimme verloren hat!«

Applaus beendete den Zwischenfall. Ich weiß nicht, wie ich hinter die Bühne gelangte, wo mir ein junges Mädchen ein Glas Wasser reichte. Mein Herzschlag beruhigte sich etwas, und ich schluckte eine Temesta.

»Sie sind ganz bleich, soll ich einen Arzt rufen?«

»Nein, rufen Sie niemanden«, sagte ich schwach. »Es ist nur eine Angstattacke«, versuchte ich sie zu beruhigen, bewirkte aber eher das Gegenteil.

Sie entfernte sich, ließ mich aber nicht aus den Augen. Ich

ging zu einem halb offenen Notausgang, der nach draußen und zu den anderen Messehallen führte. *Gründe für das Scheitern und Strategien für die Zukunft.* Das Flugblatt unserer Versammlung mit dem Parteiemblem lag auf dem Boden.

Henri Veillers, Senator und Bürgermeister, kam auf mich zu. Der hochgewachsene Mann mit dem ziegelroten Teint eines Scotch-Trinkers und weißen pomadisierten Haaren, die bis in den Nacken hingen, holte einen Flachmann mit Whisky aus seinem Glencheck.

»Sie sind doch nicht stimmloser als ich«, sagte er mit der blitzartigen Klarheit der Alkoholiker.

Ich sah ihn wortlos an.

»Ich verstehe Sie«, setzte er fort. »So eine Komödie, das alles! Ich bewundere Sie, Verweigerung ist gut. Ich habe ihnen nichts verweigert: meiner Frau, meinen Kindern, meinen Geliebten ... Meinen Wählern schon, denen habe ich viel verweigert.«

Er nahm einen großen Schluck Whisky und streckte mir seinen Flachmann hin, den ich mit einem Kopfschütteln ablehnte. Er war nicht beleidigt.

»Letztendlich sind alle Politiker von irgendwas enttäuscht«, fuhr er fort. »Oder von irgendwem. Von sich selbst, wahrscheinlich. Sie sind alle Enttäuschte, um nicht das Wort Versager in den Mund zu nehmen. Man stürzt sich in die politische Karriere, weil man nichts anderes zustande gebracht hat, weder eine mächtige Finanzgruppe aufgezogen noch eine Zeitung gegründet hat. Was ist ein Politiker neben Hugh Hefner? Ein Nichts, eine Null. Die ganze Welt wird noch vor den Seiten des *Playboy* phantasieren, wenn wir schon längst vergessen sind. Sehen Sie sie an«, sagte er und zeigte in den Saal, »Insekten, die ihren Ehrgeiz vor sich herschieben, wie ein fetter Käfer seine Kotkugel, die immer dicker wird, bis sie ihn zerquetscht.«

»Pillendreher.«

»Wie bitte?«

»Das Insekt, das Sie meinen, heißt Pillendreher.«

»Von mir aus. Die Myriaden von Eiern, die wir legen, sind unsere Wähler, über die wir verfügen wie über Diener, nach denen wir läuten und die uns manchmal in die dampfende Suppe spucken.«

Wieder ein großer Schluck Whisky.

Veillers' Verzweiflung war ansteckend. Manchmal sieht man die Welt mit den Augen der anderen, und ihr Blickpunkt erscheint so wahr, dass man erschrickt. Ich schaute zum Saal. Was gab es dort? Einen Männerclan, der über Versammlungen und Strategien schwafelte. Eine Art Super-Kongress der Notare. Eine Welt, die über teure Karren und steile Karrieren, über Tricks und Business redete. Eine Welt, die nichts Erotisches hatte. Keiner von uns war der Traum eines Mädchens. Der beste Beweis: Manchmal sind wir so berühmt wie Schauspieler oder Sänger, trotzdem bittet uns nie jemand um ein Autogramm. Blass, grau, selbstzufrieden, nichts Markantes, kein Gesprächsthema. Kein Charisma in dieser Versammlung, die nach sauberer Wäsche, Ledertaschen und neuen Autos roch.

Unsere Verführungsfähigkeit bemisst sich an unserer Macht. Politiker sind wie spaltbare Elemente, denen man sich nur mit dem Geigerzähler nähert. Bei manchen rauscht er wie eine überhitzte Frittierpfanne, bei anderen gibt er kaum ein leises Knacken von sich. Unsere Strahlungsintensität ist nicht konstant, sie hat Tiefen und erfährt unerwartete Aufladungen. Bei der Menge in Halle sieben knisterte rein gar nichts. Sie war traurig, trübe; die einzige Abwechslung war das Blau oder Rot in den Krawatten. Erschütternd.

Als hätte er mich laut denken gehört, zog Veillers seine eigenen Schlussfolgerungen:

»Eine Welt von Inkompetenten, Losern und Durchgeknallten«, seufzte er. »Ich verabschiede mich. Auf mich warten zwei sehr schöne Nutten in einer netten kleinen Wohnung auf der Rive Gauche. Ich mache nichts mehr, ich bin beschäftigt«, sagte er und wies auf seinen silbernen Flachmann. »Ich sehe zu, das unterhält mich. Das ist alles, was mir bleibt. Es ist wie ein Gemälde. Gelegentlich flirtet die Erotik mit der Kunst. Dann wird es rein optisch.«

Ich sah ihn eleganten, leicht unsicheren Schrittes davongehen. Er wollte Schriftsteller sein. In den sechziger Jahren hatte er einen Band mit Erzählungen veröffentlicht: *Die Würfel*, wunderbarer Stil. Dann nichts mehr. Der politische Alltag hatte sein literarisches Ende eingeläutet.

Ich setzte mich einfach auf den Boden, und kurz darauf blieben zwei weiße Schnürschuhe vor mir stehen.

»François?«

*I*ch hob den Kopf und sah einen Mann mit weißen Jeans, schmalem Gesicht und halblangen Haaren, der entfernt an Bonaparte erinnerte.

»Erkennst du mich?«, fragte er und erklärte, ehe ich antworten konnte: »Ich bin Clément Jacquier, wir waren in einer Klasse.«

»Ja, natürlich«, brachte ich hervor.

Ich wollte ihm sagen, dass ich erst vor kurzem an ihn gedacht hatte, aber ich tat es nicht. Ich stand auf und drückte ihm die Hand.

Dabei konnte ich mir nicht verkneifen, ihn anzustarren, wie man ein irgendwie seltsames Bild betrachtet, dessen Sinn man nicht sofort erfasst. Finde die sieben Unterschiede? Nein, das war es nicht, ich sah nur die Auswirkung der Zeit.

Das Gesicht des jungen Gymnasiasten lag über dem des lächelnden Mannes. Sie waren zugleich dieselbe Person und unterschiedliche Individuen, wie bei Filmschauspielern, die man nach längerer Zeit wiedersieht. Verglichen mit dem letzten Film, in dem sie gespielt haben, sind sie verändert, gealtert, haben sich gewandelt.

»Du guckst mich so komisch an, vielleicht kennst du mich doch nicht mehr«, sagte er lächelnd und etwas verlegen.

Ich erinnerte ihn an seinen apfelgrünen Rucksack, die rausgestreckte Zunge der Rolling Stones und das Foto von François Truffaut auf seinem Schreibheft.

»Was für ein Gedächtnis«, sagte er, »den Rucksack hatte ich total vergessen.«

»Das Foto von Truffaut nicht?«

»Nein, Truffaut nicht.«

»Du machst keine Filme«, sagte ich und bedauerte sogleich die Bemerkung, die ihn sicher verletzte. Es ist nicht gut, Männer an ihre Jugendträume zu erinnern.

»Doch«, sagte er mit strahlendem Lächeln, »nur nicht genau das, was man sich vorstellt. Ich bin gerade ganz in der Nähe«, fügte er hinzu und zeigte zu einer benachbarten Halle.

Erotic world, *Welterotikmesse* stand dort in rosa Buchstaben. In seinem amüsierten Blick mischten sich Ironie und leises Bedauern.

»Ja, genau, du hast es erfasst, ich mache Pornofilme.«

»Du bist Pornoschauspieler?«, fragte ich verblüfft.

»Nein, Regisseur, sogar ziemlich bekannt.«

Nach kurzem Schweigen war sein Lächeln wieder da.

»Ich freue mich, dich zu sehen, ich weiß nicht warum, aber ich freue mich wirklich.«

»Ich auch.«

»Und du hast dir die Politik ausgesucht. Ich habe dich ein paarmal im Fernsehen gesehen.«

Ja, ich hatte mir die Politik ausgesucht, eher hatte sie mich ausgesucht und kürzlich verstoßen, wie eine Mätresse, von der man genug hat. Clément Jacquier erinnerte mich daran, dass ich während der Schulzeit nichts mit Politik am Hut gehabt hatte. Damals interessierte ich mich weder für Politiker noch für ihre Karriere. Was interessierte mich dann? Nicht viel, ehrlich gesagt, um Mode kümmerte ich mich kaum, die Dresscodes der Gleichaltrigen ließen mich kalt. Auch die Musik verfolgte ich nur oberflächlich, egal, ob Pop, Rock oder Disco. Natürlich kannte ich die Hits, die wir im Radio hörten und die manchmal in Fernsehshows gespielt wurden, aber mehr nicht. Wenn ich heute eins dieser Lieder höre, versetzt es mich in die Vergangenheit, ohne bestimmte Erinnerungen wachzurufen, meistens weiß ich weder Titel noch Namen der Interpreten. Auch Film war für mich keine Leidenschaft wie bei Jacquier, der seine Hefte mit Fotos von Schauspielern und Regisseuren beklebte. Plötzlich fiel mir das Bild auf dem Einband seines Kalenders ein: das Schwarz-Weiß-Foto eines Mannes mit hartem Gesicht und rasiertem Schädel. Er trug eine Halskrause und Uniform. Jacquier hatte mir damals bestimmt gesagt, wer das war, aber ich hatte es vergessen, und traf den Mann mit der Halskrause erst Jahre später wieder, als ich im Fernsehen *Die große Illusion* von Jean Renoir sah: Erich von Stroheim.

Jacquard wusste, was er werden wollte, er sagte es jedem: »Ich werde Filmregisseur.« Er schien alles zu haben, was man dafür braucht. Aber so ist das Leben, manchmal gibt es bei allem Talent, aller Kompetenz und allem guten Willen eine Zugbrücke, die nicht herunterkommt, und so bleibt man vor der Mauer stehen. Erst ruft man, damit einen jemand hört, dann ruft man nicht mehr, man wird müde, verzichtet auf die Mauer und das Schloss, in dem sowieso niemand auf einen wartet, und geht zurück in den Wald.

So war es wohl diesem seltsamen Jungen ergangen, der Ende der siebziger Jahre vor dem Gesicht eines Schauspielers träumte, den nur seine Großeltern gekannt haben konnten. Vielleicht waren die Kultur und die Träume aus einer anderen Zeit eines Tages zu schwer zu tragen gewesen. Er hatte das Gepäck abgeworfen und Tabula rasa gemacht mit allem, was sein geheimer Garten gewesen war und kein öffentlicher Park werden konnte, der dem Zuschauerstrom offenstand. Bestimmt hatte er sich im »traditionellen« Film versucht, viele Seiten mit Drehbüchern vollgeschrieben und vergesslichen

Produzenten oder desinteressierten Redakteuren Geschichten angeboten. Ja, sicher hatte er ohne Kompass, bei Nacht und Nebel, abseits der markierten Straßen und Wanderpfade seinen Weg gesucht und allmählich eingesehen, dass die Filme, die er in sich trug, nie woanders laufen würden als in seinem Kopf. Auf diesem Territorium der Irrwege und der verschlungenen Spuren hatte ihn wohl eines Tages ein etwas leichter passierbarer Pfad auf die Lichtung der Filme geführt, die für Minderjährige verboten sind.

Ich hatte mich nie im Wald verloren, hatte nie vor einer Mauer gerufen. Ich hatte zufällig dagestanden, die Zugbrücke hatte sich gesenkt, und ich hatte den großen Derk als ergebener Vasall in das Schloss begleitet. Dann war die Zugbrücke wieder hochgegangen, und ich war nie mehr herausgekommen. In Clément hatte ein Feuer gebrannt. In mir nicht. Ich ging mit den Händen in den Taschen der Zukunft entgegen, während er in Bergen von Büchern über die siebte Kunst, den Kopf voller Zitate und mit dem Gesicht Erich von Stroheims auf seinem Kalender das Abenteuer suchte. Im Gegensatz zu ihm hatte ich meine Zukunft nicht voller Energie und mit tausend Plänen erwartet, nein, ich wartete geduldig, wie die stillen Reisenden im Transit in den Abflughallen, mit denen man niemals spricht, von denen man nichts weiß und deren Gesichter man nach der Landung und dem Gepäckabholen sofort vergisst. Wer von uns hatte es besser getroffen? Ich hatte Mühe, das zu entscheiden.

»Kommst du auf einen Kaffee an meinen Stand?«

*I*ch zögerte kurz, ein seltsames Schamgefühl packte mich: François Heurtevent bei der Pornomesse? Und wenn mich jemand erkannte? Wie stand ich dann da? Sogleich schob ich die Frage beiseite: Sollte mich jemand erkennen, wäre er ein Besucher wie ich, das stellte den Zähler auf null. Vielleicht würden mich die Parteifreunde suchen, aber mein Stimmverlust erklärte den diskreten Abgang.

Auf dem Weg zum Eingang der großen Halle grüßte ein junger Mann in Freizeitkleidung, der eine Angel mit Mikrophon und ein großes Aufnahmegerät vor dem Bauch trug, meinen Begleiter mit einem Augenzwinkern und sagte: »Wir sehen uns später, François.«

»Komm an meinen Stand, der Produzent wird da sein«, antwortete Clément.

»Er hat dich François genannt«, sagte ich, als wir weitergingen.

»Ja, das ist mein Pseudonym, François Truffix.«

»Wie bitte?«

»François Truffix, als Würdigung an Truffaut, mit dem »X« für Porno. Bei uns hat man oft Pseudonyme, die sich an große Regisseure anlehnen. Es gibt Stan Lubrick, für Stanley Kubrick, Fred Coppula für Francis Ford Coppola. Das da ist Rollando Bertolutschi.«

Er zeigte mir einen Mann in weißer Windjacke mit einem roten Basecap auf dem Kopf, der eine Zigarette rauchte.

»Ist das ein Scherz?«

»Keineswegs. Wir gehen mal kurz bei ihm vorbei.«

»Hallo, François, ich warte auf Gwendy für die Show, aber ich weiß nicht, wo die blöde Ziege abgeblieben ist«, begrüßte er uns.

»Das ist François Heurtevent, ein Klassenkamerad. Er glaubt mir nicht, dass du Rollando Bertolutschi heißt.«

»Doch, das ist mein Deckname, aber Sie können mich Claude nennen«, sagte er und drückte mir die Hand.

»Na endlich! Seit zwei Stunden warte ich auf dich für die Vorbesprechung«, rief er gleich darauf.

Ich drehte mich um. Vor mir stand ein riesiges blondes Mädchen auf Rollschuhen und in neonrosa Minirock. Aus dem winzigen goldenen Hemdchen quoll ein offensichtlich künstlicher Busen.

»Ja, ich weiß«, antwortete sie kaugummikauend, »aber ich wollte Cynthia sehen, wir treffen uns nicht mehr, seit sie bei Private ist. Sind Sie mein Partner?«

»Nicht doch«, sagte Clément. »François ist ein Klassenkamerad von mir, er wird nicht mit dir drehen.«

»Schade, Sie sind goldig. Der Anzug steht Ihnen gut«, sagte sie und zupfte an meiner Gucci-Krawatte. »Ich liebe Männer, die Klasse haben, mit dem Look von Bankern oder Politikern, der Wall-Street-Typ. Meinem Kerl stehen Anzüge nicht, er sieht darin aus wie ein Clown. Er trägt nur T-Shirts und Baggie-Hosen, Ihnen würden Baggies nicht stehen.«

»Nein, da haben Sie sicher recht«, sagte ich, ohne den Blick von ihren mit Paillettenglanz lackierten Nägeln lösen zu können, die sich endlich entschlossen, meine Krawatte loszulassen.

Damit endete die Unterhaltung, weil Rollando Bertolutschi ihre Show besprechen wollte und Gwendy ihn lange genug hatte warten lassen. Beide gingen vor uns her, und ich verlor sie in den Gängen aus den Augen.

»Willkommen in meiner Welt«, sagte Jacquier lächelnd.

Ich spürte, dass er mir bei diesem Satz gern auf den Rücken geklopft hätte, sich aber nicht traute.

Die Welt des Clément Jacquier. Gänge und Sitzreihen, Stände, Verkäufer, Schaulustige – wie beim Automobilsalon oder der Landwirtschaftsmesse, nur dass hier weder Ventile noch frische Sahne verkauft wurden, sondern die ganze Vielfalt der kommerziellen Erotik. Mein Blick streifte im Vorbeigehen DVD-Hüllen mit eindeutigen Titeln, Pornofotos, Dutzende von Sexspielzeugen in den unglaublichsten Formen und Farben, Kalender und Poster mit halb nackten Mädchen und Männern. An allen Ständen wurde eifrig Werbung gemacht. Ich schnappte einzelne Sätze auf: »Er vibriert besonders sanft«, »Sie ist der kommende Star«, »Wir filmen Sie gern bei sich zu Hause«, »Das ist unsere Website«.

An einer Kreuzung zweier Gänge gab es Gedränge, die Blitzlichter der Digitalkameras trafen eine schöne, sehr stark geschminkte Brünette. Sie signierte einen Stapel DVDs unter der bunten Statue eines riesigen Tukans, dem Emblem des Standes.

»Das ist Mila Fievra«, erklärte mir Jacquier. »Eine Italienerin, die zur Zeit bei Dorcel sehr gut läuft.«

Wer waren diese Männer, die sich mit einer DVD in der Hand um sie drängten und sie nicht aus den Augen ließen? Kranke? Widerwärtige Perverse ohne jedes Schamgefühl, die sich mit entblößtem Gesicht auf dieser Messe zeigten und auf eine Widmung hofften? Ich hatte immer geglaubt, dass Männer nur heimlich Pornos sahen und selbst unter Folter niemals gestanden hätten, dass sie so etwas mochten. Nichts davon war zu merken. Einige Männer, die auf ihre Widmung warteten, hatten zwar etwas Zwielichtiges in ihrem starren Blick, aber das war bei weitem nicht die Mehrheit. Die meisten wirkten völlig normal. Eine Porno-Schauspielerin um eine Widmung zu bitten war lustig und offenbarte für sie keineswegs eine verdorbene oder, noch schlimmer, eine nicht vorhandene Sexualität. Es gab sogar ein Paar um die dreißig, das sich bei der Hand hielt. Gerade waren sie an der Reihe.

»Wir lieben Ihre Filme«, erklärte die junge Frau.

»Danke, das ist lieb, ihr seid so süß«, antwortete Mila Fievra mit einem Lächeln, das sein Strahlen sicher irgendwelchen Zahnbleichern verdankte.

Um sie herum hatten andere Besucher nach den Handys gegriffen und fotografierten sie. Sie erhob sich von ihrem Stuhl, um dem Paar ein Küsschen zu geben, und ließ sich dann von einem Mann um die vierzig die DVD reichen.

»Das ist der schönste Tag meines Lebens!«, rief er begeistert.

»Wenn du willst, stelle ich sie dir vor«, bot mir Jacquier an und zog mich weiter. »Das ist ein tolles Mädchen. Sie hat eine komplizierte Familiengeschichte, der Film gibt ihr Halt.«

»Das ist schön für sie«, antwortete ich, ohne allzu sehr über die Familiengeschichte von Mila Fievra nachdenken zu wollen, die vermutlich einen Cocktail aus alkoholkranker Mutter, prügelndem Vater, Flucht mit vierzehn Jahren und ähnlichen Dramen enthielt. »Sie haben wohl alle eine schwierige Vergangenheit«, fügte ich hinzu, während ich an einem riesigen lilafarbenen Plakat vorbeiging, auf dem in weißen Lettern stand: »*Die Nutten am Strand*, Vintage-Porno, der Charme der Siebziger auf DVD«.

»Da irrst du dich! Sie sind nicht alle Opfer von Inzest und anderen Traumata. Viele machen es für Geld und um sich zu amüsieren. Gwendy, das Mädchen auf den Rollschuhen, ist Wäscheverkäuferin in einem Warenhaus in der Provinz. Keine Cosette, ihre Eltern haben ein Reisebüro, sie hat zwei Brüder, in der Familie verstehen sich alle miteinander. Nichts Auffälliges.«

»Wissen sie, was sie macht?«

»Ja.«

»Und das stört sie nicht?«

»Nein, jedenfalls sagen sie nichts, schließlich ist sie volljährig.«

Ich stellte mir vor, Amélie würde uns mitteilen, dass sie Pornos dreht, und Sylvie und ich würden im Chor antworten: »Was für eine originelle Idee, mein Schatz, mach, was dir gefällt, schließlich bist du erwachsen.«

Undenkbar, nicht mal im Traum.

*D*er Stand meines Klassenkameraden hatte bescheidene Aus-
maße. Die Einrichtung bestand aus drei großen Tischen, Videobildschirmen, auf denen Filmtrailer liefen, und Banderolen
mit dem Logo von »Cléopatra Film Production«, der nackten
ägyptischen Königin in den Armen des Gottes mit dem Fal-
kenkopf, dessen Name mir nicht einfiel. Auf dem kleinsten
Tisch bot ein junges Mädchen in Body und Flatterhemdchen
Sexspielzeug an, die anderen Tische präsentierten eine beeindruckende Palette von Videoproduktionen. Es gab Filme von
François Truffix, aber auch von anderen Regisseuren. Clément
bedauerte, dass ich nicht am Vortag da gewesen sei, als seine
Star-Darstellerin DVDs signiert hatte. Jetzt war wenig los. Wir
tranken einen Kaffee aus der Thermoskanne.

»Was wird aus den Mädchen?«, fragte ich Jacquier und zeigte auf die Filmhüllen.

»Nichts besonderes, sie verlassen den Beruf, heiraten und
bekommen Kinder, ganz normal. Gut, sie heiraten selten
Wirtschaftsprüfer, eher Fotografen, Nachtclubbesitzer oder
Musiker.«

»Und du?«

»Ich habe die Tochter meines Produzenten geheiratet, sie
hat nichts mit Porno zu tun, sie leitet einen Laden für Mode-
kommunikation, Fashion-Flash. Wir haben einen siebenjäh-
rigen Jungen, Alexandre. So heißt die Figur von Jean-Pierre
Léaud in *Die Mama und die Hure*. Und selbst?«

»Ich bin seit zwanzig Jahren verheiratet und habe eine achtzehnjährige Tochter, Amélie. Meine Frau ist Chefköchin, drei Sterne im Michelin.«

»Da isst du sicher gut.«

Ich nickte und dachte an die Dorade mit Haselnuss und vor allem an Sylvie. Wenn sie mich hier sehen würde! Mein Blick streifte über die DVDs, ich griff nach irgendeiner, von der mir der Künstlername meines Klassenkameraden in roten Lettern entgegensprang: *Stretching fucking III.* Ich drehte sie um und las die Zusammenfassung: »Jenny hat einen Massagetermin, sie ahnt nicht, dass dort ganz andere Mittel zur Anwendung kommen, um sie von ihrem Stress zu befreien.«

»Nein, nein, vergiss es. Der ist nicht gut, das war eine Bestellung. Hier ist mein Meisterwerk«, sagte er stolz und reichte mir eine andere Hülle: *Das Mädchen auf dem Lastkahn.*

Jacquier rühmte seinen Film, der ausschließlich in natürlicher Umgebung gedreht sei. Ein kleines Juwel mit Vali Valou und Peter Dorso.

»Eine Reminiszenz an die Einstellungen aus *Atalante* von Jean Vigo«, erklärte er mir. »Hier, ich schenke ihn dir und das auch«, ergänzte er, während er aus einer Kiste ein dickes Buch holte, auf dessen schwarzem Einband ein großes rosafarbenes X prangte: Clément Jacquier, *Der vierundzwanzigste Brief, Vorwort von José Bénazéraf.* »Das will hier keiner haben, es ist zu theoretisch, zu literarisch. Ein Essai über die Pornographie.«

»Hast du mal irgendwen aus der Klasse wiedergesehen?«, fragte ich.

»Nein. Nichts gehört, außer von Pedrini, der im Knast sitzt.«

»Pedrini sitzt im Knast?«

»Ja, Pedrini, Jér' emie Pedrini, Bandenkriminalität, ein großes Ding. Vor zwei Jahren haben sie ihn geschnappt, es stand in allen Zeitungen. So habe ich davon erfahren«, sagte Clément und trank seinen Kaffee aus.

»Das ist mir entgangen.«

»Schon der Vater hat in Bars und Casinos gemacht«, erzählte er und klopfte gegen einen Bildschirm, der schwarz blieb.

»Erinnerst du dich an Delphine Poisson?«, fragte er plötzlich.

»Ja.«

Ich dachte kurz, er würde mir erzählen, dass sie mit ihm gedreht habe, aber nein, ihm war nur gerade der Name eingefallen.

»Sie hatte was mit Sébastien Beauchy, erinnerst du dich?«

Natürlich erinnerte ich mich. Wir erwähnten andere Namen, die uns in den Sinn kamen, es war wie ein Spiel: Cédric Pichon, Marjorie Levart, Gilles Dervet, Jérôme Auberpie ... Clément gefiel die Vorstellung, dass vielleicht ehemalige Mitschüler seine Filme sahen und nie wissen würden, dass er der Regisseur war.

»Stell dir vor, vielleicht steht Gilles Dervet nachts auf, um meine Filme anzusehen!«

Clément machte sich an die Reparatur des Fernsehers, der nur noch ein ersticktes Röcheln und gar kein Bild mehr von sich gab. Auf der Suche nach einem passenden Kabel verschwand er unter dem Tisch. Ich nutzte die Gelegenheit um den Text auf der Rückseite seines Meisterwerkes zu lesen: »Die Abenteuer der schönen Peggy Sage. In der Sommerhitze fährt sie mit dem Lastkahn ihres Vaters auf der Marne. Ihr Verlobter Léo verlässt sie, um eine Weltreise zu machen. Allein an Bord langweilt sie sich, aber schon bald macht sie neue Bekanntschaften: Vorbeifahrende Schiffer, ein Postbeamter, Touristenpaare und Spaziergängerinnen werden in leidenschaftlichen Umarmungen ihre Glut befriedigen.« Darunter die Elogen der Fachpresse: »Ein romantischer Hardcorefilm, vielleicht das Meisterwerk von François Truffix«, *Hot Video*. »Der würdige Erbe des großen Michel Ricaud«, *Sexmag*. »Vali Valou auf dem Gipfel ihrer Kunst«, *Starix*.

»Roxana, zeig meinem Kumpel, was du hast, bis ich dieses verdammte Kabel gefunden habe.«

Roxana, das Mädchen in Flatterhemd und Body, wandte sich mir zu und fragte mit der Anmut einer Parfumverkäuferin, was mich interessiere: ein Dildo, ein Fläschchen mit Poppers oder der Love-egg-Vibrator? Oder dieses ganz neue Spielzeug in Form einer Blume? Ich lehnte alle Angebote höflich ab, aber Clément insistierte, ich solle doch wenigstens so ein vibrierendes Ei mitnehmen. Roxana führte es mir vor. Aus der neonrosa leuchtenden Verpackung holte sie ein Ei in der gleichen Farbe, das aussah wie ein Hühnerei mit Schuppen. Wenn man einmal drückte, fing es an zu vibrieren, beim zweiten Druck wurde die Vibration kräftiger, beim dritten wurde es wieder reglos und weich.

»Ein sehr amüsantes Spiel für Paare«, versicherte sie mit hoher Stimme.

Roxana wolle Friseurin werden, erzählte sie mir, bis jetzt dürfe sie nur die Haare der Kundinnen waschen. Ich nahm das fürstliche Geschenk an und steckte es in die Tasche. Clément hatte endlich sein Kabel gefunden, aber das Bild kam nicht wieder, nur der Ton gehorchte der Fernbedienung und wurde mal lauter, mal leiser. Lustschreie, sicher vorgetäuschte, drangen aus dem Lautsprecher. Ich blätterte zerstreut im Katalog der Schauspielerinnen, die bei Cléopatra Film Production unter Vertrag standen. Blonde, Dunkelhaarige, manche sehr schön, andere nichtssagend. Unter den Fotos fand ich zufällig das von Roxana, meiner Verkäuferin vibrierender Eier. Sie war in der Cléopatra-Familie auch ein wenig Schauspielerin und hatte in *Junge Liebhaberinnen sind auch im Winter heiß, Staffel VI* mitgewirkt.

Das also war die Welt des Pornos. Eine Welt mit hübschen und verrückten Mädchen und ehemaligen Filmstudenten, die innerhalb der siebten Kunst eine sehr spezielle Nische gefunden hatten. Eine Welt von Kosmetikerinnen und Friseurinnen, die sich für die Dauer ihrer kurzen Karriere wie Hollywoodstars fühlten. Eine Blase. Ich steckte die Hände in die Taschen, und meine Finger stießen gegen die Verpackung des Eis, das sofort zu vibrieren begann. Meine Anwesenheit in dieser Welt fühlte sich immer unwirklicher an, und ich fragte mich, ob ich nicht bald in meinem Bett aufwachen würde, weil Archipattes seine Krallen wetzte. Aber nein, es war durchaus real. Ich hatte ein Gesicht von dem Klassenfoto wiedergefunden.

*I*ch hatte Cléments Einladung zum Mittagessen ausgeschlagen und ihn an seinem Stand mit Roxana, den anregenden DVDs und den Requisiten der Lust zurückgelassen. Er gab mir seine Karte, ich ihm meine. Austausch von Höflichkeiten: die nackte Königin Ägyptens gegen das Parteiemblem. Als wir uns die Hand gaben, versprachen wir, uns wieder zu treffen, ohne wirklich daran zu glauben, ich jedenfalls nicht. Vielleicht hielt er in seiner Welt, in der sich hübsche Mädchen auf Wunsch entkleideten und rosa Eier vibrierten, nichts für unmöglich. Ich ging schnell zur Garderobe, um meine Tasche und meinen Mantel zu holen. Für den Nachmittag waren Diskussionen mit den Parteikadern vorgesehen, sie würden ohne mich stattfinden.

Auf dem Weg zur Metro fiel mir auf, dass mein Telefon nicht geklingelt hatte, während ich bei Clément war. Niemand hatte versucht, mich zu erreichen, weder von der Partei noch von zu Hause. Meine Abwesenheit stieß auf totale Gleichgültigkeit. So fand ich mich an diesem frühen Nachmittag plötzlich mir selbst ausgeliefert, ohne Ziel, ohne Termine, mit meinem vibrierenden Ei und der Porno-DVD in der schwarzen Plastiktüte, die ich in meine Aktentasche gesteckt hatte. Das ängstigte mich nicht weiter, ich sah dem weiteren Verlauf des Tages sogar überraschend gleichgültig entgegen. Vielleicht war das die Wirkung des Temesta?

Der Taxistand war leer, ich sah mich vergebens nach einem

vorbeifahrenden Taxi um und versuchte, mich auf dem großen Plan am Eingang der Metrostation Porte de Versailles zu orientieren. Die grüne Linie war unten links, wenn ich Richtung Porte de la Chapelle fuhr und bei Concorde umstieg, konnte ich bis Porte Maillot fahren, wo ich noch für eine Nacht ein Zimmer im Concorde Lafayette reserviert hatte. Vielleicht ging das sogar schneller als mit dem Taxi. Jetzt verstand ich die Frage des Fahrers, der mich am Morgen hergefahren hatte: »Gibt es bei der Messe gerade schöne Sachen zu sehen?«, hatte er sich mit süffisantem Lächeln erkundigt.

»Keine Ahnung, ich gehe zu einer Tagung«, hatte ich geantwortet, ohne mich über die Art der Tagung zu äußern.

Er hatte nur gegrinst. Wahrscheinlich sah ich in seinen Augen aus, als wäre ich auf dem Weg zur Erotikmesse.

»Gut Tach, Entschuldigung, wenn Musik stört.«

Ein Rumäne oder Serbe mit Akkordeon, Wildlederjacke und Schuhen aus Krokodilleder. Vielleicht unecht, obwohl es meines Wissens keine unechten Krokodillederschuhe gab. Einige Fahrgäste schauten genervt, einigen schien die Musik zu gefallen, die meisten wirkten gleichgültig. *La Vie en rose*, *Milord* und *Mon amant de Saint-Jean* folgten aufeinander. Die Krokodillederschuhe bewegten sich zum Geld sammeln durch den Waggon und kassierten zwei Euro. Einen von einer Engländerin mit Rollkoffer und meinen.

In Sèvres-Babylone stiegen zwei junge Männer in Schlips und Kragen ein, setzten sich mir gegenüber und führten ihr Gespräch fort.

»Hinsichtlich des Marktvolumens ist das für die Struktur sehr vorteilhaft«, bemerkte der eine, ein hässlicher Kerl mit Metallbrille und zusammengewachsenen Augenbrauen.

Der andere, ein Blonder mit Bürstenfrisur, nickte, er schien absolut einverstanden zu sein.

»Das haut rein wie ein Brandbeschleuniger für deinen Laden«, fuhr die Augenbraue fort.

Jetzt drückte die Kopfbewegung des Blonden eher Zweifel aus.

»Wir sind ein kleines Unternehmen«, sagte er skeptisch.

»Im Hinblick auf die Volumetrie?« fragte der Hässliche.

Der Blonde schien nicht genau zu wissen, ob er die Volumetrie oder etwas anderes meinte.

»Egal, auf jeden Fall ist es ein Beschleuniger, ich weiß, wovon ich rede, ich habe es bei der Sogec erlebt.«

»Wie hat es da gewirkt?«, erkundigte sich der Blonde.

Der Hässliche blähte die Wangen und zog seine Braue hoch, er begleitete die Grimasse durch eine höchst aussagekräftige Geste, die deutlich machte, dass die Auswirkung gewaltig und er selbst immer noch beeindruckt war.

Ich würde nie erfahren, worin der tolle Beschleuniger bestand, den sich alle Firmenchefs schleunigst bei der zusammengewachsenen Augenbraue beschaffen sollten. Plötzlich verstand ich sehr gut, dass Clément sein Leben lieber zwischen DVDs und nackten Mädchen verbrachte.

»Eine Welt von Inkompetenten, Unfähigen und Durchgeknallten.« Veillers hatte recht, und seine Beschreibung traf nicht nur auf die Politik zu.

Ich stieg an der Station Assemblée nationale aus.

Auf dem Boulevard Saint-Germain regnete es, und ich stellte mich vor dem Café Le Concorde unter, dann setzte ich mich unter die Leinenmarkise. Ich bestellte einen Rum, gleich darauf änderte ich die Bestellung auf einen Malibu. Plötzlich hatte ich Lust auf den durchsichtigen Kokoslikör. Während ich den ersten Schluck genoss, sah ich einen dicken Mann im grauen Anzug mit prallen Aktenordnern unter dem Arm durch den Regen rennen. Ich folgte ihm mit dem Blick, sicher eilte er zur Nationalversammlung oder in eins der umliegenden Büros. In den letzten fünfundzwanzig Jahren war ich vielen wie ihm begegnet. Meistens verschwitzt, immer schnaufend, mit Panik im Blick und sorgenvoller Stirn. Die dicken Männer in den Fluren der Macht und die unterwürfigen Gehilfen, irgendwas zwischen Lasttier und Schreibsklave. Als ich Derks parlamentarischer Referent wurde, hatte ich so einen unter meinen Fittichen, Calfandieu, André Calfandieu. Ich brummte ihm tausend lästige Pflichten auf, die er erfüllte, ohne aufzumucken. Ich hatte mich oft gefragt, was für ein Leben so ein André Calfandieu führte. Ich stellte ihn mir einsam in einer winzigen kafkaesken, mit Verwaltungsakten vollgestopften Wohnung vor. Eines Tages fragte ich ihn danach. Er war verheiratet und hatte fünf Kinder. Außerdem war er Präsident des französischen Klubs der Modellschiffbauer, dieser Besessenen, die Tausende Stunden mit dem Bau von Schiffsmodellen verbringen. Ich lag völlig falsch, der dicke, griesgrämige Mann, mit dem ich zusammenarbeitete, hatte außerhalb seiner Arbeitszeit in der Nationalversammlung ein erfülltes Leben. Ich glaube, von dem Tag an habe ich mich etwas mehr für Politik interessiert. Die Menschen haben ihre Leben, und wir sind deren Hüter. An solche Sentenzen glaubte ich.

Der Regen hatte aufgehört, die Sonne beschien die nasse Fahrbahn. Eine Frau blieb auf dem Bürgersteig stehen, dann zwei Männer. Alle drei wandten den Kopf zum Himmel. Ich beugte mich vor, denn das, was sie anschauten, war durch die Markise verdeckt.

»Unglaublich, oder?«, sagte die Frau an meine Adresse gewandt.

Auch andere Fußgänger blieben stehen, richteten den Blick nach oben, erstarrten.

Der Regenbogen hatte eine absolut ungewöhnliche Farbe: dunkelblau, fast marine. Das hatte ich noch nie gesehen. Ich stand auf, bald gesellte sich der Kellner zu mir, der seine Bestellungen vergaß. Die Farbe wechselte zu dunkelviolett, dann indigo. Touristen, die besser ausgerüstet waren als die Pariser, packten ihre Videokameras aus und richteten sie auf die Wolken. Andere versuchten, mit dem Smartphone ein Foto zu schießen. Der Regenbogen würde auf einem Bildschirm so winzig wie eine Briefmarke sein, das war absurd, aber es schien ihnen zu gefallen. Ich machte ein paar Schritte, die Augen gen Himmel gerichtet, der Kellner rief, ich solle meinen Malibu bezahlen. Ich kehrte zum Tisch zurück, leerte mein Glas mit einem Schluck, legte das Geld passend hin und ging davon, wobei ich regelmäßig zum Himmel sah, wie man jemanden überwacht, der einen verfolgt.

In der Rue Aristide-Briand verdoppelte er sich, ein zweiter hellerer blauer Bogen tauchte auf, dann waren beide ganz schnell verschwunden. Der Himmel war wieder blau, als wäre nichts geschehen. Der Volksglauben behauptet, ungewöhnliche Klimaphänomene würden Umwälzungen oder sogar Kriege ankündigen. So galt das Polarlicht, das Anfang 1938 in ganz Nordeuropa zu sehen war, für viele als Ankündigung des Zweiten Weltkrieges. Das Verwirrende war, dass es 1913 ein ganz ähnliches Polarlicht gegeben hatte. Obwohl ich nicht zur Wahrsagerei neige, fragte ich mich, was der blaue Regenbogen wohl ankündigte. Der dicke Mann mit den Aktenordnern riss mich aus meiner Träumerei, er eilte an mir vorbei und hätte mich beinahe umgerannt. Diesmal trug er eine braune Ledertasche und hatte das Telefon am Ohr. Er lief zum Zebrastreifen am Boulevard Saint-Germain. Sicher hatte er nichts von diesen magischen Minuten mitbekommen. Die André Calfandieus dieser Welt haben keine Zeit für blaue Regenbogen.

An der Ecke der Place du Palais-Bourbon fiel mir auf, dass die *Boutique de l'Assemblée Nationale* immer noch von diversen Kuriositäten überquoll. Dieser Laden verdankte seine Existenz der Phantasie des Präsidenten der Nationalversammlung Jean-Louis Debré. Kinderstühle mit der Aufschrift »Künftiger Abgeordneter«, Kaffeebecher, blau-weiß-rote Sanduhren und Topflappen, auf denen »links« und »rechts« stand, hatten die Kugelschreiber und Federmappen mit dem Logo der Nationalversammlung verdrängt. Manschettenknöpfe für »links« und »rechts« lagen auf einem Badehandtuch mit dem Schriftzug »Assemblée Nationale«, auf Abfalleimern stand »abgelehnte Anträge«, sie waren mit kleinen Kugeln aus blauem, weißem und rotem Papier gefüllt. Irgendwie folgten *Erotic world* und Nationalversammlung derselben Kommunikationslogik: Fun. Was nicht lustig war, musste man dazu machen. Die trockenen Seiten der Gesetzestexte wie die zwielichtigen der Pornofilme waren plötzlich voller Humor, konnten womöglich gar eine Berufung wecken.

Meine Schritte führten mich zur Rue de Bourgogne. Ich scheute das nur einen Katzensprung entfernte Chaban-Delmas-Gebäude in der Rue de l'Université 101. Hier liegt die Luxuskaserne der Abgeordneten, während ihrer Parisaufenthalte. Das Wort Luxus ist allerdings übertrieben: ein kleiner Schreibtisch, eine Schlafcouch und ein Einbauschrank mit Waschgelegenheit. Eine winzige Absteige, die den Abgeordneten während der fünfjährigen Legislaturperiode zur Verfügung steht. Wie viele Stunden habe ich in diesen paar Quadratmetern mit Gartenblick damit verbracht, Akten zu lesen. Zehn Jahre lang bewohnte ich diese Kammer als Dienstmädchen der Republik. Während ich meine Sachen in großen Säcken, die mir der Hausmeister gegeben hatte, hinausschaffte, hatte mich die Panik gepackt. Es war wie die Entlassung aus dem Militär, nur mit entgegengesetzten Gefühlen. Während der Abgang aus der Armee eine Erleichterung war, glich der aus der Nationalversammlung einem Kreuzweg. Wie bei der Armee war alles vorzüglich organisiert, mit einem Laufzettel, den man in diversen Büros abstempeln lassen musste, Leerung des Spinds und Rückgabe des Staatseigentums. Im Hôtel Chaban, wie die Altgedienten sagten, passten an jenem Tag zehn Jahre meines Lebens in drei weiße Plastiksäcke mit der Aufschrift »République française«. Die gab es in der hübschen Boutique nicht zu kaufen. Ich stopfte Notizhefte, Toilettenartikel, persönliche Dinge, Fotos und Kleidungsstücke hinein. Dann ging ich in die Nationalversammlung, um meinen Spind zu leeren.

Auch dort erwarteten mich die weißen Säcke. Vergeblich suchte ich den Kamm, den ich für Tage mit starkem Wind im Spind aufbewahrte, er war vielleicht in den Ordner mit Formularen für die Rufbereitschaft gerutscht, die man ein Wochenende im Monat in der Hauptstadt ableisten musste. Ich blätterte meine Terminkalender durch und stellte vor den Augen der Pförtner meine leeren Aktentaschen auf den Kopf, aber der Kamm tauchte nicht auf. Es war absolut lächerlich, den gleichen Kamm konnte ich mir in jeder beliebigen Drogerie wieder kaufen, aber ich verbiss mich darin. Ich wollte die Nationalversammlung nicht ohne meinen Kamm verlassen. Vor den Pförtnern, um deren Gelassenheit sie selbst die britischen *Horse Guards* beneidet hätten, brüllte ich lächerlich herum, dass ich auf keinen Fall ohne meinen Kamm weggehen würde und dass man ihn mir wohl gestohlen habe. Vor Wut warf ich den Spindschlüssel auf den Boden und trampelte darauf herum.

»Wir werden Ihren Kamm suchen, Herr Abgeordneter«, sagte einer der Pförtner nach einem Moment des Schweigens.

Ich setzte mich auf die drei weißen Säcke, die ich wie einen Puff zusammengeschoben hatte, und starrte auf die Maserung des Versailles-Parketts.

»Monsieur ... ist es vielleicht dieser hier?«

Ja, natürlich war er das, sie hatten den Kamm in kaum einer Minute gefunden, dabei hatte ich den Ordner der Rufbereitschaft mehr als fünfzehn Mal geöffnet. Der unsichtbare Kamm war ganz augenscheinlich eine Freud'sche Fehlleistung. Ich hatte ihn nicht gefunden, weil ich ihn nicht finden wollte. Ich wollte ihn nicht finden, weil ich nicht wegwollte. Mein Abgang hing sozusagen an einem Haar; solange dieser Kamm unauffindbar blieb, durfte ich in der Nationalversammlung bleiben, daher die lächerliche Drohung, ich würde nicht ohne diesen Kamm fortgehen. Nun, da ich ihn zurückbekommen hatte, musste ich meine weißen Säcke nehmen und durch die kleine Tür an der Place du Palais-Bourbon davongehen.

Nachdem sich seine Kollegen entfernt hatten, klopfte mir der älteste Pförtner auf die Schulter.

»Das wird schon«, ermutigte er mich, »Sie sind nicht der Erste. Alle fünf Jahre gibt es Dramen, ich hab schon Männer weinen sehen«, versuchte er mich zu trösten. »Sehen Sie, ich gehe Ende des Jahres in Rente, und ich bin nicht sicher, dass ich keine Tränen vergießen werde. Ich habe mein ganzes Leben in dieser Bude verbracht«, ergänzte er und sah sich um. »Ein ganzer Palast für mich allein, glauben Sie nicht, dass ich in meiner kleinen Datsche in Champigny ersticken werde?«

»Doch, bestimmt«, hatte ich halblaut geantwortet.

»Ich werde mich um meinen Salat kümmern. Wir haben einen Schrebergarten. Und Sie, was werden Sie Schönes machen?«

»Ich ... ich werde Däumchen drehen«, sagte ich mit sarkastischem Lächeln.

»Ganz sicher nicht!«, versicherte er mir und streckte mir die Hand hin, um mir zu helfen, von meinen weißen Säcken aufzustehen. »Sie haben ja noch Ihr Rathaus!«

Jetzt hatte ich es nicht mehr. Nichts stand dem Däumchendrehen mehr im Wege. Ich hatte schon gut damit begonnen.

An diesem Nachmittag verfolgten mich die Haare. In der Rue de Bourgogne stand ich plötzlich vor dem Friseursalon Caro, dessen Schaufenster der Zeichner Piem in den siebziger Jahren gestaltet hatte. Zu sehen war ein Friseur, der einen Spiegel vor den Nacken eines Kunden hält, aber der Spiegel zeigt nicht den Rücken des Mannes, sondern das Gesicht der Marianne. Der ganze pennälerhafte Surrealismus des Zeichners vom *Petit Rapporteur*. Meine Schritte hatten mich nicht zufällig dorthin geführt, und ich war auch nicht ganz zufällig an der Metrostation Assemblée Nationale ausgestiegen. Ich kehrte in das Viertel meiner Vergangenheit zurück, genauer gesagt in die Rue de Bourgogne 23.

Wohnung ist ein großes Wort. Eher eine Junggesellenbude.«
Derks Standardantwort, wenn man ihn zu der Adresse und
der Einrichtung beglückwünschte. Weit weg, im 16. Arrondissement, gab es eine riesige Wohnung ohne Hausherrn, wartete eine Frau schon lange nicht mehr auf den Gatten, der nur
allzu selten nach Hause kam. André Dercours' Adresse für
bibliophile Treffen mit Mitterrand und inoffizielle Verhandlungen mit Männern verschiedenster Anschauungen war die
Rue de Bourgogne 23. Das Restaurant *Le Club des poètes* auf
der anderen Straßenseite, das wir nie besuchten, diente vor
allem für einen Witz, wenn sich die Verhandlung in die Länge
zog: »Wir sind hier nicht im Dichterclub, der ist gegenüber!«

»Ich hänge sehr an dieser Sammlung, ich glaube, es ist eine der
schönsten von Paris«, war auch eine häufige Replik von ihm,
wenn er vor der Wohnzimmerwand stand, an der in wohlüber-
legter Geometrie sogenannte Giraffen-Teller angeordnet waren, bemalte Porzellanteller, die sehr selten waren. Sie stamm-
ten aus den Jahren 1826–1830 und zeigten die Giraffe von Karl
dem Fünften. Der Pascha von Ägypten hatte sie dem französischen König geschenkt, und das Tier wurde von seinen Un-
tergebenen sehr bewundert. Ein Teller zeigte es in dem Schiff,
das es bis Marseille gebracht hatte, der Kopf ragte neben dem
Steuer aus dem Frachtraum. »Ich gehöre dem König«, stand in
einer Sprechblase wie in einem Comic. Von einem Teller zum

anderen nahm die Giraffe unterschiedlichste Formen an, der Hals hatte nie dieselbe Länge und beim Fell fanden sich Varianten, die vor allem der Phantasie der Künstler entsprungen waren. Heutzutage kann man sich nur schwer vorstellen, dass eine Giraffe solche Begeisterung ausgelöst hatte.

Von Zeit zu Zeit wurden in Nummer 23 Antiquitätenhändler empfangen, die einen Teller brachten. Dann begannen erbitterte Verhandlungen. Den Fadenzähler vor dem Auge untersuchte Derk jede Einzelheit des Objekts, über das er im Laufe der Jahre ein Wissen erworben hatte, das dem der Fachleute gleichkam und es manchmal sogar übertraf. Ich hatte ein paarmal Gelegenheit, Zeuge eines Gesprächs zu sein, das so endete: »Er ist nicht gut.«

»Was heißt nicht gut?«, widersprach dann der Händler. »Ich weiß, wo er herkommt.«

»Das ist eine Kopie.«

Und Derk erbrachte den Nachweis, dass das Gelb des Fells nicht mit den zur damaligen Zeit verwendeten Pigmenten übereinstimmte.

Als Derk starb, stapelte seine amerikanische Tochter, die aus seiner ersten Ehe mit einer reichen Erbin hervorgegangen war, die Teller und nahm sie mit. Sie wusste nicht, ob sie sie aufbewahren oder verkaufen würde. Ich gab ihr meine Karte und bat sie, mich über ihre Entscheidung zu informieren. Sie hatte sich nie gemeldet, alles verlor sich im Meer zwischen der Westküste, wo sie mit ihrem Mann wohnte, und dem allzu fernen Frankreich, das sie fast nie besuchte. Was war aus Derks Tellern geworden? Die wenigen, die ich später in Schaufenstern sah, waren nicht seine. Ich kannte jeden einzelnen.

Eine Stufe nach der anderen. Bis zur fünften Etage, wie früher, wie damals. Beim Treppensteigen hatte ich das Gefühl, in der Zeit zurückzugehen. Im unveränderlichen Dekor des alten Pariser Gebäudes hatte sich nichts verändert. Ich war wieder vierundzwanzig, gleich würde ich klingeln und Derk würde mir aufmachen. Die gleichsam aufgehobene Zeit verursachte mir einen Schauder, mir wurde fast übel. Ich war glücklich, zugleich aber niedergeschlagen, denn ich wusste, dass ich mich selbst belog. Das sollte ich nicht tun, dachte ich, man darf nicht so mit seinen Nerven spielen. Was würde ich vor seiner Tür machen? Auf dem Treppenabsatz stehen bleiben, mir vor Augen führen, dass ich achtundvierzig Jahre alt war und dass die Tür nicht aufgehen würde. Ich hatte hier nichts zu suchen. Käme jemand aus einer Wohnung und forderte mich auf, meine Anwesenheit zu rechtfertigen, hätte ich Mühe, ihm zu antworten. Aber niemand kam heraus, und ich erreichte etwas atemlos die fünfte Etage. Mehr würde nicht geschehen, natürlich nicht. Die einzige Frage war, ob ich zehn Sekunden oder fünf Minuten blieb. Alles war gleich geblieben, die goldene Klingel, das bunte Fenster, dessen farbiger Widerschein sich an Tagen mit starker Sonne auf dem hellen Holz der Tür verlor. Ich ging noch einen Schritt weiter und legte den Finger auf die Klingel, um die Illusion zu vollenden. Gleich würde ich fortgehen.

Ich spürte den kleinen Messingknopf unter dem Finger. Was riskierte ich, wenn ich den Moment noch ein paar Sekunden in die Länge zog? Nichts. Ich würde sagen, ich hätte mich im Gebäude geirrt. Ich drückte auf den Knopf. Der Klingelton war der meiner Erinnerung. Ich hörte Schritte auf dem Parkett in der Diele, gleich würde ein verwundertes Gesicht auftauchen. »Entschuldigen Sie, ich habe mich wohl in der Adresse geirrt.« Ich hatte mir den Satz schon zurechtgelegt. Die Tür ging auf, und vor mir stand ein junger Mann in dunkelblauem Anzug und weißem Hemd.

»Guten Tag, Sie sind etwas früh. Aber das macht nichts«, beruhigte er mich und reichte mir die Hand.

Ich drückte sie und starrte ihn an.

»Ja, ich bin etwas früh«, brachte ich hervor.

Dabei war ich nicht zu früh, ich kam zwanzig Jahre zu spät.

*D*ie Diele war weiß gestrichen, das Wohnzimmer auch. Der ockergelbe Stoff, der alle Wände der Wohnung bedeckt hatte, war verschwunden. Eine kalte Modernität hatte die Räume überrollt wie eine Walze, die alle Spuren der Vergangenheit vernichtet hatte. Nur die Größe und Anordnung der Räume waren unverändert, keine Wand entfernt, keine neue eingezogen, was meine widersprüchlichen Gefühle noch verstärkte. Der Ort war identisch und zugleich anders. Unscharf, wie die Topographie von Träumen und Albträumen. Wie eine optische Illusion legte sich die einstige Einrichtung über die, die ich vor Augen hatte. Wie nach zu viel Alkohol sah ich doppelt, alles fiel mir mit surrealer Deutlichkeit wieder ein, als wäre es ein letztes Mal, eine letzte Erinnerung, die diese Wände ausstrahlten wie ein SOS.

»Sobald ich die Herrschaften verabschiedet habe, bin ich für Sie da«, versprach mir der junge Mann im dunkelblauen Anzug.

Ein Paar erschien in der Tür, die früher zu Derks Büro geführt hatte.

»Nun?«, fragte der Makler, denn das war er offensichtlich.

»Wir müssen noch überlegen. Wir ziehen sowieso erst im Oktober her.«

Es waren Amerikaner, und »überlegen« klang bei ihnen wie juberläjgen.

»Aber natürlich, natürlich«, versicherte der Makler, dessen

Lächeln zeigte, dass er gute Miene zu bösem Spiel zu machen suchte. »Sie wissen, wie Sie mich erreichen«, fügte er hinzu und verwies sie auf eine Website, wo die Kunden bald neue Angebote und neue Bilder erwarten könnten.

Ich besichtigte die Räume, und obwohl ich keinen Führer brauchte, ging ich von einer Entdeckung zur anderen, als wäre ich nie zuvor hier gewesen. Das Büro war zu einem zweiten Wohnzimmer geworden, ultramoderne elektrische Jalousien hatten die schweren roten Vorhänge mit schwarzen Kordeln ersetzt. Anstelle des Louis-XV-Schreibtischs thronte ein graues, mit Jutestoff bezogenes Sofa vor einem niedrigen Tisch aus rohem Holz mit Kerzen darauf. Ikea de Luxe. Der Raum, der früher mit Regalen vollgestopft gewesen war, wirkte sehr viel größer. An der Wand hingen Paris-Fotos in Schwarz-Weiß von Brassaï oder Doisneau in schmalen Rahmen aus gebürstetem Stahl. Auch die Lampen waren verschwunden, der Kronleuchter aus Murano-Glas hatte einer breiten Schale Platz gemacht, die ebenfalls aus gebürstetem Stahl war und ein weißes hartes Licht verbreitete. Das verwirrte mich am meisten: Neben der Einrichtung hatte sich auch das Licht total verändert. Früher, so erinnerte ich mich zumindest, war die Wohnung immer in ein warmes, beruhigendes Halbdunkel getaucht gewesen. Nun war alles rein, klar, ohne Zweideutigkeit. Weiß und grell, Badezimmerbeleuchtung.

»Haben Sie schon mit der Besichtigung angefangen?«

Ich wandte mich dem Makler zu.

»Ja«, antwortete ich aus reiner Höflichkeit.

»Wie Sie sich überzeugen können, sind die Räume von beachtlicher Größe.«

Beachtlich, diese Broschürensprache. Ich ging wieder ins Wohnzimmer und hörte seinem Geschwätz nicht mehr zu. Trotzdem erreichten mich einzelne Wörter, wie man sie mit-

bekommt, wenn irgendwo ein Radio läuft: Helligkeit … Funktionalität …

Die Konsole aus weißem Marmor mit der Lalique-Vase, neben
die wir die Post legten, war verschwunden. An ihrer Stelle
stand ein weißer Apple-Bildschirm mit einer Tastatur davor.
Auch der Louis-XVI-Sekretär war verschwunden, ersetzt durch
eine Hightech-Stereoanlage. Ein riesiger Plasmabildschirm
nahm die halbe Wand ein. »HD«, sagte der Makler und zappte
mit der Fernbedienung durch die Sender. Während ein Tennis-
match zu sehen war, dachte ich wieder an die Giraffensamm-
lung. Genau da hatten Derks fünfundzwanzig Teller gehangen.
    »Ich zeige Ihnen das Badezimmer.«
    Auch da flossen die Wörter Funktionalität, Modernität und
Helligkeit aus seinem Mund. Weiße und schwarze Fliesen
bedeckten den Raum vom Boden bis zur Decke. Die einzige
Spur der alten Zeiten war die Badewanne mit Löwenfüßen, die
außen schwarz angemalt worden war. An den Wänden hingen
noch mehr Fotos von Paris, diesmal die Seine und die Wasser-
becken der Tuilerien. Auch von der früheren Küche war nichts
mehr übrig. Während ich an die alte, wackelige Maschine
dachte, mit der ich immer Kaffee gemacht hatte, trat ich ans
Fenster, der Blick wenigstens hatte sich wohl nicht verändert,
und ich wollte mich einen Moment in das alte Umfeld zurückversetzen, auf den kleinen Balkon, wo ich damals meine
Zigaretten rauchte.
    »Ein reizvoller Blick auf Sainte-Clotilde«, erklärte der Mak-
ler beflissen. »Wir arbeiten immer nach dem gleichen Prinzip:
vierteljährlich oder monatlich, mit Verlängerung oder ohne, je
nach Verfügbarkeit und den Wünschen des Kunden.«
    »Es geht um Vermietung?«
    »Ja«, antwortete er überrascht, »wollten Sie wegen eines
Kaufs besichtigen?«

»Nein ... Ich dachte, es gebe eine Kaufoption«, sagte ich gleichgültig, um seine Zweifel zu zerstreuen.

»Nein, es ist eine Mietwohnung, unsere Kunden sind oft Touristen, die sich etwas länger in der Hauptstadt aufhalten und die Vertrautheit eines Zuhauses genießen wollen, wo sie auch Freunde empfangen können und nicht jeden Abend auswärts essen müssen. Wir sind nur zwei Schritte ...«

Die Fortsetzung hörte ich mir nicht an, ich wusste besser als er, wohin die zwei Schritte führten, egal in welche Richtung man ging. Das Parkett war identisch, man hatte es wohl abgeschliffen und gebohnert, denn in meiner Erinnerung glänzte es nicht so sehr.

»Das war früher die Wohnung von André Dercours«, sagte ich.

Ich hatte ihn bei der Vorführung irgendeiner Funktionalität unterbrochen.

»Wie bitte?«

»Das war die Wohnung von André Dercours, dem Politiker. André Dercours.«

»Also ... ich muss zugeben, dass ich die Vorbesitzer nicht kenne«, sagte er etwas überrumpelt.

»Wird die Wohnung von seiner Tochter vermietet?«, fragte ich. »Éliane Dercours?«

»Über den Eigentümer darf ich Ihnen keine Auskunft geben.«

»Unwichtig. Sie ist also frei?«, fragte ich und machte einige Schritte in die neue Helligkeit des Wohnzimmers.

»Ja.«

»Miete, Nebenkosten?«

»Dreitausendzweihundert Euro im Monat, Nebenkosten inklusive.«

»Ich nehme sie.«

*I*n der Makleragentur gab es etwas Verwirrung. Nein, ich hieß nicht Corso. Ich war nicht der vorgesehene Termin. Aber was hatte ich dann genau in diesem Moment da, vor der Tür in der fünften Etage gesucht? Ich spürte, dass der junge Makler plötzlich voller Zweifel war. Er befürchtete wohl Gott weiß was für einen Patzer, den ihm sein Vorgesetzter vorhalten würde, ohne jedoch zu begreifen, wo sein Irrtum lag.

»Ich bin gleich wieder da, Monsieur«, entschuldigte er sich, bevor er in einem durch getönte Scheiben abgeschirmten Büro verschwand.

Ich wartete in einem schwarzen Ledersessel, ein schönes Stück. Wippend betrachtete ich die Fotos in den Plexiglasauslagen. Es gab nichts, was nicht verkauft oder vermietet wurde, von der »geräumigen Zweitwohnung« bis hin zum »herrschaftlichen Stadthaus«, das in seinen Mauern eine ganze Botschaft hätte beherbergen können. Kaum denkbar, dass all diese Leute mit Freude und Profit verkauften. Etwas Düsteres schwebte über den Anzeigen, eine große finanzielle Depression, die Familien der einst wohlhabenden Mittelschicht dazu zwang, sich von ihrer Wohnung, ihrem Haus zu trennen, von dem Ort, der vielleicht über mehrere Generationen ihr Zuhause gewesen war. Sie erinnerten an einen Hummer, der im Kampf seine Schere unter Wasser zurücklässt, um sein Leben zu retten. Die Schere würde nachwachsen, es würde lange dauern, und sie würde kleiner sein, aber genau darum ging es, um ein Opfer.

Undenkbar, ohne Not diese luxuriöse Wohnung am Seine-ufer aufzugeben, deren Einrichtung wenigstens zwei Generationen bei den größten Antiquitätenhändlern der Rive Gauche erworben hatten, das war auf dem Foto zu erkennen. Die Eigentümer würden einen großen Berg Scheine einsacken, aber was dann? Niemals würden sie ans Seineufer zurückkehren. Man verkauft immer das, was man sich nicht mehr leisten kann. In all den Fotos, den Wohnungsgrößen, den Preisangaben und den süßlichen Worten wie »charmant«, »exklusiv« oder »vornehm« lag ein Zusammenbruch. Sie verströmten den Geruch des Geldes, wie starkes Ammoniak, das die Schleimhäute verätzt. Das Maklerbüro war die letzte Zollstation vor dem Exil der alten Besitzer. Der Durchgang zu einer Welt, in der die Reichen immer reicher, die Armen immer ärmer wurden und die Mittelschicht wie einst die großen Zivilisationen welkte und starb. Genau! Dieses Büro kam mir vor wie der Laden eines Luxusblumenhändlers, der nur verwelkte Sträuße in fauligem Wasser verkaufte.

Verwelkt das Schloss in der Sologne, das schöne Haus in Noirmoutier oder die »edle Wohnung« an den Quais. Verwelkt Derks Junggesellenbude, trotz Plasmabildschirm und makellosen Wänden. Ein großer Friedhof der Familien und Generationen. Mehr noch als Immobilienwerte wurde hier eine vergangene Epoche verkauft. Eine andere Welt. Die der Menschen, die das Alte liebten.

Das Gesicht eines etwa fünfzigjährigen Mannes mit grau meliertem Haar erschien hinter der Rauchglasscheibe. Er nickte dem jungen Makler zu, der neben ihm stand. Offensichtlich sprachen sie über mich. Gleich darauf kam er aus der Tür, lächelte herzlich und reichte mir die Hand.

»Franck Houdriette, bitte kommen Sie doch in mein Büro«, forderte er mich herzlich auf.

Ich stand auf und folgte ihm. Der junge Mann ließ uns allein. Mir fiel auf, dass die Scheiben von innen eine verwaschene Goldfarbe hatten. Anders als üblich schützten die Scheiben nicht vor fremden Blicken: Man konnte vom Empfangsraum aus hineinschauen, diesen aber vom Schreibtisch aus nicht sehen. Das war gar nicht dumm und schuf eine Intimität, die vielleicht der Unterzeichnung von Verträgen förderlich war. Ich fragte mich, ob der Makler selbst auf die Idee gekommen war oder ob er sie bei einem der zahllosen Seminare für Unternehmer ohne eigene Einfälle aufgeschnappt hatte.

Er setzte sich in seinen Sessel, und mir fiel auf, dass sein runder Bauch tadellos in den gut sitzenden Anzug eingepasst war. Dieser Bauch war irgendwie seltsam, denn der Mann war ansonsten eher schlank. Geschäftsessen haben manchmal merkwürdige Auswirkungen. Vielleicht hatte er keine Frau, die ihn zur Diät hätte anhalten könne. Sylvie bombardierte mich immer mit gepfefferten und sehr wirksamen Kommentaren, sobald sich etwas von dem andeutete, was in Zeitschriften verschämt »die Figur eines Genießers« heißt. Ich verdanke meiner Frau meine schlanke Figur, so wie Archipattes ihr seine und auch das tadellose Fell, das zweimal wöchentlich gebürstet wird.

»Ich konnte der Erklärung meines jungen Kollegen nicht ganz folgen. Offensichtlich gab es da eine Verwechslung, aber das spielt keine Rolle. Sie sind François Heurtevent«, sagte er mit breitem Lächeln.

Ich grinste etwas dümmlich zurück. Er zog mit theatralischer Geste seine Brieftasche hervor. Für einen Moment dachte ich, er würde mir ein Bildchen oder einen Pluspunkt schenken, wie die Grundschullehrer in früheren Zeiten. Aber nein, ich hätte es ahnen müssen, er legte den eingeschweißten Parteiausweis mit seinem Namen und unserem Emblem auf den Tisch. Dabei nickte er, sehr zufrieden mit seinem Streich, mit dem er mir zu verstehen gab, dass wir auf derselben Seite standen. Das war so vulgär, dass ich mich nach den diskreten Erkennungszeichen der Freimaurer sehnte.

»Ich liebe die Partei, und ich mag auch François Heurtevent«, fuhr er mit demselben Lächeln fort.

»Das ist nett«, erwiderte ich zurückhaltend, um seine Begeisterung zu dämpfen.

Solche Leute kannte ich: Es würde keine zehn Minuten dauern, bis er mir seine Pläne unterbreitete. Er würde mir seine Ziele erläutern, die politischen natürlich, und mir, ohne es selbst zu merken, erklären, dass er genauso gut sei wie ich, dass ihm die Zukunft gehöre und nicht mir und dass ich dem Vaterland einen großen Gefallen täte, wenn ich ihm den roten Teppich der Partei ausrollen und meine sämtlichen Kontakte überlassen würde. Narren seiner Art hatte ich schon zu Hunderten schwätzen gehört.

»Es stimmt, das war die Wohnung von André Dercours«, sagte er plötzlich.

Er hatte wohl gespürt, dass ich kein großes Interesse für seine Zukunftspläne aufbringen würde, und versuchte, mich bei den Gefühlen zu packen.

»Männer wie ihn gibt es heute nicht mehr«, verkündete er und sah mir in die Augen.

»Das sage ich auch oft.«

»Sie haben die Wohnung sicher gut gekannt.«

Er vermied den Zusatz: Und ich frage mich wirklich, warum Sie sie mieten wollen.

Mein Schweigen schien ihn daran zu erinnern, dass es um einen Vertrag ging und es Zeit war, sich darum zu kümmern.

Zehn Minuten später war das Geschäft abgeschlossen. Ich bekam die Schlüssel und den Mietvertrag für drei Monate.

Er wünschte mir gutes Einleben und versicherte, dass er zu meiner Verfügung stehe. Kein Wort über die letzten Wahlergebnisse der Partei. Immerhin holte er, als er mich zur Tür brachte, diskret seine Visitenkarte heraus und schob sie mir in die Hand.

»Wenn Sie jemanden in der Partei brauchen, ich bin da und ich kenne mich aus, das dürfen Sie mir glauben.«

»Ich glaube Ihnen und werde sehen, was ich tun kann.«

Mein falsches Versprechen ließ ein breites Lächeln auf seinem Gesicht erstrahlen, von dem ich nicht wusste, ob es Dankbarkeit oder eher Selbstzufriedenheit ausdrückte.

Man muss den Leuten immer sagen, was sie hören wollen. Grundsätzlich muss man mit ihnen einverstanden sein, denn das wollen die Leute, dass man »einverstanden« ist. Sonst wird es kompliziert. Und während ich zur Rue de Bourgogne zurückging, hörte ich Derks Gebissstimme sagen: »Meine Herren, es tut mir leid, aber ich bin nicht einverstanden!« Der alte Fuchs.

Wie bitte?«

»Ich bin in Derks Wohnung. Ich habe sie für drei Monate gemietet.«

Ihr Schweigen steigerte mein Unbehagen. Wie sollte meine Frau verstehen, was ich selbst nicht ganz begriff?

»Du hast die Wohnung von Derk gemietet? Rue de Bourgogne?«

»Ja.«

»Warum das?«

»Irgendwie Zufall.

»Irgendwie Zufall! Du weißt, dass es dir im Moment nicht gut geht, François.«

»Vielleicht«, sagte ich feige.

»Willst du den Sommer in der Rue de Bourgogne verbringen?«

»Nein.«

Wieder Schweigen.

»Ich komme morgen nach Paris, wir müssen miteinander reden.«

»Wenn du kommst, bring mir bitte das Klassenfoto mit, das auf meinem Schreibtisch liegt, ein altes Foto …«

»Ich weiß, ich habe es gesehen«, unterbrach mich Sylvie. »Was willst du damit? Darf ich das erfahren?«

»Ich habe Clément Jacquier getroffen, einen der Jungen auf dem Foto.«

»Auch irgendwie Zufall?«

»Ja ... genau.«

»Und?«

»Ich frage mich, was aus den anderen geworden ist.«

»Ist das alles, was du mir zu sagen hast?«

»Nein. Die Wohnung hat sich sehr verändert, es ist ziemlich merkwürdig, wieder hier zu sein.«

Wieder Schweigen. Ich stellte mir vor, wie Sylvie am anderen Ende der Leitung den Kopf schüttelte. Ich bat sie, sich nicht zu große Sorgen um mich zu machen, und legte auf. Schließlich handelte es sich nur um eine Mietwohnung und einen kleinen Ausflug in die Vergangenheit. Das war alles sicher merkwürdig, aber letztendlich harmlos, redete ich mir ein. Dann fiel mir ein, dass ich meinen Koffer im Concorde Lafayette gelassen hatte. Darin waren Sachen für zwei Tage und mein Waschzeug. Doch alles Wichtige hatte ich in meiner Aktentasche dabei. Ich beschloss, noch mal rauszugehen und bei Bon Marché zu ersetzen, was ich den Zimmermädchen des Hotels überlassen würde. Es war irgendwie eine Erleichterung, den Koffer abzuschreiben, wie ein Heißluftballon, der Ballast abwirft.

Zögernde Männer vor Krawattenständern und Frauen, deren Absätze rasch über den Marmorboden klapperten. Im Erdgeschoss von Bon Marché drängten sich die Einkaufslustigen. Ich hatte mich oft gefragt, wie Warenhäuser jeden Tag von morgens bis abends so voll sein können. Am frühen Nachmittag mitten in der Woche sollten die Leute eigentlich arbeiten. Logischerweise hätten nur Hausfrauen und Rentner da sein dürfen, aber das war nicht der Fall. In der Yves-Saint-Laurent-Abteilung wusste ich angesichts der Fülle grauer, blauer und schwarzer Anzüge nicht, welchen ich auswählen sollte, vor allem erinnerte ich mich nicht an meine Maße. Zweiundfünfzig Zentimeter für die Schultern, aber sonst? Schon lange beriet mich Sylvie bei meinen Einkäufen.

»Kann ich Ihnen helfen?«

»Ja, das können Sie«, antwortete ich einem braun gebrannten jungen Mann mit Pomade im Haar. »Ich habe am Flugplatz meinen Koffer verloren. Ich brauche einen oder zwei Anzüge, dazu Hemden, kurz, alles Nötige.«

»Perfekt«, sagte er mit strahlendem Lächeln.

Ich wusste nicht, warum ich ihm diese Geschichte erzählt hatte. Aber sie schien mir passend. Wenn ich alles kaufen wollte, um mich auch nur provisorisch in der Rue de Bourgogne einzurichten, würde ich eine Weile in dem Warenhaus zubringen.

»Sie sind schlank, Sie brauchen etwas Tailliertes.«

In kaum einer halben Stunde hatte Marco, der Pomadenjüngling, mir einen neuen Look verpasst. Tatsächlich sah ich im Spiegel schlanker aus.

»Sehen Sie sich das an, fast wie Cary Grant, wenn Sie kürzere Haare hätten, wäre es perfekt.«

»Finden Sie?«

Er nickte energisch.

Hemden, Unterhosen, Gürtel, Socken, Toilettenartikel, der »Herr, der am Flugplatz seinen Koffer verloren hat«, wurde mit dieser Vorstellung von einer Abteilung zur anderen weitergereicht. Über Kleidung zu plaudern entspannte mich. Ich genoss die Freuden der Vergänglichkeit, des Shoppings, und ließ mich von Mädchen beraten, die kaum älter waren als meine Tochter.

»Und welches Parfüm?«

Leila hatte recht, mein Cacharel war auch in dem Koffer am Flugplatz geblieben.

»Ich benutze Cacharel Homme, den genauen Namen weiß ich nicht mehr, aber ich würde die Flasche erkennen.«

»Das haben wir natürlich da. Aber wenn Sie wollen, können wir die Gelegenheit nutzen, um einen neuen Duft zu probieren«, schlug sie mir aufgeregt vor.

»Wir haben ein Riesensortiment«, überbot sie Jessica.

Sie amüsierten sich mit mir wie mit einer Puppe von einem Meter fünfundachtzig, die man anzieht und parfümiert. Sie besprühten kleine rechteckige Zettel, wie Lesezeichen von Büchern, und tauschten sie untereinander aus, mich fragten sie kaum.

»Nein, nein, das ist nichts für ihn, das ist ein Parfüm für einen Blonden.«

»Und das?«

»Nicht übel. Ich kann ihn mir mit Dior Homme vorstellen.«

Neu eingekleidet und parfümiert verließ ich das Kaufhaus. Dass ich den Duft gewechselt hatte, überraschte mich am meisten. Beladen mit Tüten, die die Namen großer Marken trugen, machte ich mich auf den Weg in das Zuhause, das den Namen nicht wirklich verdiente. So etwas hatte ich noch nie im Leben gemacht, und ich fühlte mich, als hätte ich in den Stunden im Bon Marché eine riesige Herausforderung glänzend bewältigt. Es war fast wie ein Sieg. Ich konnte nicht umhin zu vermuten, dass das Beruhigungsmittel von Doktor Francœur einigen Anteil an dem hatte, was seit der Porte de Versailles geschehen war. Ich befand mich in einem Schwebezustand, und alle Ereignisse glitten von mir ab wie Wasser von den Federn einer Ente.

Das Mädchen auf dem Lastkahn. Ein Film von François Truffix.

Ich hatte die DVD in das Laufwerk im Wohnzimmer gesteckt, der Vorspann begann. Mir war bewusst, dass alles, was ich seit dem Morgen getan hatte, ziemlich absurd war. Ich hätte auf dem Parteimeeting reden, an der Diskussion mit den Parteikadern teilnehmen, in mein Zimmer im Concorde Lafayette zurückkehren und am nächsten Morgen den Zug nehmen sollen. Stattdessen hatte ich der Erotikmesse einen Besuch abgestattet, mir eine DVD und Schnickschnack schenken lassen und den Tag beendet, indem ich eine Wohnung mietete, die ich überhaupt nicht brauchte, höchstens für meine Erinnerung. Mich für eine Stunde in den erotischen Wahn des Mädchens auf dem Lastkahn zu versenken, würde mir vielleicht helfen, etwas klarer zu sehen. Vali Valou, Peter Dorso, Kassandra, Joe Sandler, Firmine Cachou … Die Namen erschienen in rosa Schreibschrift vor einem sonnenbeschienenen Flussufer. Ich erblickte Vali Valou, eine schöne Dunkelhaarige mit hellen Augen. Sie ging in einem Kleid mit Vichykaros lässig an einem Fluss entlang. Ein blonder Mann mit nacktem Oberkörper und Jeanslatzhose hielt seine Angel ins Wasser.

»Beißen sie?«

»Nicht besonders. Es ist zu heiß«, antwortete er und fuhr sich mit der Hand durchs Haar.

»Wollen Sie sich erfrischen? Ich habe was zu trinken im Kühlschrank«, schlug sie ihm neckisch vor.

Das Gespräch weckte meinen Durst, und ich wandte den Blick Richtung Küche. Ich hatte eben den größten Einkauf meines Lebens gemacht, aber im Unterschied zu Vali Valou hatte ich nichts zu trinken im Kühlschrank. Ich drückte auf *Pause*.

In der Küche gab es einen sehr nützlichen Aushang für die Mieter. Er enthielt diverse Adressen: eine Arztpraxis, die Feuerwehr, Lebensmittelläden, eine Reinigung, ein paar Restaurants, Fahrten auf der Seine mit den Bateaux-mouches, Notarzt. Bei einem Namen musste ich schmunzeln: »Épicerie Nationale«. Dort hatten wir Essen oder Alkohol bestellt, wenn sich die Arbeit abends manchmal bis nach Ladenschluss hinzog. Immer Gordon's Gin und ein paar Limetten, die mit Zucker Derks Lieblingsgetränk ergaben: Gimlet. Den Drink hatte er mit seiner ersten Frau in den Vereinigten Staaten entdeckt.

»Épicerie Nationale, guten Abend.«

»Liefern Sie immer noch frei Haus?«

»Ja.«

»Ich hätte gern eine Flasche Gordon's Gin in die Rue de Bourgogne 23, fünfte Etage. Außerdem Zucker und eine grüne Zitrone, falls Sie die haben.«

Auf meine Bitte folgte ein längeres Schweigen.

»Monsieur François?«

»Mahmoud?«

»Sind Sie zurück, Monsieur François?«

»Ja … Ich bin zurück, Mahmoud. Der Türcode ist …«

»Ich kenne die Codes der ganzen Straße! Ich komme.«

Ich ließ die DVD-Hülle verschwinden und machte den Fernseher aus, damit der Film nicht plötzlich von allein wieder losging. Mahmoud war außer Puste, aber so froh, mich zu sehen, dass er mich umarmte. Ich freute mich auch, ein vertrautes Gesicht zu sehen. Jetzt hatte er weißes Haar. So oft war er hier gewesen in den zehn Jahren, in denen ich regelmäßig in die Wohnung kam und manchmal sogar auf der Couch schlief, wenn Derk unterwegs war und ich Papiere aus der Nationalversammlung oder dem Rathaus sortieren musste.

»Wenn Monsieur Dercours das sehen würde, seine schöne Einrichtung!«, rief Mahmoud, als er das Wohnzimmer betrat. »Nichts mehr da, gar nichts mehr! Aber was machen Sie eigentlich hier, Monsieur François?«

»Das weiß ich auch nicht so genau. Ich bin auf der Durchreise. Trinken Sie ein Glas mit mir?«

»Kein Alkohol, aber ich habe eine Cola zum Anstoßen mitgebracht«, sagte er und holte eine Dose aus der Tasche.

Ich mixte mir den Gimlet, während er seinen Rundgang durch die Räume fortsetzte.

»Die vielen Bücher, die hier standen! Und die roten Vorhänge. Und der schöne Lüster aus Glas ... O weh, o weh, ein Glück, dass er das nicht mehr gesehen hat«, jammerte er.

In Derks letzten Jahren war Mahmoud regelmäßig zu ihm in die Wohnung gekommen und hatte ihm eine Kleinigkeit für zwischendurch, eine Suppe oder auch Gemüse gebracht. Er kümmerte sich auch um kleinere Reparaturen der Elektrik oder im Bad. Wir stießen an, Coca-Cola gegen Gin mit grüner Zitrone, auf die vergangene Zeit und die Erinnerungen. Er war, wie ich, seit Derks Tod nicht mehr in der Wohnung gewesen. Niemand hatte etwas bei ihm bestellt. Touristen riefen wegen so was nicht an, meinte er, sie gingen zum Einkaufen runter. Der Supermarkt war gleich gegenüber, ein paar Meter die Straße runter. Nur die »echten« Bewohner des Viertels ließen sich Lebensmittel liefern.

»Da hingen die Giraffenteller«, sagte er und zeigte auf die Wand mit dem Plasmabildschirm.

»Ja, Sie haben ein gutes Gedächtnis.«

»Natürlich, die Giraffe des Königs, Muhammad Ali Pascha, der Gouverneur von Ägypten hatte sie den Franzosen geschenkt«, ergänzte er stolz.

Mahmoud erzählte mir, dass er die Teller zum letzten Mal in den Händen der Umzugsleute gesehen hatte, als sie die Wohnung leer räumten. Sie waren mehr schlecht als recht in Blasenfolie eingewickelt und lagen unbeaufsichtigt in einer Kiste, die auf dem Bürgersteig stand. Er hatte darauf hingewiesen, aber sogleich hatte ihn eine elegante und unsympathische blonde Frau angeschnauzt. An seiner Beschreibung war unschwer Éliane Dercours zu erkennen, und ich musste lachen, als ich sie mir in ihrem Chanel-Kostüm vorstellte, wie sie sich vom Lebensmittelhändler erklären ließ, was ein Teller mit der Giraffe des Paschas von Ägypten wert war. Nach weiteren Anekdoten und Erinnerungen vertraute er mir eine Merkwürdigkeit an: Die Wohnung sei mehrere Jahre lang unbewohnt geblieben, habe aber Besucher gehabt.

»Was heißt das, Besucher?«

»Ganz bestimmt, ich weiß, was ich sage. Ich schließe um drei Uhr morgens, und ich sehe alles.«

Spät in der Nacht hatten Autos vor dem Haus geparkt, und Männer waren hineingegangen. Hinter Derks Fenstern ging das Licht an. Schatten bewegten sich. Mahmoud hatte das in den Monaten nach Derks Tod beobachtet, aber auch im Jahr darauf und ein oder zwei Mal in späteren Jahren.

»Einbrecher?«

»Nein, nein, anständige Leute mit neuen Autos.«

»Leute, die wie Fahrer oder Leibwächter aussahen?«

»Ja, genau, wie Leibwächter … Ist das nicht seltsam?«, fragte er nach kurzem Schweigen.

Nicht unbedingt. Ich erkannte in seiner Beschreibung den Geheimdienst oder Vertreter anderer Behörden, deren Existenz noch unsichtbarer bleiben sollte. Dennoch war mir ihre Absicht unverständlich, denn alles, was sie interessieren konnte, befand sich nicht hier, sondern in Schließfächern weit weg von der Rue de Bourgogne. In Genf.

Das »Cabaret du Ciel« hatte seine Pforten geschlossen. So lautete der Zugangscode. Ein Verweis auf ein Kabarett in Pigalle, das auch seit einer Ewigkeit verschwunden war. Es befand sich direkt neben dem »Cabaret de l'Enfer«. Dessen Eingang war ein in den Stein gemeißelter riesiger Mund mit Raubzähnen und zwei entsetzlichen Augen. Robert Doisneau hat ein berühmtes Foto davon gemacht, mit einem Polizisten, der an dem Eingang vorbeigeht und nicht sehr umgänglich wirkt.

Lange bevor ich zu Derk kam, hatte er mehrere Dutzend Ansichtskarten gekauft, die den Innenraum des Kabaretts zeigten. Auf allen Schwarz-Weiß-Karten dasselbe Motiv: eine Tafelrunde in einem Raum, der einer Kathedrale glich, Männer und Frauen in der Kleidung der Belle Époque. Links im Bild trug ein als Sankt Petrus verkleideter Mann einen riesigen Schlüssel aus Pappmaché. Es gab auch eine Orgel, eine Kanzel und Engelchen unter den Steingewölben, in der Ecke stand weiß gedruckt: »DER HIMMEL, Montmartre«, obwohl das Kabarett am Boulevard de Clichy lag.

Das Verfahren verlangte, dass man mit einer dieser Ansichtskarten nach Genf fuhr. Auf die Rückseite schrieb Derk »Gutschein für ein Abendessen«, dahinter Sterne. Deren Anzahl verwies auf den Safe, den man öffnen sollte. Nie mehr als vier. Wenn der Safe offen war, strich der »Geschäftspartner«, d.h. der Bankier, den Satz auf der Rückseite durch, schrieb darauf »Bedienung inbegriffen«, und man kehrte mit der Karte und dem Inhalt des Safes, Geld oder eine Akte, nach Paris zurück.

Vor der Reise musste man eine bestimmte Telefonnummer anrufen und sich als »Chef des Cabaret du Ciel« melden. Dann verabredete man einen Termin in den folgenden Tagen oder Wochen. Aus Sicherheitsgründen durfte man niemals von der Wohnung aus anrufen. Stattdessen benutzte man eine Telefonzelle, nie dieselbe und möglichst weit von der Rue de Bourgogne entfernt.

»Guten Tag, hier spricht der Chef des Cabaret du Ciel.«

Ich hörte mich noch hinter den Scheiben einer Telefonzelle auf den Grands Boulevards oder am Palais Royal diesen Satz aussprechen.

»Bleiben Sie dran, Monsieur, ich verbinde Sie mit Ihrem Geschäftspartner«, antwortete mir eine Männer- oder Frauenstimme mit leichtem Akzent.

Trotz seiner genauen Erinnerung an die Giraffenteller gab es eine Kleinigkeit, die Mahmoud nicht wusste: Die Telefonnummer des Geschäftspartners hatte auf der Rückseite von einem dieser Teller gestanden.

Als Mahmoud gegangen war, gönnte ich mir noch ein volles Glas Gin, sog den speziellen Geruch nach Eau de Cologne ein, schnitt zwei Viertel einer grünen Zitrone ab, presste eins in den Gin und ließ beide auf die Eiswürfel fallen. Ich setzte mich in den beigen Ledersessel und hob das Glas auf das Wohl von Vali Valou, deren DVD ich wieder in Gang gesetzt hatte. Sie führte den Angler in Latzhose mit wiegenden Hüften durch ihren wunderbaren Schleppkahn. Dann beugte sie sich über eine Kühltruhe, um eine reifbedeckte Weißweinflasche herauszuholen. In dem Moment sah man, dass sie kein Höschen trug. Natürlich musste Clément dieses Detail mit einem Zoom auf das Gesicht des Jungen hervorheben, damit wollte er wohl die erotische Spannung steigern.

Was hatten die nächtlichen Besucher in der Wohnung gesucht? Die Frage blieb unbeantwortet, aufgelöst in den Dämpfen des Alkohols und den Seufzern von Vali Valou.

Während der Sexparty mit norwegischen Camperinnen schlief ich ein. Die Ginflasche war halb leer oder halb voll, je nachdem, ob man Optimist oder ein Angsthase war.

*M*eine Frau schaute mich misstrauisch an, als ich ihr verschlafen, mit strubbligen Haaren und verkatertem Gesicht die Tür aufmachte.

»Ich wusste ja schon immer, dass du ein komischer Vogel bist. Aber jetzt ... Ich will dich nicht irgendwann in der Seine oder an einem Strick finden.«

»Warum denn an einem Strick?«

»Weil sich Menschen in deinem Zustand manchmal umbringen. Darum.

»Ich habe nicht die geringste Absicht, mich umzubringen«, entgegnete ich, geradezu gekränkt von dieser Unterstellung. »Vielleicht habe ich das Recht, mal Urlaub zu machen?«

»Du nennst das also Urlaub! Nimmst du die Pillen von Doktor Francœur?«

»Ja, und eben darum ...«, maulte ich und massierte meine Stirn, behielt dann aber meine Zweifel hinsichtlich der Nebenwirkungen des Medikaments für mich.

»Hast du das Foto?«

Sie machte ihre Tasche auf und gab es mir. Ich griff danach und suchte die Gesichter ab.

»Was hast du vor?«

»Ich gehe zu Armand von der Firma und bitte ihn, die Personen auf dem Foto zu finden.«

»Du bist total verrückt, Armand von der Firma wird dir nicht helfen, er hat doch wohl wirklich anderes zu tun.«

Im Laufe der Zeit hatte er seinen Namen verloren und war »Armand von der Firma« geworden. Die Berufsbezeichnung mit dem kleinen »von« verlieh ihm eine Art Adelstitel.

»Du bist allein in einer Wohnung, weit weg von deiner Familie, mit Porno-DVDs«, sagte sie und zeigte auf die Hülle von dem *Mädchen auf dem Lastkahn*, die auf dem Boden lag.

»Eine einzige Porno-DVD«, korrigierte ich sie, »und es ist ein Geschenk.«

Ich erzählte ihr von meiner überraschenden Begegnung mit Clément Jacquier, aber das schien sie nicht sonderlich zu beeindrucken. Mein Entschluss war gefasst. Ich würde alle Jungen und Mädchen auf dem Foto aufsuchen, ein Glas mit ihnen trinken, vielleicht nicht mal das. Nur lange genug, um zu erfahren, wie sie heute aussahen, was sie aus ihrem Leben gemacht hatten. Ich musste meine Neugier befriedigen. Wie eine Ermittlung würde das Spielchen eine Weile meine leeren Tage füllen. Ohne es zu wollen, hatte mich Doktor Francœur mit der Anekdote von seinem Wiedersehen vor dem Schultor dazu angeregt. Ich würde es noch besser machen als diese nette Truppe. Ich würde sie wiederfinden, ohne dass sie es merkten. Dazu brauchte ich Informationen. Ein Trumpf unter meinen zahlreichen Bekannten würde mir helfen: mein Freund Armand Vouste von der Firma. Wir hatten zusammen unsere Militärzeit beim Nachrichtendienst verbracht, »der Waffe, die die Waffen vereint«. Es gab nicht viele Nachrichten, nur die Faulheit der langen Wochenenden, wenn wir an den abwegigsten Orten Dienst schoben und so taten, als erwarteten wir einen eingebildeten Feind. Armand las Spionageromane von Robert Ludlum, etwas in der Richtung stellte er sich als Beruf vor, wie er mir sagte. Danach trennten sich unsere Wege. Er wurde zwar kein Actionheld, machte aber eine brillante Karriere beim Nachrichtendienst. Ein Leben, das sich im Nebel der Geheimhaltung, der »geführten Quellen«, wie man die Informanten nannte, und der »abgeschöpften Quellen«, die nicht wussten, dass sie es waren, der Übersetzungen, der Software und natürlich der Dossiers abspielte. Er hatte keine Kinder und bewohnte mit seiner Frau ein riesiges Landhaus in der Nähe von Saint-Germain-en-Laye, wo die Monotonie der Tage nur von den Welpen seiner Hündinnen unterbrochen wurde. Sie waren Urenkelinnen von Mitterrands Labrador Nil und sicherten die Nachkommenschaft des Präsidentenhundes. Wenn man Armands Namen im Internet suchte, gab es keine Fundstelle: Armand Vouste existierte nicht. Hatte nie existiert. Würde nie existieren. Wir trafen uns zwei, drei Mal im Jahr an ebenso unpersönlichen wie luxuriösen Orten, nämlich in Hotelbars: Crillo, Ritz, Costes, Meurice oder in Harry's Bar in der Rue Daunou.

»Hast du ein neues Parfüm?«

»Ja.«

Sylvie stand auf, machte einige Schritte zum Fenster und drehte sich um. Ein kleiner theatralischer Effekt, der mich an meine Mutter erinnerte.

»François, gibt es eine andere?«

Ich schüttelte müde den Kopf. »Du warst vor zwei Jahren zwei Monate in Indien, um Gewürze zu studieren«, erinnerte ich sie. »Da habe ich mich auch nicht beschwert.«

Sylvie blieb stumm.

»Ich habe dir auch nicht unterstellt, ein Verhältnis mit einem Sikh mit rosa Turban zu haben«, fuhr ich fort.

»Es wäre mir lieber gewesen.«

»Ein Verhältnis zu haben?«

»Nein, wenn du daran gedacht hättest. Du denkst nie daran, dass ich anderen als dir gefallen könnte.«

Was sollte ich antworten: »Doch, ich denke daran«, »Nein, ich denke nicht daran«? Ich wusste keine Antwort. Ich war kein eifersüchtiger Typ, der Gedanke, dass meine Frau mich betrügen könnte oder dass sich hinter dem Kompliment eines Mannes Begehren verbarg, hatte mich nie beschäftigt. Wenn ich alle, die sagten: »Sylvie Desbruyères! La Musarde, was für eine Frau! Und so charmant!«, als mögliche Rivalen betrachten würde, hätte ich viel zu tun.

»Ich fühle mich traurig und allein, und im Moment möchte ich, dass man mich traurig und allein lässt. Das ist alles. Es ist so, ich kann nichts dafür«, antwortete ich schließlich.

Während der Plan in meinem Kopf Gestalt annahm, redete Sylvie weiter von sich, von La Musarde, die sie nicht verlassen konnte, um sich um mich zu kümmern, und von meinem merkwürdigen Benehmen. Sie kam zu dem Schluss, dass ich mit meinem Foto weitermachen und all die Leute wiedersehen sollte, die sicher nicht auf mich gewartet hatten, und dass ich danach vielleicht wieder normal werden würde.

Wir trennten uns mit einer innigen Umarmung, ich bat sie noch einmal, sich nicht zu sorgen, ich würde mich jeden Tag melden. Sie bestand darauf, dass ich Amélie bald zum Mittag- oder Abendessen einladen müsse. Ich versprach es ihr.

Die Flügel der Saloontür von Harry's Bar öffneten sich in den holzgetäfelten Saal. Drinnen war es ziemlich dunkel. Um diese Zeit waren nur wenige Leute da, ein paar Stammgäste unterhielten sich unter dem bunten Fenster. Der Barkeeper, ein großer Blonder mit weißer Schürze, hörte ihnen lächelnd zu. Ich ging nach hinten und setzte mich an einen beliebigen Tisch. Ich hatte für meine diskrete Verabredung einen ganz ruhigen und etwas abseits stehenden auswählen wollen. Aber alle waren frei. Es war kurz vor vier. Armand würde gleich kommen. Er hatte gesagt, mein Anruf komme ihm gerade recht, er müsse noch beim Ministerium vorbeigehen und werde sich dann den Nachmittag freinehmen. »Sechzehn Uhr im Harry's, passt dir das?« Ja, es passte mir. Ebenso wie vierzehn, fünfzehn oder achtzehn Uhr, mein Terminkalender war neuerdings sehr flexibel.

»Was darf ich Ihnen bringen, Monsieur?«, fragte mich der Blonde, der plötzlich vor mir stand.

Sein Vorname war in grüner Schrift auf seine Jacke gestickt: Laurent.

»Einen Gin bitte«

»Fizz oder Tonic?«

»Fizz«, antwortete ich, obwohl mir der Unterschied nicht einfiel.

Armand erschien in der Schwingtür, kniff kurz die Augen zusammen, um sich an das Halbdunkel zu gewöhnen, und kam auf mich zu. Die weißen Haare in seinen schwarzen Locken wurden mehr, aber seine wasserblauen Augen verliehen ihm immer noch diesen Wolfsblick. Er wirkte hart, dabei war er ein sympathischer, manchmal ziemlich frustrierter Bursche. Wir drückten uns die Hand, und er setzte sich mir gegenüber.

»Bist du schon lange da?«

»Nein, ich habe gerade bestellt.«

»Nein!«, rief er verärgert. »Was hast du genommen?«

»Einen Gin Fizz.«

»Kommt nicht infrage. Laurent!«, rief er den Barkeeper, »mein Freund hat sich geirrt.«

Laurent kam zurück an unseren Tisch: »Ich bin ganz Ohr, Monsieur Vouste.«

»Wir nehmen einen Blue Lagoon für zwei.«

»Ein doppelter Blue Lagoon, sehr gut«, sagte Laurent und entfernte sich.

»Was ist ein doppelter Blue Lagoon?«

»Wirst du gleich sehen. Wir treffen uns so selten, das müssen wir feiern.«

»Was gibt es Neues?«, fragte ich nach kurzem Schweigen.

»Die Hündin ist schwanger«, antwortete er, als müsste das so sein.

Ich meinte mich zu erinnern, dass mir Armand bei allen vorangegangenen Begegnungen die bevorstehende Geburt von Welpen angekündigt hatte, die er und seine Frau übrigens nie behielten, sondern an ihre Umgebung verteilten.

»Das stimmt«, bestätigte er, »sie stimmt ihr Sexualleben wohl auf unsere Verabredungen ab.«

Der Gedanke schien ihn zu beschäftigen, fast hätte er daran geglaubt.

Ich wiederum erzählte ihm von meinen leeren Tagen und von der Parteikonferenz, wobei ich den Abstecher zur Erotikmesse unerwähnt ließ. Armand nickte, er sah in diesem entspannten Programm meine Chance, öfters ins La Musarde zu gehen und die köstlichen Gerichte meiner Frau zu probieren. Etwas zögerlicher als alle anderen versicherte auch er mir, ich müsse ein bisschen Abstand nehmen, das sei nicht verkehrt. Ein bisschen Abstand, das hatte ich schon mehrmals gehört, als handelte es sich um einen starken Schnaps, den man in kleinen Cognacschwenkern servieren musste. »Ein bisschen Abstand«, etwas, das man auf ex trinken muss, dann geht es einem bald besser. Armand hatte bis auf die Schwangerschaft der Hündin kaum Neuigkeiten zu berichten. Seine Frau war noch immer Wirtschaftsjournalistin, und die absolute Diskretion in seinem Beruf erlaubte ihm nicht, mir tausend Gerüchte aus den französischen Geheimdiensten zu erzählen.

Laurent brachte eine Glasschale, fast eine Salatschüssel, die auf einer Serviette und einem weißen Teller stand. Darin steckten zwei Strohhalme in einer blauen Flüssigkeit, auf der Orangen- und Zitronenscheiben schwammen. In der Mitte stand eine kleine Pyramide aus zerstoßenem Eis mit zwei Kirschen. Das hatte ich noch nie gesehen. Der Traum eines Trinkers. Ich musste an Veillers denken, den ich auf dem Parteimeeting getroffen hatte. Sicher verkehrte der große Lebemann, dem der Alkohol aus allen Poren quoll, auch in dieser Baar. »Kennen Sie Henri Veillers, den Senator?« fragte ich den Barkeeper.

»Natürlich, aber wir haben Monsieur Veillers schon seit ein paar Wochen nicht gesehen.«

Wir machten uns schweigend daran, die blaue Flüssigkeit zu schlürfen, die nach gepfefferter Pampelmuse und Wodka schmeckte. Armand fragte mich, ob ich über Nacht in Paris bliebe. Ich erzählte ihm, dass ich Derks Wohnung gemietet hatte. Er sah mich überrascht an.

»Rue de Bourgogne 23?«

»Du hast ja ein Gedächtnis!«

»Alle kannten Derks Höhle. Seltsam, dass du dort bist.«

»Zufall«, erklärte ich ihm.

Meine Antwort löste eine kleine Bewegung des Kinns und ein Zwinkern aus, das mir zu verstehen gab, dass man ihn nicht so leicht reinlegen könne.

»Nein, kein richtiger Zufall«, gab ich zu.

Wir beugten uns wieder mit den Strohhalmen zwischen den Lippen über die Schale. Ein geradezu esoterisches Ritual, das uns zwang, einen Moment zu schweigen.

»Hast du dort etwas gefunden?«, fragte er, ohne von seinem Strohhalm und der allmählich weniger werdenden Flüssigkeit aufzusehen.

Da ich seine Frage nicht verstand und ihn fragend ansah, ergänzte er: »Etwas, worüber du mit mir sprechen möchtest?«

Sofort fiel mir ein, was Mahmoud erzählt hatte: parkende Autos, Männer, die nachts in die Wohnung gingen, Licht, dann nichts mehr. Das war fünfzehn Jahre her, und jetzt diese Frage.

»Nein«, sagte ich langsam.

»Aha.«

»Warum fragst du?«

»Einfach so«, antwortete er gleichmütig.

Er tauchte wieder in den Blue Lagoon ab, und es folgte ein langes Schweigen, bevor ich endlich meine Frage stellte.

»Ehrlich gesagt wollte ich dich um einen Gefallen bitten.«

»Schieß los.«

Ich holte meinen weißen Umschlag aus der Tasche und hielt ihm das Klassenfoto hin. Armand nahm es in die Hand, zog die Brille aus der Jackentasche und betrachtete es aufmerksam.

»Da bist du«, sagte er und zeigte auf mich.

Ich nickte. Er drehte das Foto um und überflog die Liste mit den Namen und Vornamen aller Schüler, die ihm natürlich nichts sagten.

»Könntest du herausfinden, was aus ihnen geworden ist? Ihre Adressen, ihre Berufe?«

Während ich meine Frage stellte, dachte ich, dass Sylvie recht hatte. Armand würde mir erklären, dass so was nicht zu seinen Aufgaben gehöre, dass er sich um solche Lappalien nun wirklich nicht zu kümmern brauche. Dass der Geheimdienst nicht für Banalitäten da sei.

»Du betreibst Vergangenheitstourismus«, war sein einziger Kommentar.

»Gewissermaßen.«

»Warum suchst du nicht im Internet?«

»Ich würde nur wenige Angaben finden, wenn überhaupt. Bei dir dagegen ...«

»Bei mir bekommst du alles. Wohl wahr. Bis wann willst du das haben?«

»Sobald du kannst.«

»Das sollte kein Problem sein. Ich melde mich.«

Immer mehr wurde von der kleinen Eispyramide sichtbar, während die Flüssigkeit den Boden der Schale erreichte. Schweigend tranken wir den Blue Lagoon aus. Vor der Bar verabschiedeten wir uns, er nahm mein Foto mit und tat wieder einmal so, als würde er sich zu Fuß entfernen, um zu seinem Chauffeur zu gehen, der diskret ein paar Straßen weiter parkte. Der Wagen würde ihn in jene Bibliothek von Alexandria zurückbringen, die alle Geheimnisse des Landes barg.

*A*uf der Karte sah man ein kleines rotes Skelett.

»Der Verrat. Der Mann mit den weißen Haaren ... Er ist gefährlich«, erklärte sie zu der Karte, die ich gerade mit dem Skelett bedecken wollte.

Sie zeigte auf einen Mann in schwarzem Anzug und mit weißer Perücke.

Meine Tochter war wie verabredet zum Mittagessen in die Rue de Bourgogne gekommen. Ich hatte im Feinkostladen verschiedene fertige Gerichte und eine Flasche weißen Burgunder gekauft. Amélie hatte mir nicht angekündigt, dass sie in Begleitung kommen würde, und ich hatte nicht genug für drei mitgebracht.

»Kein Problem«, versicherte mir die Freundin, »ich esse sehr wenig und zum Mittag sowieso nichts.«

Das glaubte ich sofort, das Mädchen war geradezu beunruhigend schlank. Etwas magersüchtig, dachte ich. Amélie war ihr genaues Gegenteil. Meine Tochter brach ständig überflüssige Diäten ab, war blond, immer gesund und nie die Letzte, wenn es im La Musarde etwas Neues zu probieren gab. Bei Karine, so hieß ihre Freundin, sorgte ich mich um ihr Verhältnis zu den schönen Künsten. Sie war älter als Amélie, schwarz gekleidet, hatte langes kohlrabenschwarz glänzendes Haar und ein Ohr ganz und gar mit Piercings bedeckt, der typische durchgeknallte Grufti. Vielleicht sogar drogensüchtig.

Bei Gelegenheit würde ich Sylvie fragen, ob sie von dieser neuen Freundschaft wisse. Karine hatte mir erklärt, dass sie zur Schule der Dark Art gehörte, deren Muse eine gewisse Natalie Shau war. Sie zeigte mir ihre Werke im Internet. Merkwürdige Bilder, eine Kreuzung von Romantik und Digitalisierung, junge Mädchen mit fahlem Antlitz vor einer jenseitigen Kulisse. Die Bilder strahlten eine seltsame Poesie aus, die an das Universum von Edgar Allen Poe erinnerte. Karine sagte, sie sei zwar nicht so bekannt wie diese Künstlerin, könne aber von ihrem Schaffen ganz gut leben. Sie zeichnete Figuren und Kostüme für Videospiele. Sie nannte mir einige Namen, *Perfect Cristal*, *Cosmos Divinity*, die mir nichts sagten.

Nachdem wir unter den Blicken von Karine, die auch den Weißwein ablehnte und ein Glas Wasser vorzog, unsere Mahlzeit beendet hatten, schlug Amélie vor, ihre Freundin könne mir die Karten legen, denn Karine habe eine außerordentliche Gabe. Ich antwortete, ich hätte etwas gegen Karten, sie erinnerten mich an die Belote- und Rommeepartien während meiner Armeezeit.

»Das sind nicht dieselben Karten«, sagte Karine und holte aus der Tasche ihres schwarzen Wildledermantels ein Spiel, das ich noch nie gesehen hatte.

Sie erklärte, das sei ein Ableger des Tarot de Marseille, aber italienisch, genauer gesagt venezianisch. Das Spiel sei im 17. Jahrhundert üblich gewesen, und nur wenige Leute wüssten heute noch die Regeln. Ich ließ mich schließlich darauf ein, um meiner Tochter eine Freude zu machen.

Das Spiel dauerte schon gut zwanzig Minuten.

»Oh, das ist merkwürdig!«

»Ja«, sagte ich schon etwas überdrüssig.

»Wieder die Vergangenheit.«

Ich hatte gerade auf ihren Wunsch eine Karte aus dem

kleinen Stapel herausgeholt. Eine vielköpfige Hydra, die wir schon zehn Minuten zuvor ins Spiel gebracht hatten. Sie legte eine neue Karte darauf, die einen Kandelaber mit brennenden Kerzen zeigte.

»So ein Spiel habe ich noch nie gesehen«, flüsterte sie, bevor sie noch einmal alle Karten zählte, die nebeneinander auf dem Tisch ausgebreitet waren. »Eine Rückkehr in die Vergangenheit. Sie werden eine große Reise machen und zahlreiche Begegnungen haben. Sie haben schon damit angefangen.«

Sie sah zu mir auf.

»Ich werde alte Klassenkameraden treffen«, sagte ich vage.

»Er ist der Schlüssel zu allem«, verkündete sie und legte den abgeknabberten Nagel ihres Zeigefingers auf die erste Karte, die ich aus dem Spiel gezogen hatte, ein alter König mit einer roten Krone. »Der alte Mann«, erklärte sie. »Er wacht über Sie, aber …«

Sie drehte eine Karte um, deren Rückseite schwarz war.

»… er ist schon lange nicht mehr da.«

Sie zählte ein paar Karten ab, hielt bei der Hydra inne und fuhr fort: »Trotzdem ist er da. Er beschützt Sie. Ein Verwandter?«

»Derk?«, schlug Amélie vor.

»Derk ist tot«, antwortete ich abweisend.

»Ich habe doch gesagt, er ist nicht mehr da, aber er wird zurückkommen, um Ihnen zu helfen.«

»Vom Tod kehrt man nicht zurück, mein Fräulein.«

Sie sah mich mit ihren schwarzen Augen an.

»Ich weiß, ich habe meine Eltern verloren und glaube nicht an Gespenster, Monsieur Heurtevent.«

»Also, was Sie mir da sagen …«

»Was ich Ihnen sage, ist etwas anderes.«

»Es ist Derk, hier ist seine Wohnung«, wiederholte Amélie. Ich warf ihr einen Blick zu, der möglichst ausdruckslos sein sollte. Tatsächlich begann mich das Mädchen mit seinem seltsamen Spiel und den zutreffenden Vermutungen zu ängstigen. Ich konnte nicht umhin, den Mann mit den weißen Haaren als Pierre-Marie Alphandon zu identifizieren. Karine machte weiter im Spiel, ihre Fingerspitze klopfte hörbar auf jede Karte. Sie drehte eine der letzten um.

»Eine Offenbarung!«

Die Karte stellte einen Spiegel dar, in dem sich ein Mann in einem Gewand aus dem 17. Jahrhundert betrachtete. Sie forderte mich erneut dazu auf, eine Karte zu ziehen und ihr zu geben. Ich zog eine Karte mit einem roten Kater.

»Der Zufall«, sagte sie. »Er kommt zum dritten Mal hervor, er lenkt das Spiel von Anfang an und führt zur Offenbarung.«

Sie legte die Karte mit dem Spiegel hin und ging zurück zum alten König.

»Sieben, acht ... Sie werden triumphieren«, stieß sie aus.

Amélie lächelte, sie war sehr stolz auf ihre Freundin.

Karine teilte den Haufen, zog vier Karten, legte sie mit dem Gesicht auf die Tischdecke und holte drei kleine Schlüssel aus ihrer Tasche.

»Legen Sie jeden Schlüssel auf eine Karte.«

»Wohin ich will?«

»Wohin Sie wollen.«

Ich legte einen Schlüssel hin, sie drehte die Karte um. Es war eine Berglandschaft mit einem Mond und einer Sonne.

»Sie werden kleine und große Geheimnisse aufdecken.«

Als Herausforderung legte ich die zwei anderen Schlüssel auf eine einzige Karte.

»Darf ich das?«

»Ja. Das machen nur wenige«, antwortete sie. »Sehr interessant.«

Sie drehte die Karte um, die einen jungen Mann in Königsgewand mit einer roten Krone darstellte.

»Damit habe ich gerechnet«, flüsterte sie. »Und außerdem haben Sie zwei Schlüssel hingelegt.«

»Das bedeutet?«

»Ich finde mein Königreich wieder«, sagte sie leise, bevor sie den Finger wieder auf den alten König legte.

»Der alte König ist fort. Der Weißhaarige hat den Prinzen beiseitegeschoben. Das Königreich ist verlassen, der Prinz geht über die Hügel davon.« Sie zeigte auf die Karte eines Ritters. »Die Lösung liegt in der Vergangenheit.«

Ihr Finger sprang auf die Landschaft unter dem Mond.

»Sie enthüllt die Geheimnisse ... Bis zur Offenbarung.«

Sie legte den Finger auf die Karte mit dem Spiegel.

»Warum wollen Sie ihre alten Kameraden wiedersehen?«, fragte sie mich nach einer Pause.

»Ich habe ein Klassenfoto wiedergefunden.«

»Zufällig?«

»Ja.«

Mit einem verschmitzten Lächeln schob sie die Karte mit der roten Katze nach vorn.

*T*ermine, Termine! Alle Infos in der beiliegenden Liste. Viel Spaß.

Der Gin Fizz geht auf meine Rechnung.

Herzlich, Armand.«

Ich sah Laurent entgegen, der mit wissendem Lächeln einen Gin Fizz vor mich hinstellte. Dann öffnete ich den Umschlag, den Armand für mich in Harry's Bar hinterlegt hatte, und holte mein Foto sowie mehrere gedruckte Seiten heraus. Die ersten beiden enthielten allgemeine Informationen, die folgenden ausführliche Angaben über jeden einzelnen meiner Mitschüler. Binnen achtundvierzig Stunden hatte Armand sie tatsächlich alle gefunden. Ich wusste schon, warum ich mich an ihn gewandt hatte, anstatt Telefonbücher oder das Internet zu bemühen.

Allgemeine Suche nach Tätigkeit

Identitäten / Personen / Französische Staatsbürger / Offiziell gemeldet im Inland / Eingetragen bei der Steuerbehörde / Verzeichnet in den Wählerlisten.
Nachforschungen auf französische Staatsbürger im Ausland erweitert.
Code 4455y77790743KLP77.
Quellen: unbekannt.

Grund der Suche: Überprüfung – Code I.
Gegenstand: kein Gegenstand.
Typ: vertraulich.
Genaue Angaben / siehe nächste Seite.

* Franck Alèsse. Goldschmied-Juwelier / Paris / nicht vorbestraft.
* Jérôme Auberpie. Priester / Paris / nicht vorbestraft.
* Sébastien Beauchy. Makler / Paris / nicht vorbestraft.
* Béatrice Bricard – verheiratete Beaumont. Sprechstundenhilfe / Nantes / nicht vorbestraft.
* Daniel Célac. Schuldirektor / Paris / nicht vorbestraft.
* Stéphane Crestin. Hoteldirektor / Paros, Griechenland / nicht vorbestraft.
* Gilles Dervet. Zauberer / Paris / nicht vorbestraft.
* Audrey Desnois – verheiratete Carvelier. Ohne Beruf / Grenoble / nicht vorbestraft.
* Nathalie Dirand. Lehrerin / Lyon / nicht vorbestraft.
* Marie Farnoux – verheiratete Raynac. Ohne Beruf / Paris / nicht vorbestraft.
* Pascale Genvrier. Buchhändlerin / Marseille / nicht vorbestraft.
* Aude Gerfon – verheiratete Quercy. Leitende Angestellte / Bouygues / Paris / nicht vorbestraft.
* François Heurtevent: keine Anfrage.
* Clément Jacquier. Filmregisseur / Paris / nicht vorbestraft.
* Jean-Marc Lacaze. Barkeeper / Paris / nicht vorbestraft.
* Éric Larmier. Finanzdirektor der Arkanor-Gruppe / Paris / nicht vorbestraft.
* Pierre Lecoq: verstorben.
* Marjorie Levart. Prostituierte / Kategorie: Callgirl / Metz / Strafregister – Code I

* Jérémie Pedrini. Casinobesitzer / Nizza / Strafregister –
  Code 5 – organisierte Kriminalität – zurzeit inhaftiert.
* Cédric Pichon. Projektleiter für Videospiele / Antarès-
  Sigma / Issy-les-Moulineaux / nicht vorbestraft.
* Dominique Pierson. Auktionator / Paris / nicht vor-
  bestraft.
* Delphine Poisson – verheiratete Kowinski. Friseurin
  Salon Chloé / Paris / nicht vorbestraft.

Die folgenden Seiten enthielten die genauen Angaben jedes
Einzelnen. Ich sah mir zunächst die von Clément Jacquier an.

Clément Jacquier, geboren am 12. 11. 1962 in Paris 75.
Familienstand: verheiratet / Kind: 1.
Tätigkeit: Filmregisseur.
Status: zeitweilig im Showgeschäft beschäftigt.
Art: Erotikfilm / Porno.
Beruflicher Kontakt: Cléopatra Film Production.
221 Avenue de la République, 92000 Nanterre.
Tel: 01 48 07 57 66. Fax: 01 48 07 17 87.
Privat: 12 Rue Saint-Charles 75015 Paris.
Tel: 01 42 36 00 61. Mobil: 06 07 06 89 34.
Mail: cljacquier@wanadoo.fr

All die Namen und Berufe ließen mich schwindeln. Marjorie
Levart war Prostituierte geworden? Callgirl? Das schien mir
unfassbar, aber Armand irrte sich nicht. Pierson war Auktionator, Alèsse Juwelier, Célac hatte in der Bildung Karriere
gemacht, Dervet war Zauberer, Pierre Lecoq, an den ich mich
kaum erinnerte, weilte nicht mehr unter uns. Stéphane Crestin lebte in Griechenland, Delphine Poisson war Friseurin geworden. Vielleicht konnte ich meine Rundreise damit beginnen. Ein Friseurtermin, das schien mir für den Anfang einfach.

Erste Etappe: Salon Chloé. Marco, mein Anzugverkäufer im Bon Marché, hatte meine Haare zu lang gefunden, ich würde den jungen Modespezialisten zufriedenstellen.

*B*ei Chloé persönlich, Monsieur?«

»Ist Chloé die Chefin?«

»Ja, Monsieur.«

»Dann ja. Ja Mademoiselle, bei Chloé.«

Meine Rolex zeigte fünf vor drei. Auf dem Bürgersteig stand ein elegantes weißes Schild mit dem Namen des Salons, das in sorgfältiger Schrift für besondere Angebote zur Schönheitspflege warb. Ich beschloss vorbeizugehen, ohne anzuhalten, um den Ort erst einmal zu erkunden. Drinnen sah ich nur einige weiß gekleidete junge Frauen, Trockenhauben und Föhne. Keine Delphine Poisson.

Beim Klingeln der Türglocke wurde im Gesicht des jungen Mädchens hinter der Kasse ein Lächeln angeknipst. Ehe ich sie begrüßte, sah ich mich um. Eine unwahrscheinliche Begegnung in einem Friseursalon, den ich normalerweise nie betreten hätte. Ich fragte mich, ob der eigentliche Grund meiner Suche nicht darin bestand, Verabredungen in meinen leeren Terminkalender zu schreiben.

Große Spiegel, weiß lackierte Rattansessel, deckenhohe Grünpflanzen, deren Art ich nicht zu bestimmen vermochte. Bambusregale, auf denen sich Dutzende Flakons mit Pflegeprodukten aneinanderreihten. In der Ecke, wo die Haare gewaschen wurden, plätscherte ein kleiner Wasserfall, über dem ein Buddha thronte. Zwei Frauen warteten schweigend und starrten mit leerem Blick in den Spiegel, während ein dicker Glatzkopf sich von einem jungen Mädchen den Schädel massieren ließ.

»Ich habe um fünfzehn Uhr einen Termin«, sagte ich zu dem Mädchen an der Kasse.

»Monsieur François?«

Ich hatte aus Gründen der Diskretion nur meinen Vornamen angegeben. Irgendwie reizte es mich, da zu sein, ohne wirklich da zu sein, ohne dass Delphine Poisson mich identifizieren konnte. Der unsichtbare Mann.

»Legen Sie doch ab«, forderte mich das junge Mädchen auf.

Ich gab ihr meine Jacke und erhielt einen Morgenrock aus weißer Seide, mit dem gestickten Schriftzug »Chloé« auf der Brust, wie bei den Kellnern in Harry's Bar, nur dass die Namen hier rosa strahlten.

»Monsieur bitte die Haare waschen, während Madame hinten trocknet«, sagte eine blonde Frau und drehte sich zu mir um.

Delphine Poisson, das war sie. Sie trug keine Brille mit Goldrahmen mehr, ihr Haar war dichter und heller als in meiner Erinnerung.

»Guten Tag«, sagte sie lächelnd im Vorbeigehen. »Myriam wäscht Ihnen die Haare, dann kümmere ich mich um Sie.«

Erinnerte sie sich nach all den Jahren? Kam mein Gesicht ihr bekannt vor? Ich hatte keine Ahnung. Sie hatte sich wenig verändert und durchaus zu ihrem Vorteil. Sie war hübsch gewesen, schien aber mit den Jahren noch aufgeblüht zu sein, wie eine Blume. Sie strahlte, und das hatte weder mit ihrem blonden Haar noch mit der weißen Kleidung zu tun. Ich sah ihr nach, während sie sich wieder einer Frau mit kurzen Haaren zuwandte, um mit der Schere letzte Korrekturen vorzunehmen.

»Monsieur, setzen Sie sich bitte hier hin«, forderte mich eine hohe Stimme auf.

Ich drehte mich zu dem Mädchen um, das mir die Haare waschen sollte, und sah mich Roxana gegenüber, der Verkäuferin der vibrierenden Eier, die mich verblüfft anstarrte.

»Pst«, flüsterte sie, fast ohne den Mund zu bewegen.

Ich nickte zum Zeichen, dass ich verstanden hatte. Wir waren einander nie begegnet, und François Truffix gab es nicht. Die einzige Person, die mich hätte verraten können, war von meiner Diskretion abhängig. Perfekt!

»Ist die Temperatur in Ordnung?«, fragte sie mich.

»Sehr gut.«

Während Roxanas Hände durch meine Haare wogten, sah ich sie bei der Vorführung des Vibrators vor mir. Roxana, die Myriam hieß, wenn das nicht auch ein Pseudonym war. Delphine Poisson, die inzwischen Chloé hieß, und Clément Jacquier, der François Truffix geworden war. In diesem Spiel der Identitäten war ich wohl der Einzige, der unter seinem richtigen Namen lief, nur hier nicht, schließlich hatte ich mich Monsieur François genannt.

Als sie fertig war, trocknete mir Roxana die Haare mit einem weißen Handtuch, legte es mir dann um den Hals, führte mich zu meinem Stuhl und bot mir einen Kaffee an, den ich gern nahm. Von meinem Platz aus sah ich Delphine in den Spiegeln von hinten, schräg und im Profil. Sanfte Synthesizermusik aus kristallklaren Tönen schwebte über dem Salon, das Stück war endlos. An der Wand hingen gerahmte Fotos von Modellen mit aufwendigen Frisuren. Ich erkannte Roxana und das Mädchen an der Kasse, das mit einem komplizierten Knoten aufgenommen worden war. Das dritte junge Mädchen im Laden präsentierte eine blonde Bob-Frisur, während sie heute ihre schulterlangen braunen Haare offen trug. Alle Mitarbeiterinnen von Delphine Poisson hatten sich fotografieren lassen, um den Kundinnen mögliche Frisuren vorzuführen. Das Mädchen von der Kasse brachte den Kaffee. Während sich der Zucker auflöste, überflog ich einen eingeschweißten Faltprospekt auf der Ablage: »Jede Pflege speziell für Ihr Haar zusammengestellt. Ein Cocktail essenzieller Öle nur auf Sie abgestimmt. Genießen Sie die Schätze der Judäischen Wüste.«

Um das Warten zu verkürzen, sah ich nach den Illustrierten: *Paris Match, Voici, Gala, Top Santé*. Ich schlug die letzte auf: »Neue Haut durch Mikrodermabrasion?«. Der Artikel warb für eine Hautpflege, die darin bestand, die oberste Schicht der Gesichtshaut abzutragen, um sie zu glätten. Vorher-Nachher-Fotos sollten die außerordentliche Wirkung der Behandlung belegen. Ich nahm stattdessen die *Gala* in die Hand: »Nach den Wahlen, das Glück im Alltag«. Der Artikel stellte die neuen Bürgermeister vor, die vor einem köstlichen Frühstück saßen: Kaffee und Tee, Fruchtkörbe, Brot, Konfitüren, Schinken und Milch waren auf makellosen Tischdecken vor den Objektiven der Fotografen aufgebaut. Ich kannte den Trick, die Redaktionen brachten die Lebensmitteln mit, um dem Foto mehr Glamour zu verleihen. Diesem albernen Spiel hatte ich mich auch mehrmals hingegeben. Und wie befürchtet, kam mir beim Umblättern Alphandon entgegen. »Mit seinem welligen weißen Haar, seiner Familie und einem strahlenden Lächeln begrüßt uns der neue Bürgermeister von Perisac: ›Herzlich willkommen, ich bin Frühaufsteher!‹ Seine Frau Marie-Anne hat das Frühstück für die ganze Familie zubereitet, uns umschmeichelt der Duft von frischem Kaffee, während uns der Bürgermeister sein Haus zeigt. Der Hundenarr präsentiert uns die Pokale, die seine Tiere gewonnen haben …« Ich unterbrach die Lektüre und betrachtete sein Gesicht. Pierre-Marie Alphandon, kompromittiert durch verschiedene Skandale von Unterschlagung und Betrug, dann reingewaschen. Beim zweiten Anlauf hatte er es geschafft. Der Mann mit den weißen

Haaren aus Karines Spiel. Der Verrat. »Er ist gefährlich«, hatte sie gewarnt. Zweihundert Stimmen Unterschied. Als hätte der große Gauner geschummelt, um mir den Platz wegzunehmen. Ich hatte keine Zeit, mit dem Gedanken zu spielen und seine Wahrscheinlichkeit abzuschätzen.

»Also, sagen Sie mir alles!« Ich sah in den Spiegel, Delphine stand hinter mir, den Kamm in der Luft.

»Alles? Soll ich Ihnen wirklich alles sagen?«, scherzte ich und legte die Zeitschrift wieder auf die Ablage.

»Man darf nie alles sagen«, erwiderte sie mit einem Lächeln, »reden wir lieber über das Wesentliche, zum Beispiel die Haare.«

Ich fragte mich, ob sie mich vielleicht doch wiedererkannt hatte und die ironische Antwort doppelsinnig war. Erwartete sie, dass ich mich als Erster offenbarte? Wahrscheinlich täuschte ich mich: Delphine stellte keine Verbindung zum François der École Levert her, der manchmal mit ihrem Pferdeschwanz gespielt hatte, wenn er im Unterricht hinter ihr saß.

»Hör auf!«, flüsterte sie dann. »Was machst du da?«

»Ich wische meinen Füller an deinen Haaren ab.«

Sie drehte sich empört um. »Spinnst du?«

»Ja, ich spinne.«

»Eigentlich möchte ich dasselbe in kürzer, aber auch nicht zu kurz.«

»Das ist eine gute Idee, etwas kürzer«, sagte sie, fuhr mit dem Kamm durch meine Haare und interessierte sich nur noch für meinen Schädel, nicht mehr für meine Person.

Die Nase! Plötzlich wurde es mir klar. Delphine Poisson hatte sich die Nase korrigieren lassen.

Der dicke Glatzkopf ließ sich noch immer von einem der Mädchen den Kopf massieren. Jetzt schloss er die Augen.

»Alles in Ordnung, Monsieur Carlan?«

»Pst«, flüsterte er.

»Ist das Friseurhandwerk eine Berufung?«

»Ja, ich wollte immer schon Friseurin werden«, vertraute sie meinem Spiegelbild an.

Das verstärkte mein Gefühl von Unwirklichkeit. Ich hatte keinen lebendigen Menschen vor mir. Als stünde Delphine nicht hinter mir, sondern hinter dem Spiegel.

Hatte sie wirklich schon von Frisuren, Lack und scharfen Scheren geträumt, als wir in eine Klasse gingen? Das hatte ich nicht gewusst. Vielleicht hatte sie es den anderen Mädchen anvertraut. In dem Alter ist der Graben zwischen den Geschlechtern groß. Delphine frisierte meinen Kopf, ohne zu ahnen, welche Erinnerungen darin kreisten. Ich wusste, wer sie war, aber sie hatte mich nicht erkannt, da war ich jetzt sicher, ich hatte ihr Hinweise gegeben, auf die sie nicht reagiert hatte. Wenn mir jemand gesagt hätte, dass sie mir eines Tages die Haare schneiden würde! Jetzt fuhr sie mit der Hand durch mein Haar, um das Ganze aufzulockern. Die einzige Frau, die mit den Fingern durch mein Haar fuhr, war meine, in dieser einfachen Geste steckte eine Sinnlichkeit, geradezu etwas Verbotenes, ich kann es schlecht beschreiben. Es mussten also erst dreißig Jahre vergehen, um einen körperlichen Kontakt zwischen uns herzustellen. Nicht irgendeinen, sondern eine Geste, die man nur seinem Geliebten, seinem Ehemann oder seinen Kindern zukommen lässt. Außer natürlich, wenn man Friseurin ist. Hatte sie was mit Sébastien Beauchy gehabt? Die Frage fiel mir plötzlich wieder ein, und ich konnte sie immer noch nicht beantworten. Die Person, die es wusste, war nur wenige Zentimeter von mir entfernt, aber ich würde sie um nichts in der Welt danach fragen.

Beim Bezahlen versprach ich mich.

»Danke, Delphine«, sagte ich.

Ihr Gesicht veränderte sich.

»Woher kennen Sie meinen Vornamen?«

»Habe ich Delphine gesagt? Das war ein Versehen, so heißt meine Frau«, antwortete ich verlegen.

»Ach, das ist ja lustig, ich auch.«

Meine Lüge schien sie zufriedenzustellen. Doch in dem Moment, wo ich meine Jacke überzog und eins der Mädchen mir mit der Bürste über die Schultern fuhr, kreuzten sich unsere Blicke, und ihrer blieb einige Sekunden zu lange an mir haften. »Erinnerst du dich, wir waren in einer Klasse?« Der Satz blieb ungesagt. Ich brachte ihn nicht heraus. Auch sie sagte nichts, falls sie denn den Namen zu meinem Gesicht gefunden hatte. Vielleicht war es besser so. Es passte besser zu dem, was ich mir vorgenommen hatte: alle wiedersehen, erfahren, was aus ihnen geworden war, ohne dass sie wussten, wer vor ihnen stand.

*E*s war schon dunkel. Ich saß in der Wohnung und organisierte meinen Kalender nach den Berufen meiner früheren Klassenkameraden. Der Fall von Marjorie Levart, Prostituierte in
Metz, faszinierte mich, ebenso der von Jérôme Auberpie, der
Pfarrer in der Kirche Sainte-Marie-des-Batignolles geworden
war. In meiner Erinnerung interessierte er sich vor allem für Comics. Am nächsten Tag würde ich erst mal bei Sébastien Beauchy, dem Makler, vorbeigehen, um zu erfahren, ob er etwas
mit Delphine Poisson gehabt hatte oder nicht. Dazu musste ich mich offenbaren, aber egal, mein Plan konnte einige
Abweichungen vertragen. Das Gleiche würde ich bei Daniel
Célac machen, der Direktor einer Schule geworden war, und
nicht irgendeiner: Célac leitete die École Levert. Er bewegte
sich also immer noch jeden Tag in den Fluren und Klassenräumen unserer alten Schule. Alle waren weggegangen, er aber
war an den Ausgangspunkt zurückgekehrt, der heute so weit
weg war. Ich beschloss, am nächsten Morgen in die Schule
zu gehen, dann würde ich Sébastien Beauchy aufsuchen und
den Tag vielleicht mit dem Magier Gilles Dervet beenden.
Das Cabaret Lapin Jaune in Pigalle hatte mir bestätigt, dass
er gegen ein Uhr morgens dort auftreten werde. Drei an einem Tag, das war ein guter Rhythmus, den ich nicht jeden
Tag einhalten würde. Für die Provinz musste ich die Reisezeit
berücksichtigen, besonders für Marjorie Levart in Metz. Die
Reise zu Stéphane Crestin, Hotelbesitzer auf der griechischen

Insel Paros, fand ich trotz der Schönheit der Zykladen etwas lang. Zumal ich ihn nie besonders gemocht hatte. Ein Besuch bei Béatrice Bricard oder Cédric Pichon schien mir auch nicht dringlich. Ich beschloss, eine Reihenfolge festzulegen und mit denen zu beginnen, an die ich mich am besten erinnerte. Dominique Pierson, Auktionator, der immer wie eine wütende Möwe ausgesehen hatte, war leicht zu erreichen. Ich musste nur zu seiner nächsten Versteigerung im Auktionshaus Drouot gehen, um ihn zu treffen.

Mein Zeitplan nahm Gestalt an. Sylvie hatte recht, was ich tat war seltsam, ja verrückt, aber ich hatte mir einen Plan gemacht und wollte mich daran halten, es würde höchstens ein paar Wochen dauern. Ich machte eine Pause und wärmte mein Abendessen auf, tiefgekühlte Wachteln in Pommeau, die ich vier Minuten lang in der Mikrowelle ließ. Mein Telefon schwieg hartnäckig. Nur Sylvie würde mich anrufen, wenn im La Musarde die Lichter gelöscht wären. Ich trat ans Wohnzimmerfenster. Gegenüber ahnte ich hinter den Vorhängen schöne Wohnungen, wie sie das Parteimitglied Franck Houdriette verkaufte. Im gedämpften Licht bewegte sich bisweilen eine Gestalt vor dem Flackern eines Fernsehers. Die Mikrowelle klingelte, ich aß mein Fertiggericht und stellte wieder einmal fest, was für ein Glück ich hatte, mit einer Sterneköchin verheiratet zu sein. Was ich da aß, erinnerte mich sehr an den Film *Brust oder Keule* mit Louis de Funès, der in einer Fabrik endet, wo man zur Beunruhigung der Zuschauer aus Nichts Nahrung herstellt.

Die Verpackung mit dem beweglichen Ei lag auf dem niedrigen Tisch, ich griff danach, um es mit den Essensresten in den Mülleimer zu werfen. Es fing an zu vibrieren, ich drückte darauf, um es zu stoppen, aber dadurch erhöhte sich die Geschwindigkeit, und das Ei sprang aus der Verpackung, prallte vom Fußboden ab, entwickelte ein Eigenleben und bewegte sich über das Parkett. Ich stellte mein Geschirr in die Spüle und ging ins Wohnzimmer zurück; das Ei war verschwunden. Ich suchte unter den Möbeln, fand es jedoch nicht. Schließlich blieb ich reglos im Raum stehen, um mich an dem Geräusch zu orientieren, und vernahm ein ganz schwaches Brummen. Es war wie ein Spiel, das Ei nach dem Gehör zu finden. Unter der Couch war es nicht, auch nicht hinter dem Schreibtisch; in der linken Ecke des Wohnzimmers wurde das Geräusch lauter. Mir fiel das Kinderspiel ein: »Kalt, warm, heiß!«. Das Fenster. Es konnte nur von da kommen. Ich bückte mich und entdeckte das Ei an der Scheuerleiste, es vibrierte hartnäckig, als wollte es hindurch. Als ich es aufhob, fiel mein Blick auf die Wand.

Alles war weiß übermalt. So gut übermalt, dass das Geheimfach verschwunden war. Das Ei vibrierte weiter, aber ich achtete nicht mehr darauf. Mit den Fingerspitzen tastete ich rechts vom Fenster über die Farbschichten, die sich in fünfzehn Jahren überlagert hatten. Genau an dieser Stelle verbarg das Tapetenmuster, das den ganzen Raum bedeckt hatte, ein Geheimfach. Nicht tief, nur ein Brett, kein Schloss. Derk öffnete es mit der Spitze eines Brieföffners und schloss es mit der flachen Hand. Ich klopfte mit dem Finger gegen die Wand, voll … voll … hohl. Ich hatte mich nicht geirrt, niemand hatte das Fach zugestopft, dazu hätte man es kennen müssen. Ich nahm das Ei und schlug es auf den Boden, es war sofort still.

Konfuse Gedanken schossen mir durch den Kopf, einer verdrängte die anderen: das Geheimfach öffnen, jetzt, sofort. Ich holte aus der Küche ein Messer und einen Nussknacker, der, wenn nötig, als Hammer dienen konnte. Auf dem Parkett kniend machte ich jämmerlicher Handwerker mich ans Werk. Beinahe hätte ich mir beim ersten Versuch die Klinge in den Finger gebohrt, aber ich begriff schnell, dass ich zunächst die Farbe entlang der Linie des Rechtecks ablösen musste. Stück für Stück kam ich voran, Farbschichten platzten ab, grüne und gelbe, die ich nie gesehen hatte. Sie mussten aus der ersten Zeit des Gebäudes rühren. Schweißgebadet hatte ich nach einer halben Stunde eine Linie freigelegt, die der Oberkante der Öffnung entsprach. Ich versuchte, die Tür aufzudrücken, indem ich das Messer hineinschob. Ich drückte zu stark, die Spitze brach ab und wäre mir fast ins Auge geflogen. Ich holte ein neues Messer und kratzte die Farbe jetzt schneller ab, weil ich die Technik beherrschte. Der zweite Versuch war erfolgreich, die Klinge bog sich unter dem Druck, aber die Tür öffnete sich knirschend und warf weitere Farbsplitter auf den Boden.

Drinnen war tatsächlich ein Regal. Alte Stifte, Radiergummis, ein vergilbter *Le-Monde*-Artikel von 1987 über die Strategien der Erdölkonzerne und ein Foto. Es zeigte Dercours mit in die Stirn geschobener Brille, er guckte wie jemand, der einen üblen Coup plant und sich darüber amüsiert. Das war das Foto, das wir der Presse gaben. Ich schaute in seine Augen, die ins Objektiv starrten, nun aber genau mich anzusehen schienen. Minutenlang rührte ich mich nicht, war versunken in seinen Blick, dann legte ich den Abzug sanft auf den Boden. Ich musste den Kopf in das Geheimfach stecken, um noch etwas zu entdecken. Ein hellblauer Umschlag lehnte an der Wand. Ich machte ihn auf. Er enthielt eine alte Ansichtskarte: *Le Cabaret du Ciel;* die vertraute Tischszene mit den Gästen und Sankt Petrus. Ich drehte sie um. Auf der Rückseite stand: »Gutschein für ein Abendessen«, dahinter Sterne.

Keine Hand eines »Geschäftspartners« hatte den Satz durchgestrichen und geschrieben: »Bedienung inbegriffen«. Ich zählte die Sterne zweimal. Kein Irrtum, es waren nicht vier, sondern fünf. Ich starrte auf Derks Foto auf dem Boden.

Er grinste.

*D*u hast reichlich Bargeld in diesen vier Wänden gesehen! Doch, doch, widersprich mir nicht. Ab heute bist du sozusagen mit im Geschäft.«

So hatte er angefangen, als er mir die Geschichte vom Cabaret du Ciel, den Ansichtskarten und dem Konto in Genf erklärte.

»Ich bin in letzter Zeit ziemlich müde. Das ist das Alter«, fügte er nachdenklich hinzu. »Ich komme in die Jahre. Ich fliege nicht mehr an einem Tag nach Genf und zurück, das übernimmst du, ich werde alles organisieren.«

Es war ein Zeichen von absolutem Vertrauen, das jedoch keinen Widerspruch duldete. So begannen meine kleinen Ausflüge zum Cabaret du Ciel. Zwei, drei Mal im Jahr. Beim Fliegen war der Zoll weniger genau als im Zug. Ich benutzte einen sehr schönen Hermès-Aktenkoffer, eine Sonderanfertigung der berühmten Firma am Faubourg Saint-Honoré; er besaß einen doppelten Boden, in dem man bis zu einer halben Million in Fünfhunderterscheinen unterbringen konnte. In Banknoten war diese beträchtliche Summe nicht so eindrucksvoll, wie man es erwartet hätte.

Wenn es nur um eine kleinere Summe, eine einfache Auszahlung vom Konto ging und die Öffnung der Safes nicht erforderlich war, traf ich mich mit meinem Geschäftspartner in der Bar des Hôtel des Bergues. Ich musste in der Stadt, in

der ich niemanden kannte und eigentlich gar nicht sein sollte, mehrere Stunden totschlagen. Bei den ersten Besuchen war
Genf für mich gleichbedeutend mit Langeweile und einsamen
Spaziergängen am See, der mit seiner hohen Fontäne einem
riesigen Springbrunnen ähnelt. Stundenlang mit niemandem
sprechen, den leeren Koffer an den Fingerspitzen schlenkern,
die matten und nicht sehr dankbaren Schwäne mit Brot füt-
tern. Vor allem auf die Uhr sehen und warten, dass es endlich
Zeit für meine Verabredung wurde. Noch vier Stunden, drei
Stunden, endlich nur noch eine Stunde totschlagen. Genf, die
Stadt der verlorenen Zeit und Hauptstadt der Uhrenindustrie,
präsentierte ihre schönsten Modelle in Hunderten Schaufenstern. Tausend Uhren in allen Preislagen, allen Formen, aus
Stahl, aus Gold, mit Leder- oder Metallarmband, mit Stoppuhr,
mit oder ohne Sekundenzeiger, Damen- und Herrenmodelle.
Von all diesen Uhren an jeder Straßenecke, die alle dieselbe
Zeit anzeigten, wurde mir fast schwindlig. Man konnte keine
hundert Meter gehen, ohne auf die Namen zu treffen, die sich
ständig wiederholten: Rolex, Blancpain, Cartier, Patek Philip-
pe, Breitling, Audemars Piguet.

Wenn meine Verabredung in der Bar des Hôtel des Bergues
stattfand, verbrachte ich dort die letzte Stunde allein vor einem Fruchtsaft. Als ich einmal auf meinen Geschäftspartner
wartete, stellte der Barkeeper einen zweiten Fruchtsaft vor
mich hin, den ich nicht bestellt hatte. Meiner Frage zuvor-
kommend, verkündete er mir in vertraulichem Ton: »Ein
Gruß von der Dame dort drüben, Monsieur«, und er zeigte auf
eine blonde Frau, die ein paar Tische weiter saß.

Sie lächelte mir diskret zu und hob ihr Sektglas. Ich ging
zu ihr, um mich zu bedanken. Sie nahm ihre große Sonnenbrille ab und entblößte ein sehr schönes Gesicht mit hohen
Wangenknochen und grünen Augen. Mary, so will ich sie nen-

nen, obwohl das nicht ihr Vorname ist, musste in ihrer Jugend eine atemberaubende Schönheit gewesen sein. Bald konnte ich mich vergewissern, dass meine Ahnung richtig gewesen war: Mary und eine in den fünfziger Jahren sehr berühmte amerikanische Schauspielerin waren ein und dieselbe Person. Sie hatte sich vom Film zurückgezogen, war zweimal verwitwet und hatte fünf Jahre zuvor ihr Gepäck im Hôtel des Bergues abgestellt. Wir haben nie über Filme gesprochen, wir haben überhaupt wenig gesprochen, unsere Beziehung war rein sexuell.

»Ich habe Sie hier schon öfter gesehen«, sagte sie zur Begrüßung. Sie hatte einen starken Akzent. »Sie sind ganz allein, Sie warten auf einen Mann, der Ihnen einen Umschlag übergibt, dann gehen Sie zur Toilette und kommen zurück, um in Gesellschaft dieses Mannes Ihren Fruchtsaft auszutrinken, dann geht er weg, und Sie gehen wenig später.«

Ich sah sie verblüfft an. Sie hatte das ganze Procedere erfasst. Tatsächlich stand ich auf und schloss mich mit dem Umschlag auf der Toilette ein, um den Inhalt zu überprüfen, kniete mich auf den Marmorfußboden und benutzte den Toilettendeckel als Tisch. Nachdem ich alles ein zweites Mal gezählt und im doppelten Boden des Aktenkoffers verstaut hatte, ging ich zurück in die Bar, als wäre nichts gewesen.

»Ich hoffe, Sie bekommen Ihren Anteil von dem vielen Geld.«

Ich antwortete nicht. Die grünen Augen starrten mich an wie die einer Katze, und ich begriff, dass unsere Begegnung nicht in dieser Bar enden würde. Am selben Abend teilte ich Derk mit, dass ich wegen eines Staus mein Flugzeug verpasst hatte.

»Verdammte Schweizer!«, fluchte er. »Nimm dir, was du brauchst, aus dem Koffer und schlafe im Bergues.«

Ich nahm mir ein Hotelzimmer, aber die Nacht verbrachte ich bei Mary.

»Herein«, sagte sie, nachdem ich an die Tür ihrer Suite geklopft hatte. »Mach die Tür hinter dir zu.«

Ich schloss die Tür und ging durch den Salon zum Schlafzimmer. Sie lag halb nackt auf den Laken und hatte ein Champagnerglas in der Hand. Neben dem Bett stand der Champagnerkühler mit einer Flasche und einem zweiten Glas.

»Zieh dich aus und schenk dir ein, in dieser Reihenfolge.«

Gigolo. Genau das wurde ich bei meinen Reisen in die Schweiz, denn Mary legte Wert darauf, mich zu bezahlen. Am Morgen nach der ersten Nacht hatte ich protestiert, als sie Geldscheine aus ihrer Tasche holte und mir hinhielt, ich hatte ihr versichert, dass ich Lust auf sie gehabt hätte und eine Bezahlung nicht infrage komme.

»Ich bezahle die anderen, François, warum soll ich dich nicht bezahlen?«, fragte sie und fuhr mir mit der Hand durchs Haar.

»Warum bezahlst du sie? Du bist schön, du hast das nicht nötig.«

»Ich nehme nur vorweg, was bald geschehen wird. Außerdem ist es viel einfacher«, seufzte sie mit leichtem Überdruss. »Ich liebe elegante Männer, du wirst dir bei Saint-Laurent einen Anzug kaufen!«, beendete sie die Diskussion.

Jedes Mal wenn ich zum Cabaret du Ciel kam, sei es, um eine Akte in einen Safe zu legen oder um Geld zu holen, schickte ich ihr eine Nachricht ins Hotel, und wir trafen uns, sobald ich ankam, direkt in ihrem Schlafzimmer. Mit den Jahren spürte ich immer deutlicher den Reiz dieser Stunden, die wir den Schweizer Uhren stahlen, dieser Beziehung, die keine war. Nach meiner Heirat machte ich keinen Umweg zum Hôtel des Bergues mehr, sondern ging schweren Herzens an der riesigen Fassade vorbei. Ich wusste, dass hinter diesen Mauern eine der sinnlichsten Frauen wartete, denen ich hatte begegnen dürfen. Ein Anruf oder ein paar Zeilen in der Rezeption hätten genügt, um wieder mit ihr zu schlafen. Ich vertrieb diesen Gedanken aus meinem Kopf und ging sogar so weit, mir einzureden, dass Mary nicht mehr in ihrer Suite lebe, dass sie fortgegangen sei. Aber ich glaubte nicht daran, Mary lebte für immer im Hôtel des Bergues, zwischen ihren Champagnergläsern und den Zärtlichkeiten junger Männer, die ihr in ihre Suite mit Seeblick folgten. In den letzten Jahren fanden die Treffen in Derks Auftrag ausschließlich in Büros statt, und Genf wurde wieder zur Hauptstadt der verlorenen Zeit und der Langeweile.

Ich starrte auf die Wand. Meine Entdeckung war zugleich wunderbar und betrüblich, denn ich hatte die Telefonnummer des Cabaret du Ciel nicht mehr. Die Zahlen standen auf der Rückseite des Giraffentellers, der unten links gehangen hatte und dessen Motiv am lustigsten war: der, wo der Giraffenkopf aus dem Frachtraum des Schiffes ragt und »Ich gehöre dem König« sagt. Die Telefonnummer war so notiert, dass man sie für eine Inventarnummer halten konnte. Damals brauchte ich nicht auf dem Teller nachzusehen, ich konnte sie auswendig, aber jetzt … Selbst wenn ich in meinen Erinnerungen kramte, würde ich mich kaum an eine Telefonnummer erinnern, die ich seit fünfzehn Jahren nicht gewählt hatte.

»Sie werden kleine und große Geheimnisse aufdecken«, hatte die Kartenlegerin vorausgesagt. Sie hatte sich geirrt. Mein Spaziergang in die Vergangenheit würde mich nicht nach Genf führen, um den Safe mit den fünf Sternen zu öffnen.

Das Telefon klingelte. Sylvie hatte die Lichter im La Musarde gelöscht. Ich erzählte ihr von meinem Besuch im Friseursalon Chloé und von meinem neuen, kürzeren Haarschnitt.

Ich hätte ihr gerne von meiner Entdeckung erzählt, von dem Geheimfach und der Postkarte, aber das war unmöglich. Ich konnte ihr jetzt nicht Derks Bankgeschichten in der Schweiz offenbaren. Darüber hatte ich nie mit ihr gesprochen. Ein Gefühl der Treue hatte mich daran gehindert, diesen Aspekt meiner beruflichen Tätigkeit zu erwähnen. Meine Reisen nach Genf gingen nur ihn und mich etwas an, sie waren auch nicht gerade aufregend. Nun ja, es gab den spannenden Aspekt, der mit Mary zusammenhing. Aber davon würde ich meiner Frau sicher nichts erzählen.

Das Rathaus ist aus Porzellan. Wände, Fußböden, sogar mein Schreibtisch ist mit weißem Porzellan bedeckt, das sich wie Emaille oder Zucker auf geheimnisvolle Weise über alles gelegt hat. Ich teste es mit dem Fingernagel, es ist hart und glänzend. Ich trete ans Fenster, um auf den Rathausplatz hinunterzusehen, ist draußen auch alles aus Porzellan? Nein, der Platz hat sich nicht verändert, er ist sonnig und überraschend leer. Ich drehe mich wieder zu meinem Schreibtisch um, er ist verschwunden, ersetzt durch eine weiße Badewanne mit Löwenfüßen, darin badet Pierre-Marie Alphandon, während eine Gestalt, deren Gesicht ich nicht erkenne, mit einem Krug auf der Schulter neben ihm steht. Aus dem Krug fließt Wasser, wie ein kleiner, offenbar endloser Wasserfall. Alphandon findet das lustig und hält die Finger in den Wasserstrahl. Ich würde ihn gern fragen, was er in meinem Büro sucht, bekomme aber keinen Ton heraus. Ich bin stumm und ahne ohnehin, dass es nicht mehr wirklich mein Büro ist und niemand mich verstehen würde.

Jetzt stehe ich auf dem Rathausplatz, die Sonne zwingt mich, die Augen zusammenzukneifen und mit der Hand abzuschirmen. Ein Wesen kommt im Gegenlicht von der linken Ecke des Platzes, Rue Édouard-Timont, und ein anderes, identisches, von rechts, Rue Désiré-Cassant. Sie sind riesig und bewegen sich wie in Zeitlupe auf vier Beinen, beide werden von einem halb nackten kleinen Mann geführt. Ihr Hals streckt sich fast bis in den Himmel. Giraffen von eindrucksvoller Größe; ich sehe mich um, ist denn niemand da, um diesen unglaublichen Moment mit mir zu teilen? Es ist Mittagszeit, während der Siesta ist niemand auf der Straße. Als mir das bewusst wird, nicke ich langsam. Ja, natürlich. Ich lächle, jetzt weiß ich, was während der Siesta passiert: merkwürdige Dinge, unwahrscheinliche Dinge, die niemand sieht. Diesmal sehe ich sie, und ich werde es nie erzählen können, denn keiner würde mir glauben.

Eine der beiden Giraffen steht jetzt wenige Meter von mir entfernt, der kleine Mann, dessen Gesicht ich nicht sehe und der das Tier mit einem biegsamen Stock antreibt, zeigt mir mit feierlicher Geste eine große Trittleiter aus sehr hartem und edlem Holz. Ich weiß, dass das Holz hart und edel ist, ich weiß nicht, warum, ich weiß es einfach. Mit beiden Händen prüfe ich, ob die Leiter stabil ist, indem ich sie leicht schüttle. Sie ist absolut stabil. Jetzt steige ich die Stufen hoch, eine nach der anderen, ich habe das Gefühl, dass ich im Himmel ankommen werde. Es kann doch nicht sein, dass diese Giraffe so hoch ist! Aber das ist sie. Als ich nach unten schaue, ist der Boden so weit entfernt, dass ich den Hüter der Giraffe kaum erkenne. Mir wird schwindelig, ich spanne meine Muskeln an und konzentriere mich, um nicht zu stürzen. Ich klammere mich an das Holz, gelange Stufe um Stufe bis zum Kopf der Giraffe. Sie bewegt sich nicht, will mich nicht ansehen. Ich schiebe die Hand in die Jackentasche und hole den Kamm aus der Nationalversammlung heraus. Ich weiß, was man machen muss: Man muss sie sanft kämmen, damit sie wieder eine normale Größe bekommt. Ich fange an. Ziehe die Zähne des Kamms durch das gelbbraune Fell. Ich stelle fest, dass es große Ähnlichkeit mit dem eines Labradors hat. Sie wird kleiner, ich bin schon weniger hoch. Ich bürste sie weiter in Fellrichtung, jetzt fahre ich mit dem Kamm in großzügigen Bewegungen über ihren Hals.

Schließlich sitze ich auf der Erde, und die Giraffe ist auf die Größe eines Pudels geschrumpft. Als ich mich umdrehe, stelle ich fest, dass die riesige Leiter, die andere Giraffe und der kleine Mann verschwunden sind. Ich stehe ganz allein in der Sonne auf dem Rathausplatz, zu meinen Füßen die Miniaturgiraffe. Sie entfernt sich und springt in kleinen Kreisen herum. Ich höre ihre Hufe auf dem Pflaster klappern. Zu meiner Überraschung ist das Rendez-vous de Jean Bart offen, auf der Terrasse stehen Stühle. Ein Mann sitzt in der Sonne und trinkt Bier. Ich will ihm erzählen, was passiert ist. Ich pfeife die kleine Giraffe herbei, aber sie hört nicht, sondern setzt ihr Gerenne fort. Dann eben nicht, denke ich und gehe zu dem Mann hinüber. Es ist Derk. Er wackelt mit dem Kopf, wie in tiefem Nachdenken versunken.

»Sie sind es, machen Sie keine Siesta?«

»Natürlich nicht, ich mache nie Siesta«, antwortet er, ohne mich anzusehen.

»Ist Ihnen klar, was hier passiert, während die Leute schlafen. Haben Sie die Giraffen gesehen?«

»Hab ich.«

Jetzt reibt die kleine Giraffe ihren Kopf an meinem Knie, ich nehme ein Stück Zucker vom Tisch und gebe es ihr, sie frisst es aus meiner Hand und galoppiert davon.

»Wo sind die Leute?«

»Die Leute?« Er scheint zu überlegen. »Nein, hier ist noch nie jemand gewesen«, gibt er nach längerem Nachdenken von sich.

Derk steht auf, und ich merke, dass er mehrere Leinen hält, sechs oder sieben. An jeder eine kleine Giraffe, ähnlich der meinen. Er erinnert mich an die Hoteldiener, die die Hündchen der Gäste in Gruppen ausführen. Wir gehen durch menschenleere Straßen, die kleinen Giraffen zerren an ihren Leinen, und ihre Hufe klappern. Wir sind in Genf. Ich weiß nicht warum, aber ich weiß es. Wir sind in Genf mitten im August, und auch dort ist die Stadt menschenleer. Wir kommen an einer Statue vorbei, zwei umschlungene Mädchen im Stil Botticellis. Das eine trägt eine Jakobinermütze, das andere eine Bürgermeisterschärpe. Ich entziffere die Aufschrift auf dem Sockel: »Verschwörung und Verrat«. Ich drehe mich zu Derk um, aber er ist verschwunden, auch die Giraffen sind nicht mehr zu sehen. Langsam werde ich unruhig, ich muss zum Bahnhof, um nach Hause zu fahren. Ich frage mich, ob es in Genf im Sommer Züge gibt. Die Stadt ist so menschenleer, und ich kenne den Weg nicht.

Dann bin ich am Bahnhof. Da sind Reisende, aber sie wirken im Gegenlicht wie Schatten, die Koffer oder Taschen tragen. Sie scheinen zu wissen, wohin sie fahren, aber ich kann nicht mit ihnen sprechen. Schließlich steige ich in ein Abteil, die Sitze sind aus Holz wie in den alten Zügen aus den zwanziger Jahren. Ich bin allein im Waggon und habe keine Fahrkarte. Um mich herum setzen sich meine Klassenkameraden, ich erkenne ihre Gesichter nicht, aber ich weiß, dass sie es sind. Es ängstigt mich, dass ich keine Fahrkarte habe, ich gerate in Panik, ich will keine Konflikte mit dem Gesetz bekommen, aber noch weniger will ich in diesem Bahnhof bleiben. Ich will nach Hause. Ich krame in meiner Tasche und hole meinen Kamm heraus, der die Farbe des Giraffenfells angenommen hat. Ich bin fasziniert von dieser Entdeckung und betrachte ihn von allen Seiten, der Kunststoff ist gelb und braun gefleckt, genau wie das Tier. Das ist der Beweis, denke ich. Ich muss ihn unbedingt behalten. Der Beweis, dass die Giraffen auftauchen, während die anderen schlafen. Ich werde ihn zeigen, und alle werden fasziniert sein.

Ich schlug die Augen auf, das Tageslicht drang durch die Jalousien. Es dauerte einige Sekunden, bis ich mich erinnerte, dass ich in der Wohnung von Derk war, die nicht mehr seine war. Ich lag auf dem Sofa, und meine Augen fielen auf den Plasmabildschirm. Auf meiner Uhr war es zwanzig nach zehn, und das Parkett war voller Sonnenflecken.

Viele Schüler, Jungen und Mädchen, rannten mit Rucksäcken über der Schulter in scheinbarer Unordnung umher. Das Foyer mit den langen Holzbänken, auf denen die Eltern der Jüngsten geduldig auf ihre Kinder warteten und miteinander schwatzten, hatte sich kaum verändert. Ich ging zur Tafel über der Heizung, wo hinter Glas Informationen für die Schüler hingen. Mir fiel ein, wie die Unterschrift unseres Direktors ausgesehen hatte und seine besondere Tinte, die ein wenig auf dem Blatt zerlief. Er unterschrieb niemals selbst, sondern benutzte einen Stempel mit Faksimile. Daniel machte es heute genauso. »D. Célac«, stand verschlungen, aber durchaus leserlich, unter allen Tagesplänen und den Projekten des Monats. Ich erkannte die große Treppe mit ihrem schmiedeeisernen Geländer, über das seit mehr als einem Jahrhundert Tausende Schülerhände glitten. In meiner Erinnerung war sie größer, dabei hatte sie sich ebenso wenig verändert wie der Schulhof, den ich auf dem Weg zum Schulgebäude überquert hatte. Auch der schien mit den Jahren geschrumpft zu sein.

Die Unruhe ließ nach, die Schüler waren in ihre Klassenräume zurückgekehrt, die Eltern hatten ihre Kinder eingesammelt. Ich stand plötzlich allein im Foyer, außer mir nur ein junger Mann.

Er sprach mich an. »Sind Sie der Vater eines Schülers, Monsieur?«

»Nein, keineswegs.«

Er runzelte die Stirn. Ich begriff, dass ich schnell eine Erklärung geben musste. In den letzten Jahren hatte es so viele zwielichtige Ereignisse in Verbindung mit Kindern gegeben, dass die Anwesenheit eines nicht identifizierten Erwachsenen in einem Schulfoyer sofort verdächtig wirkte. Zu unserer Zeit hätte man sich nichts dabei gedacht. Die Dinge hatten sich sehr verändert.

»Ich will zum Direktor, Monsieur Célac.«

»Haben Sie einen Termin?«

»Nein, wir kennen uns.«

Er sah mich wieder an. Offensichtlich passte ich in keins der ihm vertrauten Schemata.

Wir betraten das Sekretariat, das ganz anders aussah als früher. Computer hatten die elektrischen Kugelkopfschreibmaschinen von 1978 ersetzt, deren ganz spezielles Klappern ich noch im Ohr hatte.

»Der Herr möchte zum Direktor.«

»Haben Sie einen Termin?«, fragte mich eine ältere Frau mit zusammengekniffenem Mund.

»Nein, ich kam zufällig vorbei«, antwortete ich. »Monsieur Célac und ich waren in derselben Klasse.«

»Wo denn?«

»Hier, ich bin ein ehemaliger Schüler.«

Die Antwort schien für mich zu sprechen. Vielleicht würde die Sekretärin sich bei »Monsieur le Directeur« für mich einsetzen.

»Wie ist Ihr Name?«

»François Heurtevent.«

Sie nickte. »Ich werde ihn verständigen, er ist in einer Sitzung.«

Sie bot mir einen Sessel an und kehrte an ihren Computer zurück. Einige Minuten lang herrschte Schweigen. Ich betrachtete die Regale mit Ordnern in den Grundfarben rot, blau und gelb. Eine junge Frau kam herein, begrüßte mich und setzte sich ebenfalls an einen Schreibtisch.

»Da, François Heurtevent!«, rief die ältere Frau plötzlich. »Sie waren mit Monsieur Célac zusammen im Jahrgang 1977–78. Ich habe hier das Foto.«

Ich stand auf und sah auf dem Monitor das Foto, das im Zentrum meiner Suche stand. Sie bewegte die Maus und öffnete eine andere Datei, in der digitalisierte Passbilder jedes Schülers waren. Meins hatte ich vor langer Zeit verloren. Die Schüler der Klasse waren alphabetisch sortiert. Mit einem Mausklick holte sie mein siebzehnjähriges Gesicht hervor und lächelte.

»Die Zeit vergeht«, sagte ich gespielt fröhlich.

»Sie sind sich gleich geblieben.«

Sie öffnete Daniels Foto: kastanienbraune Haare bis auf die Schultern, langer Pony und roter Rolli, die schmollende Miene des geplagten Teenagers.

»Er ist sich weniger gleich geblieben«, war ihr einziger Kommentar.

Ich bat sie, mir Marjorie Levart zu zeigen, sie scrollte zu einer hübschen Dunkelhaarigen mit grünen Augen. »Marjorie Levart, Prostituierte in Metz«, dachte ich bei mir, als ein Summen ertönte, das von einem Blinken auf ihrem Schreibtisch begleitet wurde. Sie nahm den Telefonhörer ab.

»Monsieur le Directeur, hier ist jemand, der Sie zu sprechen wünscht, Monsieur François Heurtevent, ein ehemaliger Schüler. … Ja, sehr gut.«

»Er kommt gleich«, sagte sie in beruhigendem Ton, als würde ich seit Jahren auf dieses Ereignis warten und der schicksalhafte Moment sei endlich gekommen.

Ich setzte mich wieder hin und richtete den Blick auf die Verbindungstür zwischen dem Sekretariat und dem Büro des

Direktors. Dort würde Daniel auftauchen. Die Tür öffnete sich für einen beinahe kahlköpfigen Mann mit rasiertem Haarkranz, schwarzem Anzug und hellblauem Hemd mit offenem Kragen. Er trug eine kleine Stahlbrille.

»François!«, sagte er lächelnd. »So eine Überraschung!«

Die Entschuldigung, die ich mir zurechtgelegt hatte, brauchte ich gar nicht: Ich hatte vorgehabt, ihm zu sagen, dass ich ein paar Wochen zuvor an der Schule vorbeigekommen sei und gesehen zu haben glaubte, wie er hineinging. Deshalb sei ich auf gut Glück gekommen. Aber, wie es im Leben oft geschieht: Wenn man tausend glaubwürdige Antworten auf eine Frage vorbereitet, wird sie nicht gestellt. Daniel freute sich sehr, mich wiederzusehen, und verlangte keine Erklärung: Ich kam einfach guten Tag sagen, das war alles.

»Sie sollen warten, ich bin im Gespräch«, antwortete er schon zum zweiten Mal über die Sprechanlage.

Wir unterhielten uns seit zwanzig Minuten und versuchten, dreißig Jahre unseres Lebens zusammenzufassen. Daniel hatte mich mehrmals im Fernsehen gesehen und fand, ich machte dort eine sehr gute Figur. Ein paar Jahre zuvor hatte die Schule für die Schüler einen Besuch in der Nationalversammlung organisiert, er hatte gehofft, mich bei der Gelegenheit zu treffen. Dann musste er seine Teilnahme kurzfristig absagen. Ohnehin war ich an dem Tag vielleicht gar nicht da gewesen. Er hatte zunächst zwei Schulen in der Provinz geleitet. Als er zurück nach Paris wollte, konnte er zwischen einer Grundschule und der École Levert wählen. Die Vorstellung, nach all den Jahren hierher zurückzukommen, hatte ihn gereizt. Daniel sprach weder von seiner Frau noch von Kindern, dafür kannte er Namen und Beruf meiner Frau.

»Du bist mit Sylvie Desbruyères verheiratet, vom La Musarde!«

Er hatte sie im Fernsehen gesehen, wo sie ein ganzes Jahr lang in einer Morgensendung aufgetreten war und vor laufenden Kameras kochte. Es machte ihr keinen Spaß, erst recht nicht, wenn sie Aufnahmen wiederholen musste. Deshalb hatte sie den Vertrag mit dem Sender nicht erneuert. Der Produzent hielt die Absage für ein Manöver und bot ihr das doppelte Honorar an. Da kannte er meine Frau schlecht! Das Angebot bewirkte das Gegenteil. Sie war empört, dass man glaubte, sie mit Geld ködern zu können, brach jeden Kontakt zum Fernsehen ab und gab seither nur noch selten Interviews. Schon wieder sprach jemand zu mir voller Bewunderung über meine Frau. Jedes Mal, wenn mir das passierte, musste ich an den Ausspruch von JFK vor Journalisten denken: »Ich bin der Mann, der Jackie Kennedy begleitet.« In bescheidenerem Maßstab hatte ich mich mehr als einmal genauso gefühlt.

Die Sprechanlage summte wieder.

»Ich gehe dann mal«, sagte ich.

»Warte! Was machst du heute Abend?«

Daniel lud mich zum Abendessen zu sich ein. Ich würde natürlich einen schlechten Tausch machen, wie er es ausdrückte, denn er sei kein Genie wie Sylvie, aber Kochen sei für ihn ein Zeitvertreib, dessen Ergebnis er bei einer guten Flasche Burgunder gerne mit mir teilen wolle. Ich bot an, den Wein zu besorgen, er war einverstanden, bat mich aber, einen Weißwein mitzubringen, da er Fisch machen wolle.

»Gib mir deine Adresse« sagte ich und löste ein Lächeln und ein nachsichtiges Zucken der Augenbrauen aus.

»Die kennst du doch, François, ich wohne hier.«

Jetzt fiel es mir wieder ein, der Direktor wohnte in der Schule. Die Privatwohnung des Gymnasiums war stets ein Geheimnis geblieben. In den zehn Jahren an der École Levert hatte ich jeden Winkel des Gebäudes erkundet, nur die

Wohnung von Monsieur Larquet, unserem damaligen Direktor, blieb mir verschlossen. Ich fand es seltsam, dass jemand mit seiner Familie in der Schule lebte und seine Abende über den leeren Klassenräumen verbrachte, weshalb ich mir die Wohnung schwer vorstellen konnte. Auch diese Frage würde nun beantwortet werden. Wir vereinbarten, dass ich um acht an der Hintertür auf die mit seinen Anfangsbuchstaben beschriftete Klingel drücken würde.

*S*ébastien Beauchy stand zwischen zwei jungen Frauen, die wie er auf einen Monitor starrten. Was betrachteten sie mit solcher Aufmerksamkeit? Eine »bezaubernde Zweitwohnung« oder ein »herrschaftliches Domizil«? Seine blonden Haare hatten sich hellgrau verfärbt, sein Gesicht war fleischiger geworden, aber er war sich gleich geblieben, wie die Sekretärin von Daniel Célac gesagt hätte. Hatte er was mit Delphine Poisson gehabt? Ich war nicht der Einzige in der Klasse, der von der Frage gepeinigt wurde. Sogar später hatte ich manchmal daran gedacht. Ich selbst hatte mit niemandem etwas gehabt. Mein Gefühlsleben begann mit einer Kostümassistentin namens Églantine bei dem Stück *Le Château des folies*, in dem meine Mutter spielte. Meine Kindheit und mein Erwachsenwerden verliefen im Rhythmus ihrer Theaterstücke. Erst ihre Abreise nach Lateinamerika setzte diesem außergewöhnlichen Kalender ein Ende. Églantine wohnte in einer Dienstmädchenkammer im Faubourg Saint-Antoine. Unsere Geschichte war vorbei, als sie mit meiner Mutter auf Tournee ging. Vielleicht musste ich an sie denken, weil ich gerade einen Steinwurf vom Théâtre de la Bastille entfernt war. Dieser Vergangenheit würde ich nicht folgen. Obwohl mir Églantines Zimmer noch klar vor Augen stand, hätte ich weder die Anschrift nennen noch das Haus wiederfinden können.

Eine der jungen Frauen kam heraus, ohne mich zu beachten, und ging mit dem Telefon am Ohr die Straße hinauf. Ich vertiefte mich in die Anzeigen im Schaufenster. Das Maklerbüro von Sébastien Beauchy war weniger vornehm als das von Franck Houdriette. Dort wurden Maisonettewohnungen an der Seine angeboten, hier hatten die Wohnungen höchstens hundertfünfzig Quadratmeter. »Mit Charme« und »mit Charakter« stand am Ende einiger Beschreibungen, hinter beiden Formulierungen verbargen sich wohl vorhersehbare Enttäuschungen oder gar große Renovierungsarbeiten. Ich ging hinein. Die Türglocke klingelte, eine Assistentin setzte sich sofort hinter ihren Schreibtisch und fragte, wie sie mir helfen könne und ob ich Informationen bräuchte. Ich brauchte nur eine, sie betraf das Liebesleben ihres Chefs, dreißig Jahre zuvor. Sébastien Beauchy stellte sich neben sie und klopfte mit einem Montblanc-Füller in seine Handfläche.

»Laure, haben Sie die Mail von Beaucarellier beantwortet?«

»Ja, Monsieur, gestern Nachmittag.«

»In Ordnung.«

Er richtete den Blick auf mich. Ich sah ihn an. Er war wirklich dicker geworden. Der blonde Jüngling, der entfernt an Steve McQueen erinnerte, war verschwunden.

»Wir kennen uns, oder?«, fragte er und runzelte die Stirn.

»Ja.«

»Die Wohnung in der Impasse Guémenée?«

»Nein. Die École Levert, 1978.«

Er riss den Mund auf, ohne einen Ton hervorzubringen.

»Na klar! Allerdings ist mir dein Name völlig entfallen.«

»François Heurtevent.«

»Stimmt!«, sagte er und gab mir die Hand.

»Hör mal ... Ich muss dich was fragen.«

»Komm in mein Büro!«

Er ließ mir, ganz Hausherr, den Vortritt. Jetzt konnte ich nicht mehr zurück. Drinnen ließ er sich in einen breiten beigefarbenen Ledersessel fallen, während ich die Aktentasche auf meine Knie stellte, um das Foto herauszuholen. Ich legte es auf seinen Schreibtisch und setzte meinen Finger genau über Delphine Poisson.

»Hast du mit ihr geschlafen?«

Ich hatte nie zuvor einen so leeren Blick gesehen wie Sébastien Beauchys.

»Du bist doch nicht hergekommen, um mich das zu fragen?«

»Doch.«

Er ließ sich noch tiefer in seinen Sessel sinken, der leise quietschte.

»Also, äh, nein«, sagte er seufzend. »Dabei hatte ich damals durchaus Lust, aber sie wollte nicht. Ich weiß noch, wie ich versucht habe, sie zu küssen, als wir am Square Charcot vorbeikamen, aber nichts zu machen, sie hat sich gewehrt: *Hör auf! Was fällt dir ein! Bist du nicht richtig im Kopf!*«, äffte er ihre Mädchenstimme nach.

Dabei war ich nicht der Einzige, der den Verdacht hatte, dass die beiden außerhalb der Schule eine heiße Bettgeschichte zu laufen hatten. Wir sahen sie oft zusammen kommen und nach der Schule weggehen. Bei Siebzehnjährigen schlagen Phantasie und Hormone die wildesten Haken, und wir waren uns einig: Vor uns taten sie so, als wäre nichts, aber kaum waren sie um die Ecke, gaben sie sich in der nächsten Toreinfahrt endlose Zungenküsse. Clément Jacquier, später François Truffix, war völlig überzeugt davon.

Sébastien gestand mir, er habe gemerkt, dass wir glaubten, sie seien zusammen. Damals fand er das sehr schmeichelhaft, deshalb unternahm er nichts, um den Verdacht zu entkräften, im Gegenteil. Delphine Poisson merkte nichts davon, sie fand es völlig normal, dass sie sehr oft gemeinsam kamen und gingen, da sie nur fünf Hausnummern entfernt in derselben Straße wohnten.

Ein Mythos fiel in sich zusammen, fast hatte ich Lust, Clément Jacquier anzurufen, um es ihm zu sagen.

Sébastien Beauchy hatte die Seltsamkeit meiner Frage und das Klassenfoto auf seinem Schreibtisch total vergessen und überraschte mich mit einem unerwarteten Geständnis.

»Wir hatten aber trotzdem ein Verhältnis!«

»Du hast doch gerade gesagt ...«

»Das war viel später, zwölf Jahre später. Nein warte«, sagte er und verzog das Gesicht, »vierzehn Jahre später. 1992.«

Er hatte gerade sein Maklerbüro eröffnet und nahm so ziemlich jeden Auftrag an. So war die Werkstatt bei ihm gelandet, die ein Dekorateur in der Nähe loswerden wollte. Er hatte sie mehrere Monate lang zum Verkauf angeboten, aber kein Händler hatte sich darum beworben, bis eine »Blondine«, so drückte er es aus, das Büro betrat und sie besichtigen wollte, um dort einen Friseursalon zu eröffnen. Er hatte Delphine sofort wiedererkannt. Da war er noch Junggeselle, sie hatte gerade eine Beziehung beendet und ihre Stelle geschmissen.

»Außerdem war ich damals gar nicht übel«, scherzte er. »Heute habe ich viel verloren, besser gesagt ich habe vor allem viel gewonnen!« Er legte beide Hände auf seinen Bauch.

Sébastien machte einen kleinen Umweg in seiner Geschichte, um eine ganz persönliche und sehr frauenfeindliche These darzulegen: Seiner Meinung nach fütterten die Frauen ihre Männer nur deshalb das ganze Jahr lang mit hundert leckeren Gerichten, um sie an sich zu binden.

»Verstehst du, wenn das Männchen so gefräßig geworden ist wie ein alter Kater, würde der Bruch mit dieser Gewohnheit all zu sehr verunsichern, da bleibt es lieber bei seinem Weibchen. Es bleibt sozusagen aus Schwäche.«

Seine Argumentation ging noch weiter. Die Frauen waren im Grunde sehr froh, dass ihre Männer dick wurden und auseinandergingen, so wurden sie für andere Frauen weniger begehrenswert, und die Gattinnen waren ihrer sicher.

»Kocht deine Frau nicht?«, fragte er mich am Schluss seiner Ausführungen.

»Nein«, antwortete ich feige.

»Du hast Glück, außerdem bist du schlank. Nur richtig gutes Essen macht nicht dick, aber na ja, das kriegt jemand wie du und ich nicht alle Tage.«

»Nein«, antwortete ich zum zweiten Mal ebenso feige.

»Und Delphine?«, fragte ich nach einer Pause vorsichtig.

»Delphine ... Ja«, antwortete Sébastien mit leerem Blick.

Er war jetzt ganz und gar in seinen Erinnerungen versunken und schien sehr froh, sie mit jemandem zu teilen, der bereit war, ihm zuzuhören. Während der Wahlkämpfe war ich häufig mit dieser Seite der menschlichen Natur in Berührung gekommen: Viele Menschen sind verzweifelt, weil sie ihre Erfahrungen nicht mehr teilen können, egal mit wem. Der Partner zieht die Augenbrauen hoch, weil er die Geschichten hundertmal gehört hat, die Kinder können nichts damit anfangen, und die Freunde sind schon lange am Horizont verschwunden. So habe ich mal einen ganzen Tag in einer Fabrik verbrachte, die Luxusschokolade herstellte. Dem Werk drohte die Schließung. Männer und Frauen erzählten mir ihr Leben, manche mit einem Schluchzen in der Stimme. Von ihren Anfängen im Betrieb, sorgfältiger Arbeit, der ersten Fernsehwerbung und vor allem von dem Gefühl dazuzugehören und dass ihre Arbeit einen Sinn hatte. »Diese ganze gottverdammte Schokolade, wenn ich sie im Supermarkt in den Regalen sehe, na ja, dann gehört sie auch ein bisschen mir, verstehen Sie das?«

Ich konnte das Werk zwei Jahre lang retten. Dann wurde die Produktion nach Osteuropa verlagert, und ich war machtlos. Ich umging alle Richtlinien der Partei, stellte mich sogar vor die Fabrik zu den Streikposten der Revolutionär-Kommunistischen Liga, bei der ich damals ein paar Bekannte hatte. Es half nichts. Noch lange danach sah ich in Gedanken den Mann mit den grauen Haaren, der mir mit zugeschnürter Kehle erklärte, dass die Schokolade auch ein bisschen ihm gehöre. Ich hatte ihm zugehört, wie jetzt Sébastien Beauchy. Leuten zuhören, auch das war mein Beruf.

Ihnen zuhören, weil du der Einzige bist, dem sie ihre Geschichte noch erzählen können.

Delphine hatte ihm die Werkstatt abgekauft und darin ihren Laden aufgemacht. Aus dem Gedächtnis nannte er mir die Adresse, genau dort hatte ich mir vor zwei Stunden die Haare schneiden lassen. Sie steckte all ihre Zeit und Energie in den Salon. Er fühlte sich vernachlässigt, beging einen kleinen Seitensprung, wie er sagte, dann noch einen. Sie erfuhr es und nahm es ihm sehr übel. Wenige Monate später bot sich ihm die Gelegenheit, das Maklerbüro in einen anderen Stadtbezirk und in größere Räume zu verlegen. Sébastien verließ das Viertel, das Büro und Delphine, die ein Jahr später heiratete, er hatte die Anzeige im *Figaro* gesehen.

»Unsere Geschichte war ein kleiner Ausrutscher«, schloss er, als das Telefon klingelte.

Dem Gespräch entnahm ich, dass er einen Aktenordner in seinem Wagen vergessen haben musste, da er weder auf dem Schreibtisch, noch in seiner Aktentasche war und er damit aus dem Haus gegangen war.

»Warte kurz«, sagte er, nachdem er aufgelegt hatte. »Ich hole das Ding aus meiner Karre.«

Er schnappte sich die Schlüssel und ging hinaus. Ich sah mir den Wurzelholzrahmen auf seinem Schreibtisch an. Darin sah man Sébastien mit der Frau, die zu gute Gerichte kochte: eine anziehende Dunkelhaarige, vielleicht eine Spanierin. Ein anderer Rahmen enthielt das Foto eines kleinen asiatischen

Mädchens, das lächelte und dem die Vorderzähne fehlten. Adoptiert? Oder etwas ganz anderes.

Die Assistentin bot mir einen Kaffee an, den ich ablehnte. Sébastien kam nicht zurück. Nach zwanzig Minuten nahm ich mein Foto und ging. So war es besser.

Irgendwann würde Sébastien Beauchy seinen Bekannten meinen Besuch als malerische Anekdote schildern: »Eines Tages kommt er in mein Büro, hat ein altes Klassenfoto in der Hand und fragt mich: ›Hast du mit ihr geschlafen?‹ Und dann ist er ohne Erklärung abgezischt. Ich habe ihn nie wiedergesehen.«

*A*n der Haustür ertönte ein kurzer Piepton, ich öffnete sie und stand in einem mir unbekannten Vorraum. Zu diesem Teil der Schule hatte ich nie Zutritt gehabt.

»Zweiter Stock!«, rief Daniel von oben.

Tastend fand ich den Schalter, Licht durchflutete das Treppenhaus. Es war seit Ewigkeiten nicht gestrichen worden, ein altes Fahrrad rostete in der Nische vor einer Tür, die vielleicht in einen Keller oder einen Abstellraum führte. Gewiss hatte sich dieser Ort seit Monsieur Larquets Zeiten nicht verändert. Im zweiten Stock klopfte ich an eine halb offene Tür.

»Komm rein!«

Ich betrat die Wohnung. Weiße Wände und eine moderne Einrichtung, zeitgenössische Gemälde neben Designmöbeln aus Plexiglas, die geschickt auf dem dicken Teppichboden verteilt war. Nichts erinnerte an die geheimnisvolle, altmodische Wohnung, die ich mir früher vorgestellt hatte. Etwas Reines und Präzises, das zu Daniel passte. Zu dem Daniel von heute, den ich am selben Morgen entdeckt hatte, nicht dem Halbwüchsigen, mit dem ich Schallplatten getauscht hatte. Er kam mit einer weißen Schürze um die Taille ins Wohnzimmer.

»Da ist der Wein«, sagte ich und schwenkte eine Flasche Chevalier-Montrachet.

Ich wickelte sie aus, er griff neugierig danach.

»Oh, das ist aber wirklich ein guter Tropfen! Du bist verrückt, wir machen sie sofort auf.«

Ich folgte ihm in die Küche, wo ein angenehmer Duft von Fleisch in Rotwein in der Luft hing.

»Ich dachte, wir essen Fisch?«

»Es ist etwas Besonderes, ein Rezept von Gérard Besson: Seeteufelmedaillons mit Weinstein. Die Soße hat Ähnlichkeit mit der von Eiern in Rotwein«, sagte er und beugte sich über einen dampfenden Topf.

Die Gläser seiner Brille beschlugen, er riss sie sich unwillig von der Nase.

»Du wirst noch meine Frau überbieten«, scherzte ich.

»Keine Gefahr«, antwortete er lächelnd und gab mir einen Korkenzieher.

»Geh ins Wohnzimmer und mach sie auf. Ich bringe gleich die Gläser mit.«

Eine ganze Wand war mit Büchern bedeckt. Kunstbände, Romane und Sachbücher. Auf jedem Regalbrett hatte Daniel Ziergegenstände angeordnet, die er sicher aus dem Urlaub mitgebracht hatte: Figürchen aus Murano-Glas, Muscheln, Schneekugeln. Auch zwei gerahmte Fotos. Plötzlich kam ich mir vor wie ein Detektiv oder ein Voyeur. Schon im Maklerbüro hatte ich mir persönliche Fotos angesehen, die nicht für mich bestimmt waren. Man erfährt viel über Menschen, wenn man sich die Bilder anschaut, die sie auf ihren Schreibtisch stellen: Ehefrauen, Kinder, manchmal sogar Tiere. Das Foto von Archipattes auf meinem Schreibtisch im Rathaus fiel mir wieder ein, ich hatte es nicht in den Umzugskartons gefunden, es steckte wahrscheinlich in einem, bei dem ich nicht mehr den Mut gehabt hatte, ihn zu öffnen.

Keine Katze, auch keine Frau und keine Kinder. Das Bild eines jungen Mannes, der nicht Daniel war, mit kurzen, nach hinten gekämmten Haaren, er trug ein weißes T-Shirt und lächelte ins Objektiv. Wie viel jünger als Daniel war er? Sein

Sohn konnte er nicht sein. Mein Blick fiel auf ein anderes Foto desselben Mannes, der in einem Park stand und mit der rechten Hand das Victory-Zeichen machte. An der Wand hing ein drittes gerahmtes Foto, Daniel und der jungen Mann nebeneinander im Skianzug. Nun endlich begriff ich.

Ich hätte nichts zu Daniel gesagt, wenn er nicht gerade an der Tür erschienen wäre und mich vor den Fotos ertappt hätte. Wir sahen uns ein paar Sekunden an.

»Ach ja«, sagte er lächelnd. »Ich habe mich vorhin gefragt, ob ich sie wegnehmen oder dalassen soll. Dann dachte ich, dass mein Kumpel Heurtevent einen offenen Geist hat.«

»Du hast recht«, sagte ich nickend.

Daniel trat mit zwei Gläsern in der Hand neben mich.

»Wie heißt dein Freund?«

»Hieß.«

»Das tut mir leid.

»Er hieß Hervé, er ist vor drei Jahren bei einem Motorradunfall gestorben. Los, gieß uns ein«, sagte er mit gezwungen munterer Stimme.

Ich setzte mich auf das Ecksofa aus weißem Leder, um die Flasche zu öffnen. Daniel war mit einem unergründlichen Lächeln vor dem Wintersportfoto stehen geblieben. Der Korken ploppte, und ich füllte die Gläser.

»Wir trinken auf dich, François, und auf alle deine vergangenen und künftigen Wahlen!«

»Auf deine Zukunft, Daniel.«

Die Seeteufel-Medaillons waren perfekt, die Flasche Chevalier-Montrachet war fast leer. Daniel erzählte mir von Mademoiselle Marsille, die immer noch an der École Levert unterrichtete und inzwischen für die Sekundarstufe verantwortlich war. Sie würde Ende des Jahres in Rente gehen und wäre bestimmt sehr froh, mich wiederzusehen. Doch ich wollte der jungen Frau von damals nicht dreißig Jahre später begegnen. Wir erinnerten uns an die anderen aus unserer Klasse, aber ich verriet ihm nichts von meinen Nachforschungen. Er fragte sich, was wohl aus Clément Jacquier, dem großen Kinofan, geworden war oder aus Béatrice Bricard und Gilles Dervet. Ich hatte die Antworten auf all diese Fragen, behielt sie aber für mich. Ich verriet ihm nur, dass Jérémie Pedrini ein harter Ganove war und seit mehreren Jahren in der Santé saß, aber das wusste er schon. Anscheinend war ich der Einzige, der Pedrinis Karriere nicht verfolgt hatte.

»Ich habe was für dich. Doch, doch, du wirst sehen. Ich habe heute Nachmittag gesucht und sie gefunden.«

Er stand auf, ging zum Plattenspieler und nahm eine Single von einem Stapel. *Heroes*, David Bowies Hit von 1977.

»Du hast sie mir kurz vor den Prüfungen geborgt. Nach dem Abi gingen alle auseinander, und ich habe vergessen, sie dir zurückzugeben. Da hast du sie.«

Ich hatte nicht die geringste Erinnerung, die Platte von Bowie vermisst zu haben, und fragte mich, ob mich Daniel nicht verwechselte, aber dann drehte ich die Platte um. Da stand mit Kugelschreiber: »François Heurtevent«. Das war meine Schrift.

»Wollen wir sie auflegen?«, schlug ich vor.

»Gute Idee, ich habe ewig nicht mehr Bowie gehört.«

Bei den ersten Takten fing Daniel an, im Rhythmus zu nicken.

Er war Schulleiter geworden und hörte Bowie. Das Rasen der Zeit machte mich schwindlig. Nein, das konnte nicht sein, ich träumte, nur junge Menschen hörten Bowie. Die Jungen, das waren die Schüler. Die Schulleiter waren alt, sie hörten Brel oder Piaf, nicht David Bowie. Aber das war das Leben, viel Zeit war verstrichen, die Schulleiter, die Brel oder Piaf hörten, waren schon lange aus dem Verkehr gezogen oder sogar tot.

Die Schulleiter von heute hörten Bowie. Das war unvermeidlich: David Bowie war kein Ding für Junge mehr.

I wish you could swim, like the dolphins, like the dolphins can swim. Die metallische und sinnliche Stimme des Dandys reihte die Verse aneinander, die das Jahr 1978 geprägt hatten.

»Kennst du die Geschichte dieses Liedes?«, fragte mich Daniel und schob seine Brille über die Stirn.

Die Bewegung erinnerte mich sofort an Derk.

»Nein«, sagte ich. »*We can be heroes, just for one day*, das ist doch die Geschichte, oder?«

»Nein«, sagte er, und trank seinen letzten Schluck Montrachet. »Es ist die Geschichte eines jungen Liebespaares, das Bowie und Brian Eno jeden Tag aus dem Meistersaal der Hansa Studios beobachteten. Sie trafen sich jeden Tag an der Berliner Mauer und küssten sich unter den Blicken der Wachen. Als Bowie die beiden sah, stellte er sich vor, was passieren würde, wenn sie versuchten, die Mauer zu überqueren. Sie würden Helden werden, aber nur für einen Tag. In dem Song beschreibt er, wie sie sich umarmen, während sie unter den Schüssen fallen: *And the guns shot above our heads. And we kissed as though nothing could fall. And the same was on the other side.* Der Gesang beginnt eher sanft, entwickelt sich aber zunehmend zu einem verzweifelten Schrei, der durch Robert Fripps schrille Gitarre verstärkt wird. Wer den Kontext nicht kennt, hört *Heroes* als hübsches Lied, das von Liebe und Delphinen erzählt.«

»Das habe ich nicht gewusst.«

Ich stellte mir Monsieur Larquet in seinem Dreiteiler vor, wie er mir *Heroes* von Bowie erklärt, und musste lächeln. Zu unserer Zeit erzählte man uns von Shakespeare, deklamierte ihn mit Betonung. Plötzlich bekam ich Lust, die Flure des Gymnasiums wiederzusehen, die Treppe hochzugehen, was man mir am Morgen verwehrt hatte, und mich vor die Tür unseres Klassenzimmers zu stellen. Mich dreißig Jahre zurückversetzen in eine Zeit, als David Bowie noch das Synonym für Avantgarde war und niemanden interessierte, der älter als fünfundzwanzig war.

»Daniel?«

»Ja.«

»Ich würde gern durch die Schule laufen.«

»Mitten in der Nacht? Wie ein Gespenst?«

»Genau, wie ein Gespenst!«

*D*ie Hauptsicherung der Schule wurde jeden Abend vom Hausmeister ausgeschaltet, sie befand sich an der anderen Seite des Gebäudes. Wenn ich romantisch aufgelegt sei, wie Daniel es ausdrückte, könnten wir einen Spaziergang im Kerzenlicht machen. Er holte zwei Silberleuchter, die den von Jean Valjean in *Die Elenden* gestohlenen in nichts nachstanden. Daniel hatte sie in einem Trödelladen erstanden, benutzte sie aber nur zu Weihnachten oder Neujahr. Er zündete die Kerzen an, holte ein dickes Schlüsselbund, und wir machten uns auf den Weg.

»Ich komme mir vor wie in einem Film von Cocteau«, sagte ich, als ich mit ausgestrecktem Arm voranging und das Licht meiner acht Kerzen auf die Wände strahlte.

»Oder in *Geheimnis von Saint-Agil*«, scherzte Daniel, der einige Schritte hinter mir lief.

Der Schulhof war völlig dunkel, vor den Fenstern ahnte man die Windböen, die das Laub durch die Nacht fegten. Das graue Parkett knarrte unter unseren Füßen.

»Weiter geradeaus?«, fragte ich zögernd, denn ich fand mich in diesem Flügel des Gebäudes absolut nicht zurecht.

»Bis zur Tür am Ende des Flurs, dann erkennst du es wieder.«

Ich ging an verglasten Bücherregalen vorbei. Links waren Heizkörper unter jedem Fenster. Ich war da und doch nicht da. Irgendwie löste ich mich in der Umgebung auf und spürte nichts mehr. Ich war zum Zuschauer geworden. Ich sah François Heurtevent mit einem achtarmigen Silberleuchter in der Hand in den finsteren Gängen der Schule seiner Jugend und konnte es kaum glauben. Ebenso wenig, wie ich glauben konnte, dass derselbe Heurtevent allein, weit weg von seiner Frau und von Perisac in Derks Wohnung wohnte.

Das alles wegen einer verlorenen Wahl, dachte ich, als wir am Ende des Flurs ankamen.

Hinter der Tür stellte ich fest, dass wir uns im zweiten Stock befanden. Die Türen der Klassenräume reihten sich im Halbdunkel aneinander. Immer noch in dunklem Holz, mit Schichten von Lack, die entgegen aller Regeln des Tischlerhandwerks Jahr für Jahr hinzugefügt wurden. Durch den Lack sahen sie immer klebrig aus. Die Wände verströmten einen staubigen Geruch. Meine Schuljahre rochen nach feuchtem Staub.

»Siehst du«, sagte Daniel, »nichts hat sich verändert.«

Ich antwortete nicht, sondern lauschte dem Geräusch meiner Schritte auf dem Boden. Dem Hall, den ich seit dreißig Jahren nicht gehört hatte. In diesen Räumen, die ich tausendmal gesehen hatte und die nur noch in meiner Erinnerung existierten, bewegte ich mich, wie man in einen Traum eintritt. Ich ging in Richtung Treppe zum ersten Stock und rechnete fast damit, dem siebzehnjährigen François Heurtevent gegenüberzustehen. Er würde plötzlich aus dem Schatten treten, im Kerzenlicht auftauchen und mich entsetzt anstarren.

Links war der Lehrerfahrstuhl, man öffnete ihn mit einem Vierkantschlüssel, der als Türgriff diente, jeder Lehrer trug einen an seinem Schlüsselbund.

»Gibt es immer noch die Vierkantschlüssel für den Fahrstuhl?«, fragte ich und drehte mich zu Daniel um.

Als Antwort schwenkte er sein Schlüsselbund, an dem ein polierter Vierkantschlüssel hing.

Ich legte die Hand auf das Stahlgeländer und ging die beigefarbenen Stufen hinunter. Waren sie aus Marmor oder aus Stein? Ich hatte es nie gewusst und würde es auch in dieser Nacht nicht erfahren. Im ersten Stock ging ich schneller an den Türen entlang. Wenn mein Gedächtnis mich nicht täuschte, war unser Klassenraum ganz am Ende neben der Treppe, die direkt ins Foyer führte. Ich blieb vor dem lackierten Holz stehen, das die Flammen meiner Kerzen zurückwarf, und rührte mich nicht. Rechts waren immer noch die Heizkörper und der Feuerlöscher, wo sich die Jungen in den Pausen aufhielten, um Unsinn über die Mädchen zu erzählen. Die Mädchen gingen zum anderen Ende des Flures, um neben dem anderen Heizkörper und dem anderen Feuerlöscher dummes Zeug über uns zu reden.

Daniel steckte den Schlüssel ins Schloss. Er öffnete die Tür und ließ mich zuerst hineingehen. Ich hatte unseren Klassenraum nicht vergessen. 1978 war vergangene Woche, eigentlich hatte ich mich nie vom Fleck gerührt. Mein Vater war immer noch Zahnarzt, meine Mutter probte für eins ihrer verrückten Stücke, und morgen früh würde ich im Unterricht sitzen. Wahrscheinlich träumte ich, gleich würde ich in meinem Bett aufwachen und siebzehn Jahre alt sein.

Die Fenster, die Tafel, nichts hatte sich verändert, außer einigen Postern, die mit Reißzwecken an den Wänden befestigt waren.

»Das war mein Platz«, sagte Daniel und ging zu einem Tisch. »Du hast dort gesessen.«

Ich wusste genau, wo ich gesessen hatte: unter dem ersten Fenster. Dort setzte ich mich hin.

Die Holztische waren durch cremefarbene Resopaltische ersetzt worden. Auch die Stühle waren neu. Unsere waren aus grün lackierten Eisenstangen gewesen.

Ich sah zu Daniel. Auch er hatte sich hingesetzt und seinen Kandelaber vor sich auf den Tisch gestellt.

»Wenn die wüssten ...«, sagte er grinsend.

»Wer?«

»Alle anderen«, sagte er und wies mit einer ausholenden Armbewegung in den Raum, »wenn sie wüssten, dass wir beide heute Nacht im Klassenraum sind.«

Ich zeigte mit dem Finger auf einen Tisch in der ersten Reihe. »Franc Alèsse und neben ihm Jérôme Auberpie.«

Daniel zeigte auf den Tisch vor sich: »Aude Gerfon und Cédric Pichon.«

»Sébastien Beauchy«, sagte ich und zeigte auf einen Platz.

»Jérémie Pedrini«, sagte Daniel und wies nach hinten.

»Und neben ihm Jean-Marc Lacaze.«

»Delphine Poisson.« Daniel zeigte auf einen Stuhl in der Mitte des Klassenzimmers.

»Daneben ihre Freundinnen, Béatrice Bricard und Pascale Genvrier.«

Wir beendeten die Aufzählung. In der Stille ließen die Flammen die Schatten an der Decke tanzen.

»Warst du eigentlich in eins der Mädchen verliebt?«

»Ich glaube nicht«, antwortete ich. »Einige waren hübsch, aber verliebt, nein.«

Sollte ich die Frage wagen: »Und du?« Wir waren jetzt so vertraut, dass ich sie stellte.

»Ja«, sagte er leise.

»Und in wen?«, fragte ich vorsichtig.

Er sah mich amüsiert und ein wenig melancholisch an.

»Das ist unwichtig«, flüsterte er.

Er hatte mir vertraut, indem er mir nicht verbarg, dass er Männer liebte; er sollte die Wahrheit erfahren.

»Ehrlich gesagt suche ich euch alle«, sagte ich langsam. »Ich bin nicht zufällig hier, ich habe das Klassenfoto wiedergefunden. Ich will wissen, was aus euch geworden ist.«

Daniel sah mich mit zusammengekniffenen Augen an, ein Lächeln erschien auf seinem Gesicht.

»Hast du schon jemanden wiedergefunden?«

»Ja.«

Ich spürte, dass er fragen wollte, was ich wusste, und ich war bereit, ihm zu erzählen, dass Delphine und Sébastien vierzehn Jahre nach dem Abitur eine Affäre gehabt hatten, dass sie Friseurin war, dass Clément Pornofilme machte, dass ich bald Jérôme Auberpie besuchen würde, der Priester geworden war, dass Marjorie Levart in Metz als Prostituierte arbeitete und dass ich noch an diesem Abend ins Kabarett gehen würde, um Gilles Dervet zu sehen, ohne mich zu erkennen zu geben.

»Nein, sag nichts. Das ist dein Geheimnis«, sagte Daniel und legte den Finger auf den Mund.

Wir hatten uns oben verabschiedet. An seiner Türschwelle erinnerte Daniel mich an einen Wächter. Er war der Wächter über unsere Erinnerungen. In seinen Archiven hatte er unsere Klassenfotos, unsere Passbilder, unsere Zeugnisse, unsere Geburtsdaten und unsere ehemaligen Adressen, das heißt die unserer Eltern. Alte Ordner, in Computerdateien umgewandelt, die zu öffnen ihn niemand bitten würde und die noch lange in den Kartons eines Kellers und auf der Festplatte eines Rechners schlummern würden.

Auf dem Weg zum Lapin jaune schlugen mir Männer in Lederjacke vor, in Bars oder zwielichtigen Tanzlokalen nackte Frauen anzusehen. Alle dreißig Meter sprach mich jemand mit verschwörerischer Miene an.

Ich dachte noch einmal über Daniels Blick nach, seinen Blick, als ich ihn gefragt hatte, ob er in einen Jungen aus der Klasse verliebt gewesen war. Sein melancholischer Blick verband sich plötzlich mit seiner Freude, als er aus seinem Büro gestürmt kam: »François! So eine schöne Überraschung!« Verband sich mit seiner Einladung zum Abendessen, mit seinem Wissen über mein politisches und privates Leben und seiner Erinnerung an meine Auftritte im Fernsehen. Ich lief durch die Nacht und wagte nicht, mir einzugestehen, was die wahrscheinlichste Hypothese war: Der Junge, den er heimlich geliebt hatte, war ich.

»Gilles der Flinke ist krank, er wird durch Pedro den Unglaublichen vertreten«, informierte mich ein junges Mädchen am Eingang des Kabaretts.

Ich sah es als verfehlte Verabredung an. Ich wollte das Schicksal nicht zwingen und an einem anderen Abend wiederkommen. Deshalb begnügte ich mich damit, die Fotos von Gilles Dervet zu betrachten, die neben der Speisekarte hingen: Er imitierte das Kostüm und den feinen Schnurrbart von Mandra, versprach sagenhafte Kartentricks, was mich an die Séance mit der Freundin meiner Tochter erinnerte. Ihre Vorhersagen waren nicht so falsch, ich ging in der Zeit zurück und hatte Begegnungen. Allerdings hatte sie mir prophezeit, dass ich mein Königreich wiederfinden würde. Doch dann wäre ich wohl wieder Bürgermeister von Perisac und läge zu Hause in meinem Bett, statt allein im Neonlicht der Sex-Shops durch die Straßen in Pigalle zu laufen. Der Mann mit den weißen Haaren, der Verräter.

Er hat geschummelt, darum gab es nur zweihundert Stimmen Abstand, schoss es mir durch den Kopf, und ich blieb mitten auf der Straße stehen. Aber wie hätte er das anstellen sollen, ohne erwischt zu werden? Ich war der amtierende Bürgermeister, wie hätte er auf die Abstimmung Einfluss nehmen können? Das war unmöglich.

Ich ging weiter und versuchte, den Gedanken aus meinem Kopf zu vertreiben. Als ich den Boulevard de Clichy hinuntersah, fiel mir die Nummer des Cabaret du Ciel ein: dreiundfünfzig. Wo war das? Es zu finden schien mir ein guter Abschluss für diesen Abend.

Ein modernes Gebäude ohne Balkon stand genau an der Stelle des Ansichtskartenmotivs. Im Erdgeschoss war ein Monoprix, dessen rotes Neonlicht auf den Bürgersteig fiel. Eine große Glastür ersetzte die des Cabaret du Ciel, der Eingang zum Supermarkt war der des Cabaret de L'Enfer. Die

Gespenster hatten sicher Mühe, zwischen Geschirrspülmittel und Nescafé Platz zu finden. »Profitieren Sie von Fünf-Sterne-Sonderangeboten«, warb ein Plakat in Neonorange.

*I*ch hatte viel besser geschlafen. Das Stilnox hat die besondere Wirkung, mich tief einschlafen und morgens früher aufwachen zu lassen.

Mein Plan nahm weiter Gestalt an.

Um Marjorie Levart zu erreichen, musste ich zwei Nummern anrufen. Auf Armands Blatt stand nur eine. Die zweite gehörte zu einem Mobiltelefon, auf das der Anrufbeantworter des ersten verwies. »Brünett, schlank, dreiundvierzig. Ich heiße Candice, ich mache keine Besuche und empfange gern elegante und korrekte Männer, um mit ihnen angenehme Stunden zu verbringen. Weder Unterwerfung noch Dominanz, keinerlei Perversion. Meine Gesellschaft kostet zweihundert Euro pro Stunde, vierhundert Euro für zwei, Preis für die ganze Nacht auf Anfrage. Wenn Sie mich erreichen wollen, wählen Sie ...«

Ich wählte die Nummer von Marjorie, die jetzt Candice hieß und nur dreiundvierzig ihrer achtundvierzig Jahre zugab.

»Ja?«

»Guten Tag, ich würde Sie gerne treffen, ich bin am kommenden Freitag auf der Durchreise in Metz.«

»Wann passt es Ihnen?«

»Am Nachmittag, gegen fünfzehn Uhr?«

»Sehr gut, rufen Sie mich auf derselben Nummer gegen vierzehn Uhr dreißig an, dann gebe ich Ihnen meine Adresse, ich bin im Stadtzentrum. Auf Wiedersehen.«

Sie legte ohne weitere Höflichkeitsfloskeln auf. Vielleicht war das so üblich. Ich war ein Anfänger auf dem Gebiet. Natürlich hatte ich nicht die geringste Absicht, mit Marjorie zu schlafen. Deshalb musste ich noch eine glaubwürdige Erklärung finden, um sie zu bezahlen und zu treffen, ohne ihre Dienste in Anspruch zu nehmen. Vielleicht konnte ich mich als Journalist ausgeben, der über ihren Beruf recherchierte. Das musste ich mir noch überlegen.

Sylvie hatte ich von meinem Abendessen mit Daniel Célac erzählt. Sie verfolgte mein Unternehmen von weitem mit der Aufmerksamkeit, die man älteren Menschen schenkt, wenn sie einem in tausend Einzelheiten von einem Spaziergang berichten und man so tut, als interessierte man sich ebenso dafür wie sie.

»Ich habe das Gefühl, dass ich das alles nicht umsonst mache. Ich habe das Gefühl, dass es ein Ziel gibt, das ich noch nicht kenne.«

»Kommt dieses Gefühl von dem Mädchen, das dir die Karten gelegt hat?«

Ich wusste nicht, was ich antworten sollte. Ja natürlich, aber das war nicht alles. Es fühlte sich an wie zu Beginn des Wahlkampfes, wenn ein riesiger Mechanismus in Gang gesetzt wird. Wenn er mit jedem Tag mehr Struktur erhält und Tempo aufnimmt. Die abstrakte Maschinerie, die sich Stück für Stück, fast Stunde um Stunde aufbaut und deren Name Schicksal ist.

Derk hatte eine Leidenschaft für Kunstgeschichte und für Porzellan, weshalb er beträchtliche Summen in Antiquitätenläden ausgab. Mir fehlten solche Marotten. Auktionssäle waren mir fremd, in Trödelläden hatte ich über die Jahre höchstens eine Handvoll Möbel gekauft. Ein, zwei Mal war ich mit meiner Mutter unter den Arkaden des Palais-Royal spazieren gegangen und hatte hinter den Schaufenstern der Galerien alte und teure Objekte bewundert, aber dabei blieb es. Meine Mutter wurde eher von antiken Gewändern angezogen, die man bei Didier Ludot fand. In dessen Luxusgeschäft hatte sie immer wieder Requisiten für ihre Stücke entdeckt.

Der Eingang zu Drouot war ohne jeden Charme, ein modernes Foyer mit Rolltreppen zu den Auktionssälen. Ich suchte den Saal Pierson-Delmas-Vadrier; ein junges Mädchen hinter einem kleinen Schreibtisch schickte mich in die erste Etage. Es kam mir vor, als wären alle, denen ich begegnete, große Gelehrte, Verkäufer oder Amateure und ich der einzige absolute Neuling. Der Saal Pierson-Delmas-Vadrier quoll über vor Gegenständen aus dem 18. und 19. Jahrhundert. In den Vitrinen standen Gegenstände, denen die Patina der Zeit anhaftete, Tintenfässer, Tabakdosen, Riechfläschchen, Bronzestatuetten, Siegel. An der Wand hängende Gemälde stellten antike Szenen oder Stillleben dar. Cartel-Uhren mit Perlmutteinsatz oder aus vergoldeter Bronze standen dicht an dicht auf rotem Samt in großen Regalen.

Ein riesiges schmiedeeisernes Ladenschild erinnerte mich an das vom La Musarde. Auch auf diesem war der Kopf eines Windhundes abgebildet, dahinter aber ein sehr großer, mit Gold überzogener Schlüssel. In der Mitte des Saales waren Möbel zu besichtigen: Stühle, Kommoden, Vitrinen aus Rosenholz und ein riesiges Weihwasserbecken. Ein Koffer mit zwei Pistolen fiel mir auf, vielleicht hatten sie einem Duell gedient. Angesichts all dieser Dinge konnte man ins Träumen geraten, ihnen eine Geschichte andichten oder sie sogar durch Nachforschung und Dokumente rekonstruieren.

Die Welt von Dominique Pierson kam mir höchst romantisch vor. Er lebte in der Vergangenheit, inmitten alter Objekte, die tausend Anekdoten über Frankreichs Geschichte erzählen könnten. Mein ehemaliger Mitschüler übte seinen Beruf sicher aus Leidenschaft aus und bereute den eingeschlagenen Weg nicht, anders als Clément Jacquier, der trotz allem manchmal genug von nackten Mädchen und den armseligen Szenarios seiner erotischen Produktionen haben musste.

Dominique Pierson saß hinter einem mit rotem Stoff bedeckten Schreibtisch und diktierte seiner Assistentin etwas. In der Hand hielt er ein Blatt, das er mit zusammengekniffenen Augen entzifferte, obwohl er eine starke Brille trug. Die junge Frau notierte, was er vorlas, in einem Katalog. Pierson trug die Haare viel kürzer als dreißig Jahre zuvor, über den Schläfen waren sie leicht ergraut, genau wie bei mir. Im Gegensatz zu Sébastien Beauchy hatte er kein Gramm Fett zugelegt.

Ich sah, wie er unter dem Tisch gereizt mit dem Fuß wippte. Er richtete den Blick in den Saal, und sofort erkannte ich in seinem Gesicht den Ausdruck einer wütenden Möwe, den das Klassenfoto festgehalten hatte. Ein alter Mann mit Hörgerät trat an ihn heran und sprach so laut, dass ich jedes Wort verstand.

»Die kleinen Bronzen aus Wien, Posten fünfundvierzig! Wie hoch wird er geschätzt, Maître?«

Dominique Pierson riss dem Mädchen gereizt den Katalog aus den Händen, blätterte kurz darin und verkündete laut einen Preis. Der Mann schüttelte den Kopf, sein enttäuschtes Gesicht zeigte, dass er das zu teuer fand, dann wandte er sich ab. Pierson verdrehte die Augen. Er war im Begriff, sich wieder der Inventarliste zuzuwenden, als er mich erblickte. Er verzog das Gesicht, runzelte die Stirn.

»Heurtevent?«, fragte er, als ich auf ihn zuging.

»Du erinnerst dich an mich?«

»Sicher, wir waren in derselben Klasse, in der zwölften und dreizehnten, École Levert.«

Wir drückten uns die Hand.

»Was machst du hier?«, fragte er mit ironischem Lächeln.

»Mich umsehen, einfach so, ich bin zum ersten Mal in einem Auktionshaus«, sagte ich.

Hinter ihm krachte es dumpf, er fuhr herum.

»Nicht die Rahmen berühren!«, brüllte er. »Fragen Sie die Mitarbeiter! Ich habe die Nase voll«, fügte er an die junge Frau gewandt hinzu, »wir machen nachher weiter.«

Er legte den Katalog hin und stand auf.

»Diese Stühle bringen mich um«, stöhnte er und massierte sich den Rücken.

»Es ist wunderbar hier, die alten Sachen überall!«, begeisterte ich mich und umfasste mit einer Armbewegung den ganzen Saal.

Pierson starrte mich mit schmerzverzerrtem Gesicht an.

»Meinst du?«

»Ja«, versicherte ich etwas gedämpft, weil ich merkte, dass Enthusiasmus nicht sein Hauptmotto war. »Aber ich kenne mich überhaupt nicht aus, ich bin kein Sammler.«

»Da hast du Glück!«

Er fasste mich am Arm und zog mich in eine Ecke des Saals.

»Sie sie dir an! Die Händler, die nur an das gute Geschäft denken, wenn sie ihr Fundstück zum fünffachen Preis weiterverkaufen, und die Sammler, die bereit wären, sogar das Schulgeld ihrer Kinder zu verschleudern. Ich kann sie nicht mehr sehen!«

Ich war ein zufälliger Vertrauter, den er nicht so bald wiedersehen würde, deshalb ergoss er seinen ganzen Frust über mich. Er hatte das Amt von seinem Vater übernommen, ohne jedes Interesse an alten Objekten und Gemälden. Er bezeichnete sich selbst als völlig inkompetent in seinem Beruf. Spöttisch vertraute er mir an, dass er da nicht der Einzige sei, aber zum Glück gebe es die Experten. All der Nippes und die uralten Möbel lösten bei ihm Übelkeit aus. Seit Jahrhunderten gingen sie von Hand zu Hand und passierten alle hundert Jahre die Zollstation des Hôtel Drouot, um dann zu anderen Besitzern und neuen Abenteuern aufzubrechen, die Pierson völlig egal waren. Er wunderte sich nur, dass jeden Tag so viele Leute zu Drouot kamen.

Während seiner ganzen Kindheit hatte er von seinen Eltern Geschichten über Versteigerungen gehört, jetzt war es sein Fluch, dass er sie selbst durchführte.

»Was mich interessiert hat, war Informatik, nicht dieser ganze alte Ramsch.«

Die Pionierzeit der Informatik, Ende der siebziger Jahre. Er hatte den Einstieg verpasst, dazu hätte er nach Amerika gehen, Kontakte knüpfen, vielleicht auch etwas mehr Talent haben müssen, bekannte er mit einem Schulterzucken.

»Cédric Pichon zum Beispiel«, sagte er verbittert, »der hat es geschafft! Du erinnerst dich sicher nicht an ihn, er hat auch mit uns Abitur gemacht. Dir kommt das sicher sehr weit weg vor, aber ich denke oft an damals.«

Dominique ahnte nicht, wie oft auch ich in letzter Zeit daran zurückdachte. Cédric Pichon war zwar auf dem Klassenfoto und auf Armands Liste, aber ich hatte nicht auf ihn geachtet. Er gehörte wie Stéphane Crestin und Éric Larmier zu denen, die ich nicht unbedingt wiedersehen musste. Wir hatten uns damals nicht viel zu sagen gehabt. Er hatte niemandem viel zu sagen, sprach nur, wenn ein Lehrer ihn etwas fragte, und stand in den Pausen immer abseits. Er war distanziert, aber nicht überheblich. Armand hatte geschrieben, dass er Videospiele entwarf. Der höchst unauffällige Cédric Pichon war Pierson offenbar stärker in Erinnerung geblieben als mir.

»Was hat Cédric Pichon denn so Erstaunliches gemacht?«

Dominique Pierson sah mich kopfschüttelnd an.

»Du bist in der Politik, da sind Videospiele natürlich nicht dein Ding.«

Dominique wusste also, was aus mir geworden war, darüber hatte er bis dahin kein Wort verloren.

»Für mich war es das Größte. Und das Programmieren. So viel Neues kam damals in Gang. Man konnte es fast mit Händen greifen, die großen Netzwerke, das Internet. Wer sich ein bisschen dafür interessierte, wusste, dass da etwas Gewaltiges im Anzug war. *Das* war die große Revolution, und ich sollte mit einem Auktionshammer in der Hand vergilbte Aquarelle verkaufen!«

Pierson schwieg eine Weile und starrte mit leerem Blick auf eine Vitrine.

»Sieh dir das an«, forderte er mich auf.

Ich folgte seinem Blick. In dem Regal stand eine Sammlung kleiner Hundefiguren aller Art, aus Emaille, Porzellan, bemalter Bronze, sicher mehr als fünfzig.

»Die Person, die diese Sammlung besessen hat, ist sicher gestorben, die Erben verkaufen. Und dann kommen sie zu mir! Hunde!«, sagte er angewidert.

*I*ch überließ Maître Pierson seinen düsteren Überlegungen. Es gab also Menschen, die noch frustrierter waren als ich. Nie hätte ich gedacht, dass man so einen Beruf ausüben könne, ohne ihn leidenschaftlich zu lieben. Und von Piersons Computerträumen hatte ich nichts geahnt. Ich würde mich also aus reiner Neugier auch mit dem Weg von Cédric Pichon befassen, der für Fans von Informatik und Videospielen offenbar eine Berühmtheit war.

Dann schlenderte ich noch an anderen Auktionssälen vorbei, in einem davon hörte ich den Hammer knallen. Die Zuschauer standen bis zu den Türen, einige Privilegierte saßen in bequemen Sesseln und machten sich Notizen in ihrem Katalog.

»Aus demselben Posten ein weiterer Giraffenteller, Karl X., sehr schönes Steingut aus Les Islettes, man sieht die Giraffe mit ihrem afrikanischen Führer. Taxpreis: Tausend Euro! Tausendzweihundert ... Tausendvierhundert ... Tausendsechshundert ...«

Ich stürmte nach vorn und versuchte zwar, die Leute hinten im Saal nicht zu kräftig zu schubsen, erntete aber wütende Blicke. Ein dicker Mann in schwarzer Jacke mit rotem Kragen hielt den Teller in die Luft, um ihn dem Publikum zu zeigen.

»Tausendachthundert ... Zweitausend, ich habe einen Abnehmer für zweitausend«, verkündete der Auktionator.

Im selben Moment stieß ich eine Frau im Pelzmantel beiseite, um ganz nach vorn zu gelangen und dem Teller näher zu kommen. Mein Herz raste. Nein, ich irrte mich nicht, es war einer von Derks Tellern. Es war der mit der Giraffe auf einer Brücke in Paris.

»Zweitausend!«

Der Hammer fiel. Ich blickte auf den Auktionator, die Experten, in den Saal und wusste nicht, was ich tun sollte. Ich hatte ihn verpasst. Konnte man nichts mehr für mich tun? Was machten die Teller aus der Rue de Bourgogne hier?

»Aus demselben Posten, wieder ein Teller mit Giraffe, Wally-Fayence, sehr lustig. Das Tier befindet sich in einem Schiff, sein Kopf ragt heraus. In einer Sprechblase steht ›Ich gehöre dem König‹. Ein Vorläufer der Comics. Tausendfünfhundert Euro.«

»Ich!«, brüllte ich und hielt die Hand hoch.

»Wir haben es gehört«, bemerkte der Auktionator spöttisch. »Tausendsiebenhundert, da links zweitausend. Zweitausendzweihundert?«, fragte er mich.

»Ja, ja, ich!«

»Zweitausendvierhundert ... Zweitausendsechshundert, da rechts zweitausendachthundert ... Dreitausend ... Dreitausend? ›Ich gehöre dem König‹, also sind Sie der König, er gehört Ihnen!«, scherzte er, bevor er seinen Hammer fallen ließ. »Hiermit sind wir am Ende dieses Extrapostens angelangt, jetzt kommen wir zu den Gemälden. Die Expertise, bitte, für diese sehr schöne Skizze von Vuillard ...«

Mit zitternden Händen gab ich neben dem Podium des Auktionators die PIN meiner Kreditkarte ein.

»Wo kommen sie her? Wie viele waren es? Wer verkauft sie?«, bestürmte ich den jungen Mann, der mir die Rechnung ausstellte.

Er konnte mir nur die Anzahl der verkauften Teller sagen:

achtundzwanzig. Alle Teller aus der Rue de Bourgogne waren soeben verkauft worden.

Ich holte meinen Teller bei einem Mann ab, der ebenfalls eine schwarze Jacke mit rotem Kragen trug. Er hatte ihn mehr schlecht als recht in Blasenfolie gewickelt und in eine Tüte gestopft. Als ich rauskam, war ich völlig erledigt. Wie konnte Dominique Pierson seinen Beruf und das Auktionshaus nur derart hassen? Einen Ort, wo solche Wunder geschahen! Ich stieg in das erstbeste Taxi. Auf der Rückbank holte ich meinen Teller aus der Tüte. Als ich ihn umdrehte, las ich die mit waschechter Tinte geschriebenen Zahlen.

»Wohin möchten Sie, Monsieur?«

Ich wollte ihm antworten, da fiel mein Blick auf eine Telefonzelle an der Ecke des Boulevards.

»Nirgendwohin, ich habe mich geirrt«, murmelte ich und stieg wieder aus.

»Hallo, guten Tag, ich rufe aus Paris an, ich bin der Chef des Cabaret du Ciel«, stellte ich mich vor und drückte den Teller an mich.

Mein letzter Anruf war fünfzehn Jahre her, aber die Nummer existierte noch immer, ich war in einem Büro in Genf gelandet.

»Ja, Monsieur«, antwortete die Stimme einer jungen Frau mit deutschem Akzent.

»Ich habe lange nicht mehr angerufen.«

»Das ist wahr. Kann man Sie unter dieser Nummer zurückrufen?«

»Es ist eine Telefonzelle.«

»Kann man Sie dort zurückrufen?«

»Ja.«

»Wir rufen Sie zurück, Monsieur.«

Sie legte auf. Ich ließ die Hand auf dem Hörer liegen. Wie

lange würde es dauern, bis es in der Telefonzelle wieder klingelte? Der Safe enthielt vielleicht nur Geld, Scheine, die nicht mehr gültig waren. Aber der untypische Code mit den fünf Sternen ließ mich etwas Wichtigeres vermuten als nur einen Umschlag mit Banknoten oder einen vergilbten Ordner. Ich ging hinaus, blieb aber vor der Telefonzelle stehen und hoffte, dass niemand auf die alberne Idee käme, jetzt anrufen zu wollen. Die Wolken brachen auf, und die Sonne schien mir ins Gesicht. Ich setzte die Sonnenbrille auf. Während ich so mit meinen dunklen Gläsern auf dem Boulevard stand, ohne auf jemanden zu warten, kam ich mir vor wie Mitterrands Bodyguards, die ich in der Rue de Bourgogne vom Fenster aus beobachtet hatte. Jetzt sah ich mit leerem Blick die Passanten vorbeigehen, starrte zum Ende des Boulevards und musterte ein Auto, das in meine Richtung fuhr.

Ich verschränkte die Arme, ohne den jungen Mann in der blauen Fleecejacke aus den Augen zu lassen, der direkt auf mich zukam. Ich ging in die Kabine zurück.

»Ist sie frei?«, fragte er mich.

»Nein«, antwortete ich gelassen.

Im Unterschied zu den Ordnungshütern des Präsidenten konnte ich keine versteckten Kollegen zu Hilfe rufen.

»Wie, nicht frei? Ich muss jemanden anrufen«, regte sich der junge Mann auf. Da kam mir die rettende Idee.

Ich griff in meine Innentasche, zog die Brieftasche heraus und klappte sie vor seiner Nase kurz auf.

»Das ist ein Polizeieinsatz, Monsieur, bitte gehen Sie weiter«, forderte ich ihn auf und ließ ihn hinter meinen Ray-Ban nicht aus den Augen.

Mit unbewegtem Gesicht, das Kinn energisch vorgestreckt, steckte ich die Brieftasche wieder ein. Er gehorchte sofort, drehte sich noch zweimal nach mir um und verschwand in der Rue Drouot. Mein Bürgermeisterausweis mit der aufgedruckten Trikolore war mir noch nie so nützlich gewesen wie in diesem Moment. Da klingelte das Telefon, und ich nahm den Hörer ab.

»Guten Tag, Monsieur«, sagte eine schleppende Männerstimme, »ich sehe, dass Sie ein langjähriger Kunde sind ... Wie soll ich es ausdrücken ... Es ist nett, dass Sie wieder Kontakt zu uns aufnehmen.«

»Danke. Kann ich zu Ihnen kommen?«

»Gewiss, ich gebe Ihnen unsere neue Adresse, und wir vereinbaren einen Termin, einverstanden?«

»Einverstanden.«

*I*ch hatte meinen Flug im Internet gebucht. Nach Auskunft des Geschäftspartners hatte sich die Anschrift geändert, aber die Safes befanden sich noch immer am selben Ort, und wir würden gemeinsam hingehen. Am Tag nach meinem Kurzbesuch in Genf würde ich nach Metz fahren. Vor diesen Reisen hatte ich Zeit, mich Jérôme Auberpie zu widmen, dem Pfarrer von Sainte-Marie des Batignolles.

Die Kirche stand auf einem kleinen, beinah provinziell anmutenden Platz, der nach einem Arzt benannt war. Place du Docteur-Félix-Lobligeois, ein Name, der nach dem Anfang des letzten Jahrhunderts klang, nach einem Gehrock aus Samt und Gamaschen aus Naturleinen. Ich fragte mich, wie der gute Doktor jemanden wie mich wohl behandelt hätte. Damals konnte er weder Temesta noch Stilnox verordnen. Wie kurierte man solche Fälle? Mit einem guten Süppchen und vielen Gebeten vermutlich. Ich schob die Tür der Kirche auf, die gar nicht wie eine Kirche aussah, eher wie ein weißer Tempel mit Frontgiebel und pseudoantiken Säulen.

Orgelmusik erschallte zwischen den feuchten Wänden, wahrscheinlich Bach. Nur Bach vermag dieses Schweben zu erschaffen. Nichts Pompöses, nichts Großartiges, nur eine bestimmte Vorstellung von Perfektion und Schönheit. Die Noten stiegen auf, die Melodie flog zwischen den Säulen und den bunten Fenstern empor, ich ging durch den Mittelgang nach vorn und drehte mich zur Orgel um. Die Organisten sieht man nie, weshalb es immer wirkt, als käme die Musik wie durch Zauberei aus dem Instrument. Mehr noch, als erzeugte die Kirche selbst diese Töne. Darum hat man das Gefühl, der Einzige zu sein, der die Melodie wahrnimmt, als könnten die anderen, die am Fuße einer Statue beten, eine Kerze anzünden oder mit einem Reiseführer in der Hand herumspazieren, sie nicht hören.

Ich trat an ein verglastes, von schmiedeeisernen Gittern umgebenes Büro. Darin saß eine ältere Frau und beugte sich über Faltblätter, die sie langsam sortierte. Ich wollte gerade anklopfen, da sah ich einen Aushang an der Scheibe: »Beichte heute. Pater Auberpie. Fünfzehn bis sechzehn Uhr.«

Auf meiner Uhr war es fünfzehn Uhr zwanzig. Die Orgel verstummte. Ich hatte mir für Jérôme Auberpie mehrere Szenarien ausgemalt, aber nicht, dass ich bei ihm eine Beichte ablegen würde. Durch das linke Seitenschiff ging ich auf den Beichtstuhl zu, in dem laut Aushang Pater Auberpie zu finden war. Die Beine einer Frau ragten aus dem Halbdunkel. Ein junger Mann in Schlips und Kragen saß ein paar Meter entfernt auf einem Korbstuhl und hielt den Kopf zwischen den Händen. Er schien zu warten. Ich setzte mich behutsam hin, weil ich nicht wollte, dass er mich hörte und aufsah. In seiner Haltung lag so viel Verzweiflung, dass ich seinem schmerzvollen Blick ungern begegnen wollte. Schon beim Gedanken daran steckte ich die Hand in die Tasche und berührte meine Schachtel Temesta, die ich immer dabeihatte. Sollte er zu mir sehen, würde ich sofort eine Tablette nehmen, wenn nötig, würde ich sie mit etwas Weihwasser schlucken.

»Danke, Pater«, sagte die Frau hörbar.

Sie bekreuzigte sich, stand auf und ging, ohne sich umzudrehen. Ich hörte ihre Absätze auf dem Kirchenboden klappern, sie öffnete die Tür, und ihre Gestalt wurde vom Tageslicht aufgesogen. Meine Augen fielen auf den Schriftzug über dem Portal: »Für Frankreich gestorben« war in breiten Buchstaben in den Marmor geprägt. Hier bekam dieser Satz, der die Sockel Tausender Statuen in allen Städten und Rathäusern Frankreichs schmückte, eine andere Bedeutung. Schwer zu erfassen, beinahe bedrohlich. Er schien auf die große Tür selbst zu verweisen, als wartete draußen das Jenseits. Im hinteren Teil der Kirche entdeckte ich eine Art Wolkenloch mit einer Marienerscheinung. Ich beugte mich vor und erkannte eine hohe Nische in der Mauer, ein optischer Effekt, der an Kitsch grenzte.

Nun kniete der junge Mann im Beichtstuhl. Ich sah das untere Ende seiner grauen Hose und seine einwandfrei polierten Halbschuhe. Was erzählte er Pater Auberpie? Und ich, was hatte ich hier zu suchen? Meine letzte Beichte hatte ich vor meiner Erstkommunion abgelegt. Was hatte ich dem alten Pfarrer damals erzählt, der uns wie Zinnsoldaten im Flur aufstellte und nacheinander empfing? Ich erinnerte mich an keinen einzigen Satz. »Guten Tag, Vater, ich komme, um Ihnen meine Sünden zu beichten.« Nein, da stimmte etwas nicht. »Ich verzeihe dir deine Sünden, gehe hin in Frieden.« In meiner Erinnerung kam dieser Satz der Abschlussformel sehr nah. Danach alberten wir herum, ohne dass je einer von uns zugab, was er gerade offenbart hatte. Wir waren acht oder zehn, was konnten wir schon beichten? Sicher dummes Zeug: Ich habe von meinem Nachbarn abgeschrieben, ich habe Sowieso in der Pause einen Fußtritt verpasst. Wir erzählten das vor allem, um dem Pfarrer eine Freude zu machen.

Der junge Mann bekreuzigte sich, stand auf und ging ebenfalls in Richtung Tür. Ein Sonnenstrahl, dann nichts mehr. Wieder Stille. War ich dran? Ich sah nach links, nach rechts. Ja, ich war dran. Ich wünschte, er wäre länger geblieben, dann hätte ich über meine aktuellen Sünden nachdenken können, anstatt mir meine unbedeutenden kindlichen Beichten ins

Gedächtnis zu rufen. Ich starrte auf das kleine Gitter, hinter dem Jérôme Auberpie sitzen musste. Sicher beobachtete er mich auch gerade und fragte sich, wer das Gemeindemitglied sein mochte, das sich nicht entscheiden konnte, in den Beichtstuhl zu kommen. Jérôme Auberpie las Comics, am liebsten *Blake und Mortimer.* Und wenn sich Armand getäuscht hatte? Wenn der Priester, der mich erwartete, ein Namensvetter war und nicht der Jérôme Auberpie aus der École Levert? Nein, ausgeschlossen, dass Armands Firma so einen Fehler beging, es war sicher mein ehemaliger Klassenkamerad.

Ich kniete mich in den Beichtstuhl. Das Holz unter meinen Knien ließ mich das Gesicht verziehen. Warum benutzen die Katholiken keine Gebetsteppiche wie die Muslime? Oder gemütliche Kissen … Während mir diese absolut ungehörigen Gedanken fern jeder christlichen Demut durch den Kopf gingen, richtete ich den Blick auf das Gitter aus dunklem Holz, das mich von Auberpie trennte. Sein Gesicht war nicht zu erkennen, ich sah nur einen Umriss im Halbdunkel.

»Sie sind zu mir gekommen, um vor Gott Ihre Sünden und Ihre Ängste zu beichten, ich höre Ihnen zu, mein Sohn«, ermutigte er mich mit sanfter Stimme.

Es folgte ein langes Schweigen. Sünden? Welche Sünden konnte ich beichten? Mir fiel keine ein. Seit ich zehn war, musste ich wohl Sünden begangen haben und sicher nicht wenige. Ein Politiker ist ein riesiges Sündenreservoir, aber in diesem Moment fiel mir keine einzige ein. Mir kamen nur schwere Sünden in den Sinn: jemandem den Tod wünschen, meine Frau betrügen, sie verlassen, dem Staat Geld stehlen … Nichts davon hatte ich getan. Ich würde ihm doch nicht meine Geld- und Aktengeschichten mit Derk erzählen. Ich hatte nicht die geringste Absicht, mir dafür die Absolution erteilen zu lassen. Natürlich hätte ich von kleinen Einflussnahmen und Tricks erzählen können, aber was noch? Hier im Beichtstuhl erkannte ich, dass ich ein ganz anständiger Kerl war. Nicht mustergültig, sicher, aber im Register der Gemeinheiten hatte ich Gott nicht viel anzubieten.

»Also, mein Sohn, was kann ich für Sie tun?«

»Mir erzählen, wie man von *Blake und Mortimer* zum Priesteramt kommt«, hörte ich mich sagen.

Ich bereute es sofort.

»Es tut mir leid«, flüsterte ich.

»Braucht es nicht, das ist eine Frage, die ich mir auch gestellt habe. Du scheinst mir nicht ganz auf die Beichte vorbereitet zu sein, François, wollen wir lieber ein Glas Wein trinken?«

Wir setzten uns in der Sakristei an einen Holztisch mit blauem Wachstuch, auf dem beeindruckende Stapel von Messbüchern lagen. Jérôme hatte mich erkannt, wie am Vortag Dominique Pierson. Wenn ich direkt in den Beichtstuhl gegangen wäre, hätte er mein Gesicht nicht gesehen, sagte er, und nicht wissen können, dass ich es war. Aber da ich unentschlossen auf meinem Stuhl sitzen geblieben war, hatte er mich durch das Gitter betrachtet. Er kannte den Priester der Kirche von Perisac, Abbé Montarge. Der hatte ihm von seinem Bürgermeister erzählt, in dem Jérôme mich erkannt hatte, ohne jedoch zu versuchen, Kontakt zu mir aufzunehmen.

Jérôme kramte in einem großen Buffet. Er war ganz grau, trug eine Bürstenfrisur und eine merkwürdige runde Brille mit schwarzem Rand, wie man sie in den dreißiger Jahren getragen hatte. Auf dem Klassenfoto hatte er glatte braune Haare und keine Brille, vielleicht hatte er sie abgelegt. Diese Eitelkeit schien mir plötzlich für einen Priester recht unangebracht. Noch mehr als die körperliche Veränderung beeindruckten mich allerdings der schwarze Anzug und das diskrete Silberkreuz am Revers seiner Jacke.

»Woher wusstest du, dass ich das bin?«, fragte er mich.

»Ich habe deinen Namen auf dem Zettel der Beichtzeiten gelesen.«

Jérôme lächelte mich fröhlich an.

»Der Wein ist alle, wir müssen runtergehen und eine Flasche holen«, sagte er und schloss das Buffet.

»Trinken wir etwa den Messwein?«

»Ja natürlich, jeder ein Glas ... nicht mehr«, scherzte er und hob den Zeigefinger.

Wir stiegen die kaum beleuchteten Stufen in den Kirchenkeller hinab. Priester, heutzutage! Was war der Grund für eine solche Berufswahl? Delphine Poisson hatte wahrscheinlich ihre ganze Kindheit damit zugebracht, Puppen zu kämmen, und ihrer Mutter den Nagellack zu stibitzen. Jérômes Fall passte nicht in dieses Schema. Als Kind träumt man nicht davon, Priester zu werden. Etwas musste geschehen, damit man so eine Entscheidung traf. Jérôme Auberpie war ein zurückhaltender Junge gewesen, aber nichts an ihm ließ eine mystische Karriere erahnen.

Wir liefen durch einen langen Gang mit gestampftem Boden, beleuchtet von sogenannten Handlampen, die an der Wand hingen. Ohne die Kabel hätte man sie für Fackeln halten können, da sie wie früher im selben Abstand angeordnet waren.

»Das ist ja gewaltig!«

»Es ist ein ganzes Stadtviertel. Der Kirchenkeller erstreckt sich bis unter den Park. Dorthin gehen wir. Schon während der Pariser Kommune versammelten sich hier Aufständische. Es gibt sogar noch einen alten Schutzraum.«

Wir kamen an einem riesigen Kreuz vorbei, das an einer Wand lehnte, dann an einem anderen, kleineren und an einem uralten Tabernakel, der auf einem Tisch stand. Von unserem Gang führten Seitenwege in absolute Finsternis. Unsere Wanderung kam mir endlos vor.

»Wir sind da«, sagte Jérôme schließlich.

Sein Hosensaum und seine Schuhe waren mit grauem Staub bedeckt. Meine auch. Er tastete nach einem Schalter, Licht fiel in einen kahlen Raum mit Backsteinwänden, an denen Orgelpfeifen lehnten. Jérôme kletterte auf einen Hocker, um eine Holztür in der Wand zu öffnen. Eine dicke, rostige Kette hing an einem schweren Riegel. Er griff mit der Hand in die Dunkelheit, holte eine Flasche hervor und zeigte sie mir, nachdem er sie mit dem Ärmel entstaubt hatte. »Domaine de la Romanée-Conti 1937.« Ich starrte ihn an.

»Soviel ich weiß, ist das ein guter Wein«, fügte er hinzu.

Ich sah ihn weiter an, dann wieder das Etikett. »Ein guter Wein«, die Romanée-Conti! Das kleinste und seltenste Weingut in Burgund, der teuerste Wein der Welt. Ich kannte Liebhaber, die für so eine Flasche töten würden. Sylvie hatte drei oder vier in den Kellern vom La Musarde. Die letzte Bestellung eines Gastes lag bestimmt zehn Jahre zurück. Ein Amerikaner, der beschlossen hatte, sein Konto abzuräumen. Sylvie hatte das ganze Menü des Gastes auf diesen Wein abgestimmt.

»Ich habe diese Tür vor drei Monaten entdeckt. Ich glaube, seit dem Krieg hat niemand sie aufgemacht. Ich musste das Vorhängeschloss aufbrechen.«

»Sind die Flaschen seit dem Krieg hier?«

»Ja. Das ist die einzige Erklärung. Kein Bistum kann sich so einen Wein leisten. Ich vermute, jemand hat sie während der Besatzung da versteckt. Jemand, der nicht wiedergekommen ist, um sie zu holen«, fügte er hinzu.

»Und du benutzt ihn als Messwein?«

»Ja, ich denke mir, wenn unser Herr mich bis zu dieser Tür und diesen Flaschen geführt hat, dann auch, damit ich ein wenig davon genieße«, sagte er lächelnd. »Außerdem kostet es niemanden etwas, weil ich sie gefunden habe.«

»Eine einzige dieser Flaschen ist mehr wert, als deine Kollekten in zehn Jahren einbringen.«

»Kann sein«, antwortete er schulterzuckend.

Dann griff er nach einem entsetzlichen Korkenzieher mit gelbem Plastikgriff, um einen der größten Weine der Welt zu öffnen.

»Wollen wir hierbleiben?«, schlug er vor. »Da unter dem Laken sind Gläser.«

Ich lüftete ein weißes Laken und holte zwei Stielgläser hervor. Unser improvisierter Aperitif fand in einem staubigen Keller statt, in einem vergessenen Gewölbe, das einst als Luftschutzraum gedient hatte. Einen Moment lang stellte ich mir den Raum voller Männer, Frauen und Kinder vor, die schweigend dem Heulen der Sirenen und den Schüssen der Flak lauschten. Einer dieser Menschen hatte seine besten Flaschen an diesem Ort versteckt, wo sie niemand suchen würde. Das Vorhängeschloss hatte er bei einem Händler in der Nachbarschaft gekauft. Er hatte tausend Listen benutzt, um sie hierherzubringen, hatte die dicke Kette davorgelegt, das Vorhängeschloss verschlossen, und sich gedacht, dass er nach Kriegsende nur die richtige Zahlenkombination würde einstellen müssen, um einen Romanée-Conti auf den Sieg zu trinken. Er war nie wiedergekommen, dieser umsichtige Bürger, der nicht wollte, dass die Deutschen seinen Wein tranken. Und das Vorhängeschloss hatte mehr als sechzig Jahre vor sich hin gerostet, bis ein Priester es geknackt hatte. Hielten alle Türen, die seit Jahrzehnten geschlossen waren, Überraschungen für uns bereit? Auch in Genf wartete eine seit langem geschlossene Tür auf mich.

Jérôme goss die rote Flüssigkeit mit dem Bernsteinschimmer ein, als wäre es ein gewöhnlicher Brouilly. Wir hielten uns die Gläser entgegen und sahen uns an, ohne anzustoßen. Der Duft des Romanée-Conti stieg mir in die Nase. Mit Sylvie hatte ich ein einziges Mal eine Flasche getrunken. Am Abend meiner ersten Wahl.

»Ich schulde dir eine Antwort auf deine Frage. Wie man von *Blake und Mortimer* zur Religion kommt.«

»Vergiss es«, sagte ich verlegen.

»Nein«, sagte er nachdenklich. »Es ist eine berechtigte Frage: Wie kommt man von der Liebe selbst zur Gottesliebe?«

Ich hörte kaum auf den Satz, die offene Frage, die allerhand Überraschungen verhieß. Ich hatte die Augen geschlossen und atmete den Duft aus meinem Glas: eine Ahnung von zartroten Früchten, herangeweht aus großer Ferne, dazu ein Hauch von einem seit einer Ewigkeit verschlossenen alten Schrank, den man gerade wieder öffnet. Mir war schwindlig. Als ich den ersten Schluck nahm, hatte ich das Gefühl, die Erde stehe still. 1937 ... Am meisten überraschte mich, wie jung der Wein wirkte, mit diesem Himbeerduft, der sich allmählich Bahn brach, gefolgt von einer mineralischen, die feine Säure mildernden Note und schließlich der faszinierend lange Abgang.

Ich sah Jérôme an, der sein Glas genoss, aber es schien auf ihn nicht dieselbe Wirkung zu haben. Während meine Neuronen noch durch das göttliche Ambrosia in Aufruhr waren, erfasste ich den Sinn seines letzten Satzes vor dem Schweigen, das der Romanée-Conti erzwungen hatte: »... von der Liebe selbst.«

»Erinnerst du dich an unsere Mitschüler? An die Jungs und die Mädchen?«, fragte er mit glänzenden Augen. »Erinnerst du dich ... an Marjorie Levart?«

*E*in noch recht junger Priester, der vor Orgelpfeifen, die wie ein riesiges Mikadospiel an einer Backsteinmauer lehnen, ein Glas Romanée-Conti schwenkt. Dieses Bild würde sich in meine Erinnerung einprägen. So würde ich Jérôme für immer vor mir sehen, den Priester, der mir die unmögliche Liebe seiner Jugend erklärte.

»Ich brauche nur die Augen zu schließen, um mich an ihre Grübchen beim Lächeln, den Bogen ihrer Nase oder den winzigen Schalk in ihrem Blick zu erinnern«, erzählte Jérôme. »Ich trage die Bilder in mir, als wäre es gestern gewesen. Marjorie Levart, ich brauche nur ihren Namen auszusprechen, um meine Jugend wiederzusehen. Um wieder der schüchterne Junge zu sein, der ich damals war.«

Jérôme schaute mich an, aber er sah mich nicht mehr, ich war ebenso durchsichtig geworden wie die Wand, der Luftschutzkeller, die Gänge und alles um ihn herum. Er starrte auf einen weit entfernten Punkt am Horizont, im Ozean seiner Erinnerungen.

»Ich sehe mich, wie ich am ersten Schultag im Abi-Jahr die Treppen hochkomme. Sie ist neu in der Klasse und wartet vor der Tür, sie spricht mit Béatrice Bricard und Delphine Poisson. Sie trägt einen grauen Rock, schwarze Strumpfhosen und einen langen Mantel im selben Grauton wie der Rock. Ich sehe sie an, und da explodiert etwas in meinem Kopf mit der

Wucht einer Bombe von mehreren Megatonnen. Ich verliebe mich so, wie man sich wohl nur mit sechzehn verlieben kann. Das Gefühl ist unfassbar heftig und zugleich sanft. Wie ein schwindelerregender Sturz, den man irgendwann akzeptiert. Sobald wir in der Klasse waren, setzte ich mich hinter sie, nur, um ihr so nah wie möglich zu sein, den Duft ihrer Haare zu riechen, nur um sie zu sehen.«

Was er mir erzählte, berauschte mich ebenso wie der Wein. Jeder Schluck brachte mir eine andere Botschaft des Jahrgangs 1937 und fügte dem Wein eine neue Facette hinzu, jeder Satz von Jérôme offenbarte eine Empfindung, die unermesslicher war als die vorherige.

Die Verliebtheit hatte seine natürliche Schüchternheit verzehnfacht. Er war absolut nicht in der Lage, Marjorie zu einem Kaffee einzuladen, und er wäre lieber zur Salzsäule erstarrt, als zu versuchen, sie zu küssen.

»Das war völlig unmöglich«, flüsterte er kopfschüttelnd, »aber meine Liebe war auch nicht physisch, im körperlichen Sinn, nein, sie ging darüber hinaus ... Ich träumte nicht mal davon, mit ihr zu schlafen. In meinen kühnsten Träumen sah ich mich neben ihr laufen, ihre Hand halten. Ja, ich sah mich auch, wie ich sie umarmte, aber weiter ging es nicht.«

Jérôme Auberpie hatte sich buchstäblich nach Marjorie Levart verzehrt.

»Ein Jahr auf dem Scheiterhaufen«, sagte er lächelnd. »Du wirst zugeben, dass sie das schönste Mädchen der Klasse war.«

Jérôme hatte nicht unrecht, Marjorie Levart war sehr hübsch, aber Delphine Poisson sah genauso gut aus. Es war sicher eine Geschmacksfrage, überlegte ich mir, aber er fuhr bereits fort. Vor etwa zehn Jahren hatte er ein wissenschaftliches Werk gelesen: *Biologie des Begehrens*. Der Autor meinte, bei jedem Einzelnen sei programmiert, wie er auf das Liebesgefühl reagiere. In der persönlichen genetischen Karte finde man die physischen Kriterien des gesuchten Idealwesens, aber auch einen ganzen Haufen anderer, noch genauerer Einzelheiten wie seine Haut oder seine Stimme. Jérôme hatte sich in diesem Werk wiedergefunden. Seine stumme Leidenschaft für unsere Klassenkameradin bekam eine wissenschaftliche Erklärung. Er war so programmiert, dass er sich in Marjorie Levart verlieben musste. Es stürzte ihn damals in unendliche Schwermut, dass er nicht mit ihr sprechen konnte, ihr nicht zu sagen wagte, was er empfand. Aber an eben dieser Schwermut fand er irgendwann Gefallen. Mit dem Abstand der Jahre sah er darin übersteigerte Romantik, gepaart mit einem Hauch von Masochismus. Und dann tauchte eines Tages ein Junge auf, der sie von der Schule abholte. Das brach ihm das Herz. Marjorie Levart war unerreichbar.

»Hast du nie etwas zu ihr gesagt?«

»Sie war außerhalb meiner Reichweite«, antwortete er. »Sie ging abends aus, erzählte Geschichten von Nachtklubs. Ich war tausend Meilen von diesem Leben entfernt. Um sie zu verführen, hätte ich ein anderer sein müssen, und es gelang mir nicht, dieser andere zu werden.«

Er hatte sich aus dem Klassenbuch ihre Adresse abgeschrieben. In den Weihnachtsferien hatte er einen ganzen Samstagvormittag in einem Bistro darauf gewartet, dass sie aus dem Haus kam. Dann war er ihr stundenlang durch die Kaufhäuser gefolgt, wo sie sich mit ihren Freundinnen getroffen hatte. Ich stellte mir Jérôme vor, wie er sich hinter Säulen versteckte und wie ein Detektiv im Film den Gegenstand seiner Qualen beobachtete. Sie verabschiedete sich von ihren Freundinnen und setzte ihren Spaziergang allein fort. An einer Kreuzung drehte sie sich um, er war direkt hinter ihr.

»Ach, hallo«, sagte sie, ohne überrascht zu sein.

»Hallo«, antwortete Jérôme, »gehst du einkaufen?«

»Ja, und du?«

»Ich auch.«

»Bis Montag.«

»Bis Montag.«

Er war am Fußgängerüberweg stehen geblieben und hatte gesehen, wie sie sich auf der anderen Seite des Boulevards entfernte. In diesen Phasen des Taumels fand er nur in Kirchen Ruhe, in der Stille und dem Licht der Kerzen.

»Damals betete ich, sie möge sich für mich interessieren, aber es hat nicht funktioniert.«

Nach der Verkündung der Abiturnoten hatte er Marjorie Levart nie wiedergesehen. Im folgenden Jahr begann er eine Beziehung, die schlecht endete und von der er nichts weiter erzählen mochte.

»Ich glaube, manche Männer lieben nur ein Mal in ihrem Leben. Sie schaffen es nicht, ein zweites Mal zu lieben. Dante liebte seine Béatrice sein Leben lang bis zum Wahnsinn, dabei hat er sie nur einen Nachmittag getroffen. Ich kam mir wie Dante vor«, gestand er mir in vollem Ernst.

Vom Philosophiestudium war er zur Theologie gewechselt, dann hatte er sich in ein Kloster zurückgezogen. Von Tag zu Tag hatten ihn das Morgenlicht, die Stille und der Duft des Weihrauchs zu der Einsicht geführt, dass das vielleicht sein Leben war. Außerhalb der Welt, aber auch nicht ganz abseits. Auf alle Fälle fern der Qualen, die Mädchen wie Marjorie Levart allzu schüchternen Jungen aufbürden.

»Sieh mal an, jetzt habe ich dir gebeichtet«, endete er lächelnd. »Wir wissen nicht, was aus ihnen geworden ist, weder aus Stéphane Crestin noch aus Delphine Poisson oder aus Marjorie Levart.«

Er verschloss die Flasche Romanée-Conti und stand auf. Konnte ich ihm verraten, dass die unnahbare Marjorie Levart nur wenige Jahre später begonnen hatte, ihren Körper für eine Stunde oder eine Nacht zu verkaufen? Nach Armands Liste übte sie den Beruf des Callgirls aus, seit sie zwanzig war, dem Alter ihrer ersten und einzigen gerichtlichen Verurteilung. Sie war in den achtziger und neunziger Jahren von einer Agentur zur anderen gewechselt, um sich dann in Metz selbstständig zu machen.

»Nein ... Wir wissen nicht, was aus ihnen geworden ist«, sagte ich und stand auch auf. »Wir werden es niemals wissen«, fügte ich überzeugt hinzu.

Ich hielt meine Sünde für die Beichte fest: diesmal eine dicke Sünde, eine Lüge gegenüber einem Priester. Dabei belog ich nicht den Priester, sondern den schüchternen Jungen, der an einem Weihnachtsnachmittag vor einem Zebrastreifen gestanden und gesehen hatte, wie seine unmögliche Liebe sich in der Menschenmenge des Boulevards und im Leben verlor.

Disarm slides. Cross-check doors to arrival!«

»Willkommen in Genf. Bitte warten Sie, bis das Flugzeug seine Parkposition erreicht hat und die Anschnallzeichen erloschen sind, ehe Sie Ihren Gurt öffnen.«

Genf. Seit 1994 war ich nicht mehr hier gewesen. Wenn alles nach Plan lief, würde ich am Abend in der Rue de Bourgogne in Ruhe Sylvies Anruf entgegennehmen. Ich hatte keine Lust, sie anzuschwindeln, ihr zu sagen, dass das Wetter in Paris schön und ich unterwegs zu einem neuen Treffen mit einem alten Klassenkameraden sei, während ich mit dem Telefon am Ohr am See entlangspazierte. Niemand würde erfahren, dass ich in der Schweiz gewesen war, und das war gut so. Meinen Aktenkoffer mit doppeltem Boden hatte ich nicht mehr, nur meine Tasche. Der Taxifahrer hatte Mühe, die Adresse zu finden, die mir mein Geschäftspartner mitgeteilt hatte. Er suchte auf seinem Stadtplan und vertraute sich schließlich seinem Navi an. Die Staus am Ausgang des Flughafens hatten sich nicht geändert, ich übte mich in Geduld und blickte durch die Scheibe auf Gebäude, die ich sicher schon gesehen hatte, ohne mich daran zu erinnern.

Wir erreichten das Zentrum gut zwanzig Minuten vor meinem Termin. Die Anschrift stimmte, ein großes Bürogebäude, vor dem ein Sicherheitsmann auf und ab lief, der wegen der Sonne die Augen zusammenkniff. Ich beschloss, noch eine kleine

Runde zu drehen und stand gleich wieder vor den Schaufenstern der Juweliere. In dieser Hinsicht hatte sich nichts geändert, ich hatte sogar das Gefühl, die Zahl der Uhren habe noch zugenommen. Manche Modelle waren von fragwürdigem Geschmack, mit Diamanten verziert, protziger Luxus, der den Neureichen aus Osteuropa oder von anderswo sicher gefiel. Ich verzichtete darauf, vor einem Café einen Espresso zu trinken, und kehrte zu dem Gebäude zurück, in dem ich meinen Termin hatte. Der Sicherheitsmann nickte mir zu, die Schiebetür glitt mit leisem Rauschen auf. Ich stand in einer Eingangshalle aus weißem Marmor, plötzlich wie abgeschnitten von den Straßengeräuschen. Ein junger Mann mit Brille lächelte mir hinter einem Empfangstresen entgegen.

»Ich habe einen Termin mit Monsieur Verner.«

»Wen darf ich anmelden?«

»Den Chef des Cabaret du Ciel in Paris.«

Er griff nach dem Telefonhörer.

»Monsieur Verner, der Direktor des Cabaret du Ciel in Paris ist da.«

Er hatte den Satz so natürlich wie möglich ausgesprochen. Dann wies er mir den Weg zum Fahrstuhl. Erster Stock.

Der Aufzug hielt direkt in einem riesigen Empfangsraum mit Parkettfußboden, weißen Wänden und einer Büroeinrichtung aus hellem Holz. Am Empfang strahlten mich drei junge Frauen an, ich wandte mich an eine von ihnen.

»Monsieur Verner kommt gleich«, sagte sie mit deutschem Akzent. »Da ist er schon.«

Ich drehte mich um und sah einen Mann um die fünfzig, mit kurzem braunem Haar, einem grauen leicht changierenden Anzug und einer Krawatte im selben Farbton auf mich zukommen.

»Guten Tag, Monsieur.« Er drückte mir die Hand. »Bitte folgen Sie mir, wir gehen in ein Büro, wo wir ungestört sind«, sagte er dann mit starkem Schweizer Akzent.

Wir setzten uns in einen Raum ohne Fenster an einen runden Tisch aus demselben hellen Holz wie alle anderen Möbel. Verner hatte eine dicke Akte und eine Büchse aus mattem Stahl bereitgestellt. Dann schlug er die erste Mappe aus der Akte auf.

»Es handelt sich um die Safes und die Konten von Monsieur André Dercours.«

Ich nickte.

»Sie waren schon hier?«

»Ich war in den achtziger Jahren mehrmals hier, zum letzten Mal 1994. Nicht mehr seit dem Tod von Monsieur Dercours.«

»Ja, das war im März 1994«, sagte er nach einem Blick auf sein Papier. »Wir wurden nicht über den Tod des Kunden unterrichtet«, fügte er hinzu und machte eine Notiz. »Das Konto und die Safes, die unter dem Namen ›Cabaret du Ciel‹ registriert sind, wurden also nie geschlossen. Sie sind seit siebenundzwanzig Jahren offen.«

»Was bedeutet das?«

»Die Safes stehen dem Kunden zur Verfügung, die Gebühren werden automatisch vom Konto abgebucht. Sollten Sie wünschen, dass das Konto geschlossen wird, können wir das tun.«

»Wie viel ist noch drauf?«

Er griff nach einem anderen Blatt.

»Etwa dreißigtausend Euro.«

»Lassen Sie es geöffnet.«

Ich fand die Vorstellung charmant, dass das Konto *ad vitam aeternam* die Vermietung von Safes sichern würde, die niemand mehr öffnete. Etwas von Derk würde in der stillen Finanzwelt der Schweiz weiterleben, wie eine Uhr, die nach dem Tod ihres Besitzers bis in die Unendlichkeit weitertickt.

»Ich bitte Sie nun, das Verfahren mit mir durchzuführen«, fuhr der Geschäftspartner fort und nahm eine andere Mappe zur Hand. »Ich selbst habe dieses Verfahren noch nie durchgeführt«, ergänzte er und setzte seine Lesebrille auf, »aber mein Vorgänger hat es genau beschrieben: Sie müssen mir zunächst eine alte Ansichtskarte übergeben.«

Ich öffnete meine Tasche und holte die Karte des Cabaret du Ciel heraus. Als ich sie ihm reichte, sah ich, dass es in seiner Akte eine vergilbte Fotokopie davon gab.

Er betrachtete meine Karte, verglich sie mit dem Bild und drehte sie um. Dann las er die Schrift von Derk und legte seinen Finger auf das Blatt.

»Gutschein für ein Abendessen. Perfekt.«

Er blätterte ein paar Seiten um.

»Die fünf Sterne entsprechen einem Safe der Zone zwei.«

»Sind die Safes immer noch am selben Ort wie damals?«

»Ja, selbstverständlich. Unsere Adresse hat sich geändert, aber wir haben die Keller und all unsere Telefonnummern behalten. So können uns auch Kunden, die lange nicht mehr da waren, wiederfinden«, sagte er lächelnd. »Der Safe Zone zwei wurde zum letzten Mal 1986 geöffnet.«

»Sind Sie sicher?«

»Ja, das ist hier vermerkt. Monsieur Dercours hat persönlich am 17. April 1986 die Öffnung und Schließung dieses Safes vorgenommen.«

Das Datum sagte mir nichts, aber zu jener Zeit war immer ich für das Cabaret du Ciel in die Schweiz gefahren. Derk hatte mir nie von einer Reise erzählt, die er selbst unternommen hätte, er hatte immer behauptet, das sei ihm zu anstrengend und er sei zu alt.

Verner öffnete die Büchse aus mattem Stahl. Früher war sie aus Holz gewesen. Darin wurden die Schlüssel verwahrt, jeder entsprach einer bestimmten Anzahl von Sternen. Ich hatte immer nur Safes mit drei oder vier Sternen geöffnet.

»Gibt es auch Schlüssel mit einem oder zwei Sternen?«, fragte ich.

»Nein, wir fangen bei drei an. So ist das Verfahren fest-gelegt.«

Das Wort Verfahren kam immer wieder aus seinem Mund, mit diesem schleppenden Tonfall, der es eigenartig klingen ließ.

»Ich werde Sie begleiten.«

Wir standen auf.

»Danach kommen wir hierher zurück und schließen das Verfahren mit dem Satz ab, den ich auf die Karte schreiben muss.«

Ich wagte nicht zu sagen, dass der Vermerk »Bedienung in-begriffen« nur für Derk persönlich bestimmt gewesen war und es keinen Sinn machte, ihn aufzuschreiben.

*N*ein, ich war seit 1994 nicht mehr in Genf gewesen. Nein, mir fielen die Veränderungen in der Stadt nicht auf. Auf dem Weg zum Tresorraum beantwortete ich einige Fragen, die mir Verner aus reiner Höflichkeit stellte. Wir gingen zu Fuß. Ein paar Straßen, eine Kreuzung – und ich stand vor der alten Adresse, an das Gebäude aus hellem Stein erinnerte ich mich sehr gut. Das moderne Gebäude daneben kam mir unbekannt vor. Verner erklärte mir, es sei '95 gebaut worden. Damals habe sich die Bank entschieden, in die neuen Räumlichkeiten wenige Häuserblocks weiter zu ziehen. Der Tresorraum, den man nicht verlegen konnte, war geblieben, man erreichte ihn nun über das Parkhaus.

Ich ging hinter ihm eine Treppe hinab, passierte eine erste, dann eine zweite Brandschutztür und stieg in einen Fahrstuhl. Dort war wieder ein besonderes Verfahren vorgesehen. Verner holte einen elektronischen Schlüssel aus der Tasche und hielt ihn an einen Kasten, der an der Wand des Fahrstuhls unter den Knöpfen für die einzelnen Stockwerke hing. Der Knopf des siebten Untergeschosses leuchtete automatisch auf.

»Ohne den Schlüssel gelangt niemand ins siebte Unterge-schoss«, erklärte er mir stolz.

Das siebte Untergeschoss glich in jeder Hinsicht einer Parkhausetage, nur dass es weder Stellplätze noch Autos gab. Wir gingen zu einer Tür, vor der ein Sicherheitsmann mit rasier-tem Schädel stand. Verner nickte ihm zu, der Mann nickte zurück, dann öffnete er die Tür, und wir betraten einen langen, hell erleuchteten Gang. Ich stellte mir den Alltag des armen Kerls vor, der im siebten Untergeschoss eines Parkhauses Wache schob. Ich hoffte für ihn, dass er auch andere Objekte betreute.

Eine Chipkarte wurde in das Schloss einer Tür gesteckt, dann in ein anderes, und wir standen vor den stählernen Gitterstäben des vertrauten Tresorraums. Wie in meiner Erinnerung kam uns ein Mann entgegen und öffnete wortlos das breite Gitter. Hinten im Saal stand hinter einer Glasscheibe ein anderer Mann vor Videobildschirmen.

»Ich führe Sie in den Sektor zwei, dann können Sie die Öffnung des Safes vornehmen«, erklärte mir Verner.

»Danke«, sagte ich und folgte ihm in das Labyrinth.

Die Wände bestanden aus Stahltüren in allen Größen, wie riesige Gepäckfächer. Wir bogen nach rechts, dann nach links, gingen geradeaus und dann wieder nach links. Ich konnte mich nicht mehr erinnern, ob die Safes, die ich früher geöffnet hatte, so weit vom Eingang entfernt waren. Aber ich hatte ja den Safe mit den fünf Sternen nie geöffnet.

»So«, sagte er und legte seine Hand auf die Stahltüren.

Sein Finger glitt von einer Platte zur nächsten. Er überprüfte die Seriennummer auf seinem Blatt und blieb vor einer mittelgroßen Tür stehen.

»Hier ist es. Dieser«, sagte er und drehte sich zu mir um.

Dann gab er mir einen runden Schlüssel, trat einen Schritt zurück und erklärte: »Ich erwarte Sie am Ende des Ganges.«

Er ging davon.

Der runde Schlüssel mit den Zähnen. Auch wenn die Safes unterschiedlich viele Sterne hatten, sahen die Schlüssel immer gleich aus. Auch Derks Code für die Türöffnung war derselbe: sein Geburtsjahr ohne die erste Zahl. »Ich werde mit einem Schlag tausend Jahre los, das verjüngt mich«, hatte er gescherzt. Die drei Löcher, in die man den Schlüssel stecken musste, die Anzahl der Klicks, die man hören und zählen musste. Erst das linke Loch, dann das obere, zum Schluss das dritte darunter, im Dreieck angeordnet. Ich fing an, lauschte konzentriert; wenn man einen Fehler machte, musste man wieder von vorn anfangen, das dauerte ewig, zum Glück hatte ich mich nur einmal geirrt.

Alles klappte. Die erste Zahl ... die zweite ... die dritte. Der Code stimmte. Etwas knackte in der Tür, ich steckte den Schlüssel in das Mittelschloss. Die gepanzerte Tür, schwer wie ein Amboss, öffnete sich mit einem kleinen Luftzug, und das Neonlicht drang nach innen.

Zwei Akten.

Ein roter Ordner und ein blauer. Unterschiedlich dick. Verschlossen mit Stoffbändern, die durch eine Metallklammer gehalten wurden, wie es früher üblich war. Auf dem blauen stand mit Filzstift in Derks Schrift: »Bertrand Massoulier«. Der Name eines Geschäftsmanns, der 1985 tot aufgefunden worden war, Selbstmord durch eine Kugel in den Kopf. Auf dem anderen, dem dickeren roten, stand der Name meiner Mutter: »Marie Dava«.

Ich stand da und starrte auf den roten Ordner. Der Name meiner Mutter in dem Safe mit fünf Sternen in Genf. Ich verstand überhaupt nichts. Eine Akte »Marie Dava«. Eine Akte, die dicker war als alle, die ich je von meinen Ausflügen zum Cabaret du Ciel mitgebracht hatte. Seit zweiundzwanzig Jahren schlief sie in diesem Stahlkasten.

Als ich sie herausholte, rutschte ein Foto heraus und fiel zu Boden. Ein Farbfoto von mir aus den sechziger Jahren, in meinem blauen Donald-Duck-T-Shirt. Ich konnte die Augen nicht von meinem Kindergesicht losreißen, denn es hatte einen Ausdruck, der mir sehr vertraut war, aber es war nicht meiner: der Ausdruck von jemandem, der etwas im Schilde führt. Das vorgereckte Kinn, das verführerische Lächeln und die halb geschlossenen Augen gehörten nicht zu mir, sondern zu Derk. Ich fing an zu zittern, als wäre die Temperatur im Raum auf minus vierzig Grad gefallen. In einem chaotischen Wirbel schossen Bilder durch meinen Kopf: der Kühlraum von René dem Fleischer, der Sieg von Derk in Perisac, ein leeres Theater, wo ein Bühnenarbeiter im weißen Muskelshirt mir zuflüstert: »Deine Mutter sucht dich überall, Kleiner«, das Geräusch vom Zahnbohrer meines Vaters, zuletzt meine Frau, die sagt: »Ich bin Sylvie Desbruyères. La Musarde.« Wie ein durchgedrehter Automat reihte mein Geist kleine Sätze wie unterschwellige Reize aneinander, ein Tonbandgerät, das ein Epileptiker bediente. »François? Mein Namensvetter.« »Louchébem. Das heißt Fleischer. Sprich mir nach: lou-ché-bem.« »Guten Tag, ich bin der Chef vom Cabaret du Ciel.« Und Derk, der mich am Abend der Stichwahl 1989 an sich drückt: »Mein Junge, wir haben gewonnen!« »Sie haben gewonnen.« »Nicht doch, das ist Quatsch, wir, wir beide, es ist unser Sieg!« »Hast du etwas gefunden? Etwas, worüber du mit mir reden möchtest?« Bis zu dem Satz meiner Mutter bei Derks Beerdigung: »Adieu, Geheimnisse« und der vertrockneten weißen Rose, die fällt, fällt, fällt.

Das Zittern meiner Hand ließ die Schrift meiner Mutter auf der Rückseite des Fotos verwackeln, und ich erkannte nur eine zusammenhangslose Folge von Wörtern: »ähnelt ... er ... dir ... Und ... wie ... ähnelt ... er ... dir.«

»Und wie er dir ähnelt!«

Ich legte den Ordner auf den Boden und zerriss beinahe das Stoffband, um ihn zu öffnen. Briefe, Dutzende von Briefen, Hunderte von Briefen. Der Briefwechsel meiner Mutter mit

André Dercours, den er fast dreißig Jahre lang archiviert hatte, und Fotos von mir, als Baby, als Kind, als Halbwüchsiger … Dutzende Fotos.

Ich sah Verner wie in Zeitlupe auf mich zukommen. Ich hörte, dass er mich rief, aber seine Stimme schien weit weg, als wäre er unter dem Meer, dann vereinten sich alle Stahlwände der Safes zu einer einzigen, die sich auf mich zubewegte, um mich zu zermalmen.

»Wie ein schwindelerregender Sturz, den man irgendwann akzeptiert«, hatte Jérôme Auberpie gesagt.

»Er kommt wieder zu sich.«

»Sind Sie sicher, dass es kein Infarkt ist?«

»Ich bin sicher, Monsieur, es ist eine Ohnmacht, vielleicht Unterzuckerung, nicht weiter gefährlich. Sehen Sie, er kommt wieder zu sich.«

Der Sicherheitsmann mit dem rasierten Schädel hatte sich über mich gebeugt, seine blauen Augen erinnerten mich an Armand. Blassblaue Augen, wie die von Wölfen. Man hatte mich in einen Ledersessel neben den Videomonitoren gesetzt. Ich wandte den Kopf zu Verner, der nervös an seinem Brillenbügel knabberte.

»Sie haben uns einen schönen Schreck eingejagt«, sagte er in seinem schleppenden Akzent.

Ich hatte nicht die Kraft, zu antworten. Ich steckte die Hand in die Jackentasche, jede Bewegung schmerzte, als hätte ich schwere Verbrennungen und meine Haut reagierte auf die Berührung mit dem Stoff. Ich holte mein Temesta hervor.

»Glas Wasser«, stieß ich hervor und zeigte auf die Schachtel.

»Was ist das?«, fragte Verner beunruhigt.

Der Sicherheitsmann sah sich die Verpackung aufmerksam an.

»Ein Beruhigungsmittel. Er hat recht, das kann nicht schaden. Michel, bring mal ein Glas Wasser«, sagte er zu seinem Kollegen, der hinter den Kontrollbildschirmen geblieben war.

»Sind Sie sicher, dass er das nehmen sollte?«, beharrte Verner.

»Ja, ich bin sicher«, antwortete der Mann trocken. »In einem früheren Leben war ich Krankenpfleger.«

Er legte mir die Hand auf den Arm.

»Es wird gleich besser«, sagte er beruhigend. »Das war eine Angstattacke.«

Ich wusste nicht, ob das eine Frage oder eine Feststellung war, und nickte.

*E*in Liebesroman, eine geheime Affäre, die in das größte aller Geheimnisse gemündet war: mich.

Das war der Inhalt der roten Akte. Alles, absolut alles, angefangen bei den ersten Nachrichten, auf Kopfbogenpapier der Theater gekritzelt, in denen meine Mutter spielte, bis zu Briefen, die aus Brasilien kamen und mehrere Seiten lang waren. *Nach unserer reizenden Begegnung heute würde ich mich sehr freuen, Sie bei der Schneiderin von* Lièvre à la chasse *wiederzusehen. Mit herzlichem Gruß, M.* So begann am 23. November 1959 die erbauliche Liaison zwischen André Dercours und Marie Dava.

Du hast recht, lassen wir die Geheimnisse von Geheimnissen begraben, wir sind allzu weit voneinander entfernt und haben uns so lange nicht gesehen. Ohnehin werden wir uns vielleicht nie mehr wiedersehen. Le Lièvre à la chasse ist so weit weg, aber was für eine Jagdpartie haben wir miteinander gemacht! Ich lasse dir unseren Sohn zurück. Vielleicht werde ich dich manchmal anrufen, einmal im Jahr, spät, wenn es bei dir Nacht ist, dann werden wir miteinander sprechen. Aber lass von dir hören, auch wenn ich dir nicht mehr schreibe, lass immer von dir hören.
Deine Marie.

*PS: Deine Idee, dich in dieser Stadt zur Wahl zu stellen,
um François Starthilfe zu geben, ist ausgezeichnet, aber
übernimm dich nicht! Er ist der Sohn einer Schauspielerin und eines Politikers, er verfügt über Reserven, um
Wahlkampf zu führen! Bis demnächst, in der Nacht der
Erinnerungen.*

So endete der letzte Brief, den Derk am 13. März 1986 archiviert hatte. Zwischen beiden lagen siebenundzwanzig
Jahre Korrespondenz, Liebesbriefe, Treffen und Abendessen
in den Salons von La Pérouse. Köstliche Hinterlist enthüll-
te sich auf diesen Seiten: Die Postkarten, die meine Mutter
uns während ihrer Tourneen schickte, hatte sie manchmal
im Voraus geschrieben und von einer gefälligen Maskenbild-
nerin einwerfen lassen. Mein Vater und ich lasen eine Karte
mit Poststempel vom Vortag aus Dijon oder Lyon, während
meine Mutter in Wirklichkeit bei Derk in Paris war, erst in
einem diskreten Restaurant, dann hinter den dunklen Vorhängen der Rue de Bourgogne. Welcher Tricks hatte er sich
bedient, damit mir keiner dieser Briefe in die Hände fiel, wenn
ich seine Post öffnete? Eine andere Adresse, die nur er kannte?
Ein anständiges Trinkgeld für die Concierge? Ich würde es nie
erfahren. Meine Mutter hatte im Leben eine Rolle gefunden,
die weit großartiger war als alle, die sie auf der Bühne darstellte. Allerdings hatte sie auch jahrelang daran gearbeitet.
Schauspieler, die im Leben die Rollen ausfüllen, die sie für
das Publikum gespielt haben, sind gut in Übung. 1960: Sie ist
schwanger und teilt es ihm mit; offensichtlich freut ihn das.
Natürlich fehlte mir Derks Antwort, aber der folgende Brief
meiner Mutter war aufschlussreich. Er wünschte sich einen
Jungen. Er hatte schon eine Tochter, die er nie sah, seine Ehe
mit der Amerikanerin bezeichnete er als großen Irrtum. Meine Mutter antwortete ihm, dass Liebesgeschichten niemals

Irrtümer seien. Einige Briefe später zitierte sie einen Satz von Derk, er hatte geschrieben, seine Tochter sei wie ihre Mutter, *eine Nervensäge und eine Enttäuschung*. Mehrere Monate später erwähnte sie meinen Vater, den ihre Schwangerschaft stumm zu machen schien, sie fragte sich, ob er etwas ahnte. Vielleicht tat er das und sprach es nur nicht aus. In den letzten Monaten vor meiner Geburt schien sie diese Frage zu beschäftigen, und nach dem, was sie Derk schrieb, versuchte er, sie zu beruhigen. Ein Zweifel schwebte über ihnen, wusste Pierre Heurtevent, wusste er nicht, wollte er nicht wissen? Auch das würde unbeantwortet bleiben.

Sie las die Zeitschriften, die Derks politische Artikel veröffentlichten, hörte seine Reden im Radio. Dann kam ich auf die Welt, und nun fingen die Fotos an. Säugling, Baby, Kleinkind. Auf eins hatte sie mir mit Kuli eine Hornbrille, wie Derk sie trug, ins Gesicht gemalt. Ich war etwa ein Jahr alt, glatzköpfig wie er und ihm dadurch noch ähnlicher. Derk hatte wohl geantwortet, ich würde es zum Präsidenten der Republik bringen, in einem folgenden Brief erwähnte sie diese Äußerung.

Ich war völlig entspannt. An einem bestimmten Punkt verwandelt sich meine Verblüffung in tiefe Ruhe, als könnte die Panik eine bestimmte Grenze nicht überschreiten. Zwischen den Briefen entdeckte ich mein Abiturzeugnis, nach dem ich monatelang gesucht hatte. Sie hatte es ihm geschickt. Derk freute sich sehr über die Frage, die ich für die Philosophieprüfung ausgewählt hatte: »Erklärt die Vergangenheit die Gegenwart?« Ihrer Antwort entnahm ich, dass er sich meine Arbeit über das Bildungsministerium besorgt und sie gelesen hatte.

Zwischen den Briefen lagen immer wieder Fotos von ihr aus Zeitungen und Magazinen. Hatte meine Mutter sie ihm geschickt oder schnitt er sie selbst aus? Noch ein Geheimnis.

Es gab auch Programmhefte ihrer Stücke, die Derk in seiner augenblicklichen Funktion gewidmet waren: »Meinem geliebten Senator« stand auf der Titelseite von *Escale au château*. »Meinem Minister« auf *Les Œufs de l'autruche*, »meinem Ex-Minister« auf dem Vorsatzblatt von *La Marquise et le corsaire*, »meinem großen geliebten Abgeordneten« auf *Cupidon s'est trompé*. In vielen Briefen sprach meine Mutter von sich selbst, dem bevorzugten Thema einer Schauspielerin. Sie erwähnte ihre Qualen, ihre Stücke, die Aufzeichnung von *Au théâtre ce soir*. Der Kult gewordene letzte Satz der Sendung aus längst vergangenen Zeiten kam mir wieder in den Sinn: »Das Bühnenbild ist von Roger Harth und die Kostüme von Donald Cardwell!« Sie sorgte sich um mein Studium, beschwerte sich über ihren Mann, bat Derk, sich über ein Mädchen zu informieren, mit dem ich befreundet war, Brigitte Estienne, den Vor- und Nachnamen schrieb sie in Druckbuchstaben. Dieser Bitte war er offenbar nicht nachgekommen.

Du musst etwas für unseren Sohn tun, als Anwalt wird er nur eine miserable, drittklassige Karriere machen, schrieb sie einige Monate, bevor er mich als Sekretär engagierte. *Ich verstehe, dass es verwirrend ist, ihn jeden Tag an deiner Seite zu haben, seit er dein Sekretär ist*, schrieb sie einige Briefe und einige Monate später. *Mazarine weiß Bescheid, aber François wird es nie erfahren, das ist besser so. Ich kenne sie nicht, du sagst, dass Mitterrand mit seinem Doppelleben sehr gut zurechtkommt, der hat Glück!*, schimpfte sie aus dem fernen Brasilien, wohin sie gerade gefahren war.

Andere Briefe waren erschütternder. *Solltest du ihm je die Wahrheit sagen, schneide ich mir auf der Bühne die Gurgel durch*, drohte sie 1984 und vergaß dabei, dass sie schon lange nicht mehr auf der Bühne stand, sondern eine langweilige Telenovela jenseits des Atlantiks drehte. Das Ende des Briefwechsels fiel wohl mit dem Auftauchen des brasilianischen Zahnarztes zusammen. Frankreich rückte endgültig in die Ferne, mein Vater war tot, und Derk symbolisierte für sie den Glanz der Vergangenheit und der für immer geschlossenen roten Vorhänge. Eine untergegangene Welt, von der nur eine Insel blieb, auf der ein junger Mann ohne genaue Vorstellung von seiner Zukunft lebte: ich. Der Sohn von André Dercours.

Nachdem ich den kompletten Inhalt des roten Ordners gelesen hatte, war ich von Temesta und Whisky berauscht. Ich hatte mein Flugzeug verpasst. Die Bar des Hôtel des Bergues war fast menschenleer, und ich hatte nichts gegessen. Ich hatte mich in das vertraute Hotel zurückgezogen, nachdem mich Verner in sein Büro zurückgebracht hatte, um das Verfahren mit dem Vermerk »Bedienung inbegriffen« abzuschließen. In diesem Zustand der Betäubung empfand ich nur noch ein einziges Gefühl, diffus, aber sehr gegenwärtig. Schuld. Unschuldig, betrogen, von allen hinters Licht geführt, quälte mich nur ein Gedanke: nicht früher darauf gekommen zu sein.

*F*ür ein ordentliches Trinkgeld suchte mir der Rezeptionist einen Nachtflug nach Paris heraus. Eine Maschine flog noch, ich gab ihm meine Kreditkarte, er druckte mir die Bordkarte aus. Währenddessen lehnte ich am Marmortresen des Empfangs und ließ den Blick über die Zimmerschlüssel schweifen, die in ihren Fächern hingen. Ich winkte den ältesten Portier herbei und fragte ihn diskret, ob Mary immer noch hier im Hotel lebe. Er zögerte mit der Antwort, bestimmt hatte sie in all den Jahren ihre Anweisungen gegeben, damit kein Unerwünschter sie belästigte. Wahrscheinlich übertraf es schon seine Befugnis, mir überhaupt zu bestätigen, dass sie je hier gewohnt hatte.

»Wir haben uns vor langer Zeit kennengelernt«, sagte ich locker und gab damit zu, dass ich zu den jungen Männern gehörte, die ihr in den ersten Stock gefolgt waren.

Der Portier trat an mich heran und flüsterte: »Die Person, die Sie suchen, sitzt hinter Ihnen, hier in der Halle.«

Wir sahen uns schweigend an, ich lächelte unverbindlich. Nach Mary zu fragen, war eine Sache, aber ihr plötzlich gegenüberzustehen, war etwas ganz anderes. Die bloße Vorstellung, mich umzudrehen und sie um zwanzig Jahre gealtert zu sehen, war mir unerträglich. Bei meinen Klassenkameraden konnte ich die Spuren der Zeit ertragen, sie akzeptieren und sogar ein gewisses Interesse daran finden, in Marys Gesicht wollte ich sie nicht entdecken. Während mich der Alte nicht aus den

Augen ließ, spürte ich, dass jemand hinter meinem Rücken näher kam.

»Nachrichten für mich, Auguste?«

Das war sie. Es war ihre Stimme, unverändert, mit dem Hauch eines amerikanischen Akzents, der sich nicht in der Schweizer Langsamkeit aufgelöst hatte.

»Nein, Madame, ich glaube nicht«, antwortete er und warf mir einen Blick zu.

Marys behandschuhte Hand streifte mich, sie reichte dem Portier den Schlüssel, und einen Moment lang roch ich ihr Parfüm. Ich konnte mich nicht mehr an den Namen des Eau de Guerlain erinnern, aber es versetzte mich zurück in das Zimmer mit Blick auf den See. Er hängte den Schlüssel an das Brett und lächelte mir freundlich zu, sicher wollte er das leichte Unbehagen verjagen, das noch in der Luft lag.

»Also, wohin führt uns die Schöne heute Abend?«, fragte eine Männerstimme mit gekünstelter Begeisterung.

»Überraschung, Jungs, geduldet euch noch ein bisschen«, antwortete Mary.

»Mit Ihnen ist jede Überraschungen köstlich«, antwortete ein anderer Mann.

Ich hörte, wie sie sich entfernten, drehte mich schließlich um und sah, wie ihre Gestalt in der Drehtür verschwand. Zwei elegante junge Männer ließen ihr höflich den Vortritt. Offenbar hatte sich Mary diesmal zwei charmante Homosexuelle als Begleiter ausgesucht. Der eine trug einen weißen Seidenschal, der im Abendwind flatterte. Ich sah den drei Gestalten nach, die sich zum dunklen See hin entfernten. Der Schal war ein weißes Fähnchen, das durch die Dunkelheit wehte.

»Ihr Flug geht in einer Stunde und vierzig Minuten«, informierte mich der jüngere Portier und legte meine Kreditkarte und die Bordkarte auf den Marmortresen. »Soll ich Ihnen ein Taxi rufen?«

»Ja, ein Taxi, danke«, antwortete ich abwesend.

Dann sah ich wieder nach draußen, der weiße Schal war nur noch ein Punkt in der Dunkelheit.

Wenige Minuten später kam mein Taxi.

»Auf Wiedersehen, Monsieur«, sagte der ältere Portier, während ich zur Drehtür ging.

Nein, nicht »auf Wiedersehen«. Genf würde mich nicht wiedersehen, weder die Stadt noch der Geschäftspartner Verner noch der Pförtner Auguste. Es kam mir ohnehin vor, als existierten all diese Personen nicht wirklich, sie waren nicht realer als die verschwommenen Gestalten aus einem Traum. Mein Telefon klingelte, auf dem Display stand »Sylvie«. Ich würde sie aus Paris zurückrufen, würde ihr sagen, dass ich eingeschlafen war, würde ihr vielleicht sogar meinen Traum erzählen: Ich war in Genf, es war sehr merkwürdig, ich fand eine Akte, aus der ich erfuhr, dass ich die Frucht eines Liebesverhältnisses zwischen Derk und meiner Mutter war, dann stand ich in einem Luxushotel und begegnete einer einst berühmten amerikanischen Schauspielerin. Ja, das würde ich Sylvie erzählen. Ich konnte das alles nicht ganz und gar für mich behalten.

Kaum saß ich im Flugzeug, schlief ich ein. Eine Stewardess weckte mich in Paris. Als ich die Augen aufmachte, war das Flugzeug leer bis auf mich und die junge Frau in Marineblau, die mich besorgt ansah.

*D*er Abstecher nach Metz würde mich auf andere Gedanken bringen. Marjorie Levart, Prostituierte. Sie war eine der letzten Seltsamkeiten, denen ich nachgehen würde, denn ich spürte, dass meine Recherche ihrem Ende zuging. Was hatte ich in diesen Begegnungen gesucht? Wohl einen Teil von mir selbst, den am tiefsten verborgenen, den unbewusstesten, und ich hatte ihn gefunden. Das Labyrinth, in das ich nur zum Zeitvertreib eingetaucht war, hatte mich ins siebte Untergeschoss einer Schweizer Tiefgarage geführt, zu einem Tresorraum, der »die kleinen und die großen Geheimnisse« aufbewahrte, wie es die Freundin meiner Tochter in den Karten gelesen hatte. Die Offenbarung, die sie vorausgesagt hatte, konnte nichts anderes sein als die Akte Marie Dava. Ich sah wieder ihre Hand und den abgenagten Fingernagel auf der Karte. Die Karte zeigte einen Spiegel, in dem sich ein Mann in einem Gewand aus dem 17. Jahrhundert ansah. Dann hatte sie mich aufgefordert, eine andere zu ziehen, und ich hatte die rote Katze gezogen. »Der Zufall«, hatte sie gesagt. »Er lenkt das Spiel.«

Mit diesen Gedanken beschäftigt saß ich auf einem Hocker in der Bar des TGV, als mich ein Mann um Erlaubnis bat, eine große Plastikkiste mit Griff neben mich zu stellen. Er stand wenige Meter von mir entfernt und fing an, seinen Croque-Monsieur zu schneiden, als ein heiseres Maunzen aus der Kiste drang. Es war ein Gitterkorb, wie man ihn für den Transport von Katzen verwendet. Ich hatte ihn nicht als solchen identifiziert, weil er so riesig war. Für Archipattes hatten wir eine Transporttasche aus rotem Leder mit einem durchsichtigen Plastikfenster, allerdings in weit geringeren Ausmaßen.

»Ein ganz schöner Riese, was?«, sprach mich der Mann an.

Ich sah in den Korb und wirkte wohl erschrocken, denn er fügte schnell hinzu: »Keine Angst, er tut nichts.«

»Das ist es nicht«, stammelte ich, »es ist die Farbe.«

»O ja, die Farbe ist ziemlich ungewöhnlich, es ist ein Maine Coon, red blotched tabby«, verkündete er stolz. »Sein Fell ist wirklich erstaunlich. Es ist fast ...«

»Rot«, flüsterte ich.

»Wir sind auf dem Weg zu einer Katzenausstellung nach Metz. Mögen Sie Katzen?«

»Ich habe eine Katze, eine normale Hauskatze«, fügte ich hinzu, ohne das Tier aus den Augen zu lassen.

»Wollen Sie uns besuchen?«, fragte er und wühlte in seinen Taschen, während er das Schwanken des Zuges breitbeinig auszugleichen versuchte. »Ich habe noch Einladungen übrig, bitte sehr.«

Er hielt mir eine Karte hin, auf der wie auf Passbildern zahlreiche verschiedenfarbige Katzen unterschiedlicher Rassen abgebildet waren. »Einladung zum großen Katzentag«, stand darauf in blauen Buchstaben, umkränzt von vielen Abdrücken von Katzenpfoten.

»Sehr freundlich. Vielleicht komme ich vorbei«, sagte ich, obwohl ich nicht die geringste Absicht hatte, in irgendeinem Festsaal zwischen eingesperrten Katzen herumzuspazieren.

»Wir haben schon mehrere Pokale gewonnen, nicht wahr, Derk?«, sagte er zu der Katze.

»Wie bitte?«

»Ich sage, dass wir schon viele Pokale gewonnen haben.«

»Das meine ich nicht, der Name ... Wie ist der Name Ihrer Katze?«

»Derk.«

»Warum Derk?«, fragte ich in Panik.

»Weil im Jahr seiner Geburt D dran war«, antwortete er, als wäre das völlig klar.

Der Mann sah mich belustigt an. Er erwartete bestimmt, dass ich ihn weiter über sein erstaunliches Katzentier ausfragen würde. Aber mir fiel nichts mehr ein, außer, dass das Schicksal mich zum Besten hielt und auf meinem Weg Spuren voller Ironie säte, deren einziges Ziel vielleicht war, dass ich auf die Fortsetzung meiner Suche verzichte, aber genauso gut konnte es das Gegenteil sein. Wenn ich diese Späße unbeschadet überstand, würde ich triumphieren, wie es die Wahrsagerin angedeutet hatte. Wieder kroch mir die Angst in den Bauch und rief nach einer Temesta. Diesmal würde ich widerstehen. Am Vorabend war ich nach der Rückkehr vom Flughafen so betäubt gewesen, dass ich bei Mahmoud eingekehrt war, um Kaffee und Aspirin zu kaufen. Er war nicht da, ein junger Verkäufer hatte mir beides ausgehändigt, sodass ich wieder Herr meiner Sinne wurde.

Die leere Wohnung hatte mich mit dem offenen Geheimfach und dem Giraffenteller auf dem Wohnzimmertisch empfangen. Ich hatte die beiden Aktenordner aus meiner Tasche geholt und neben den Teller gelegt, bevor ich mir einen Kaffee machte und eine Aspirin schluckte. Aus meiner Temesta-Packung fehlten zehn Pillen. Ich hatte an einem einzigen Tag fünf davon wie Bonbons vertilgt. Es wurde Zeit, diese Selbstmedikation zu beenden, auch auf die Gefahr hin, dass es mir noch schlechter gehen würde als nach der Niederlage im zweiten Wahlgang.

Ich hatte Sylvie angerufen, und ihre Stimme zu hören hatte mich wieder aufgemuntert. Diesmal war ich sehr froh, ihre Geschichten von Experimenten, Gästen und neuen Gerichten auf dem Menü zu hören. Ohne es zu wissen, hatte mich meine Frau in eine konkrete Welt mit festen und vertrauten Umrissen zurückgebracht, die Welt von Perisac, La Musarde, unserem Haus. In eine alltägliche, beruhigende Welt, fernab von den Nebeln der Vergangenheit, von meinen Entdeckungen und meinen geheimen Reisen. Während ich mit ihr sprach, trank ich meinen heißen Kaffee, und jeder Schluck schien die Wirkung des Beruhigungsmittels abzuschwächen. Ich erzählte ihr auch von meinem Aufenthalt in der Schweiz, in Form eines Traumes, wie ich es mir vorgenommen hatte. Als ich mir selbst zuhörte, wie ich ihr Einzelheiten schilderte, glaubte ich beinahe selbst daran, dass ich alles geträumt hatte. Dass nur der Teller mit der Giraffe, das Geheimfach und die Postkarte des Cabaret du Ciel real waren. Dass nichts weiter geschehen war. Die Akten aus dem Safe? Reines Hirngespinst. Die Akte Massoulier hatte ich nicht geöffnet und auch keine Lust mehr darauf. Mir war egal, wenn der Tod von Bertrand Massoulier kein Selbstmord war. Die Akte nicht zu öffnen nahm ihr die Existenz, die Realität, und genau das musste ich tun: die Reise in die Schweiz zum Traum machen.

Der Gedanke, mit meiner Mutter in Kontakt zu treten, um ihr von der Entdeckung ihres Briefwechsels zu erzählen, hatte mich nur wenige Sekunden gestreift, dann hatte ich ihn verworfen. Dieser Schritt würde nur Katastrophen auslösen. Ich war die Frucht ihrer geheimen Liaison mit Derk, das war Fakt. Nun musste ich versuchen, diese Tatsache in meinem Gedächtnis zu archivieren, nicht mehr daran zu rühren und mich um anderes zu kümmern. Ich musste sie ganz tief in mir vergraben, wie die Mörder, die behaupten, keine Erinnerung an ihr Verbrechen zu haben. Manche lügen natürlich, andere aber haben entschieden, sich nicht mehr zu erinnern. Die Festplatte des Gedächtnisses verweigert den Zugang zu dieser Datei. Ganz deutlich spürte ich die Gefahr, dass meine Persönlichkeit auseinanderfallen würde, wenn ich bei dem Gedanken hängen blieb, dass Derk mein Vater war. »Die Schweiz existiert nicht«, versuchte ich mich zu überzeugen. Ich glaubte mich zu erinnern, dass ich nicht der Erfinder dieser Formulierung war. Sie hatte Anfang der neunziger Jahre für einen Skandal gesorgt. Es war der Satz eines Künstlers, der mit Kinderschrift in Weiß provozierende Statements auf schwarzen Hintergrund geschrieben hatte.

Sylvie hatte sich damit begnügt, meinen Traum ziemlich seltsam zu finden, sie fügte hinzu, Träume seien oft völlig unsinnig, sie habe selbst einen merkwürdigen gehabt, den sie mir aber nicht erzählen könne, weil er in den ersten Minuten nach dem Aufwachen verschwunden sei. Sie fragte mich auch, wann ich mich daran erinnern wolle, dass ich in Perisac eine Frau hätte. Ich lächelte und versprach ihr, das würde bald passieren.

»Ich liebe dich, François Heurtevent, ich liebe dich genauso, wie ich La Musarde liebe«, sagte sie noch, aus ihrem Mund das schönste Kompliment, das man sich vorstellen konnte.

Nachdem ich aufgelegt hatte, ging ich zum Tisch zurück, nahm die beiden Aktenordner und verstaute sie im Kleiderschrank, fürs Erste das beste Versteck, das mir einfiel.

Als ich aus dem Zug stieg, sah ich Kater Derk und seinem Herrchen nach. Ich hörte noch ein heiseres Miauen aus der Kiste, dann verloren sich der Mann und der rote Kater in der Menge. Vor dem Bahnhof empfing mich ein trockener Wind. Der Himmel war grau, eintönig und wolkenlos, wie ein gespanntes Leinentuch, durch das sich kein Sonnenstrahl wagen würde. Es war vierzehn Uhr. Ich holte meinen Kalender aus der Tasche, in dem ich die Handynummer von Candice alias Marjorie Levart eingetragen hatte. Sie hatte gesagt, sie sei im Zentrum, und ich ging der Nase nach in die Innenstadt.

Ich war lange nicht mehr in Metz gewesen, zum letzten Mal zu einer Parteiversammlung vor mehreren Jahren. In einem entzückenden Restaurant an einer Brücke hatten uns Moselwein und Mirabellenlikör geholfen, eine öde Tagung über die Zukunft Europas zu überstehen.

Wenige Straßen vom Bahnhof entfernt verlief ich mich in der Avenue Foch zwischen den langen Reihen von Stadtvillen und fragte ein junges Mädchen nach dem Weg. Ich hatte vor, auf der Place Saint-Louis einen Kaffee zu trinken, bis es Zeit war, Candice anzurufen. Anhand der Beschreibung des Mädchens fand ich schnell die schmalen Fassaden der Place Saint-Louis mit ihren Arkaden, zu denen steinerne Rampen hinaufführen, die ihnen ein ungewöhnliches, geneigtes Aussehen verleihen. Es waren wenig Leute da, nur ein paar Gäste vor den Cafés und eine Gruppe Touristen, die die Architektur des Platzes bewunderten. Ich überholte sie und erfasste im Vorbeigehen einige Satzfetzen über die Geschichte des Ortes, die von einem blonden jungen Mann mit Pferdeschwanz vorgetragen wurden.

»1707 beschloss der Pfarrer von Saint-Simplice, auf der Place du Change ein Denkmal von Louis XIII. zu errichten. Die Metzer verwechselten ihn mit Louis IX., deshalb heißt der Platz heute Place Saint-Louis.«

Ich konnte mich nicht entschließen, mich vor dem Café Rubis niederzulassen, und meine Schritte führten mich zu einer der Arkaden. Als ich nach oben schaute, sah ich an der Wand eine Hand aus Stein, die in eine Kartusche gemeißelt war; der Daumen und die ausgestreckten Finger forderten mich auf, eine unvorhergesehene Richtung einzuschlagen. Einer Straße nach der anderen folgend, stand ich schließlich in der Rue de la Tête d'Or, wo der junge Mann und seine Gruppe an einer anderen Fassade drei Köpfe bewunderten, die mit Blattgold bedeckt waren. Sicher stammte daher der Straßenname. Ich trat näher.

»... nichts mit diesen drei Köpfen zu tun, der Name geht zurück auf den Gasthof zum Goldenen Kopf, der im 14. Jahrhundert in dieser Straße lag«, erzählte der Führer, als mein Handy klingelte.

Die kleine Gruppe drehte sich zu mir um, ich entschuldigte mich und entfernte mich, um zu antworten. »Armand« stand auf dem Display.

»François? Hier ist Armand. Störe ich?«

»Nein, ich bin auf der Straße, in Metz.«

»Natürlich, deine Klassenkameraden ... War das in Metz nicht die Hure?«

»Doch.«

Er lachte, ich merkte, dass er eine witzige Antwort suchte, aber offenbar fiel ihm nichts ein.

»Egal, ich rufe nicht deswegen an. Was machst du am Sonnabend?«

»Nichts Besonderes.«

»Gehen wir mit dem Hund spazieren?«

»Wenn du willst. Wohin?«

»In den Wald. Immer noch Rue de Bourgogne?«

»Immer noch.«

»Neun Uhr dreißig? Ich hole dich ab, bis Sonnabend.«

Ich hatte nicht die geringste Lust, mit Armand im Bois de Boulogne seinen Hund auszuführen. Ich hätte ablehnen sollen, aber er hatte mich mit seinem überraschenden Vorschlag kalt erwischt. Ich wollte schon zurückrufen, um abzusagen, als mich der Wecker im Telefon daran erinnerte, dass es Zeit war, Candice anzurufen. »Rufen Sie mich gegen vierzehn Uhr dreißig auf derselben Nummer an, dann gebe ich Ihnen meine Adresse. Ich bin im Stadtzentrum.« Höchste Zeit, eine glaubwürdige Entschuldigung zu finden, um eine Prostituierte zu treffen, zu bezahlen und ihre Dienste nicht in Anspruch zu nehmen.

*I*ch konnte immer noch kehrtmachen oder einfach warten, bis sie aus dem Haus kam, wie Jérôme Auberpie dreißig Jahre zuvor. Ich konnte ihr folgen, sie diskret überholen und ihr Gesicht betrachten. So einfach wäre das, ich hätte Klarheit und wüsste, wie Marjorie Levart nach all den Jahren aussäh.

Rue des Jardins. Als ich aus dem Café kam, wo ich hastig drei Espresso getrunken hatte, ging ich zu der Adresse, die sie mir mitgeteilt hatte. Das Koffein hatte den Stresspegel in mir gesteigert, mir aber nicht geholfen, einen Grund für meinen Besuch zu finden. Je näher ich der Hausnummer kam, desto schneller schlug mein Herz. Ich wurde zum Pennäler, der lange gespart hat, um sich die Entjungferung durch eine Professionelle zu leisten, und nun hin- und hergerissen ist zwischen dem Wunsch wegzurennen und den Phantasien, die ihm durch den Kopf gehen. Allerdings wurde ich von keinerlei Phantasien heimgesucht. Ich spielte noch ein paar Nummern lang mit dem Gedanken zu verzichten, bis ich vor der Sprechanlage stand, die sie mir beschrieben hatte, das weiße Schild, links unten, ohne Namen. Also ... Journalist? Soziologe? Nichts schien mir glaubwürdig. Warum suchte ich überhaupt eine fremde Identität? Zumal es immer noch möglich war, dass Marjorie mich auf den ersten Blick erkennen würde. Wenn sie mich erkannte, war es allerdings eher unwahrscheinlich, dass sie das zugeben würde. Ich konnte mir schlecht eine Prostituierte vorstellen, die ihrem Kunden erklärt: An dich kann ich mich gut erinnern, mein Hase, wir waren in derselben Schul-klasse.

»Hallo?«

»Wir haben eben miteinander gesprochen.«

»Erdgeschoss, links.«

Die Tür summte. Es gab kein Zurück.

Ich betrat einen Vorraum, ging durch eine andere Tür und stand in der Dunkelheit. Ich tastete nach dem Schalter, das Licht offenbarte einen Marmorfußboden und eine Treppe, die nach oben führte. Kurz darauf öffnete sich eine helle Holz-tür, und durch den Türspalt erahnte ich im Halbdunkel eine Frauengestalt. Für den Bruchteil einer Sekunde kam mir eine andere Gestalt im Halbdunkel in den Sinn: Vater Auberpie in seinem Beichtstuhl.

»Kommen Sie rein«, sagte sie halblaut.

Sie hatte mich wohl erst durch den Spion begutachtet. Ich ging hinein, und sie schloss die Tür hinter mir. Wir standen uns einige Sekunden gegenüber. Nur eine kleine rote Lampe an der Decke beleuchtete den Flur, im schummrigen Licht konnte ich ihr Gesicht nicht erkennen. Sie drehte sich um, ein weicher Stoff streifte mich. Ein Negligee aus weißer Seide, die zu phosphoreszieren schien. Kragen und Ärmel waren mit Schwanendaunen gesäumt.

In meiner Erinnerung war Marjorie Levart dunkelhaarig mit hellen Augen, hübsch, nach Meinung von Jérôme Auberpie sogar wunderschön, und eher still. Sie hatte nicht viel mit den anderen Mädchen zu tun, sondern blieb für sich. Wo stand sie im Flur der École Levert? Weder neben unserem Feuerlöscher noch neben den anderen Mädchen. Ich sah sie an ihrem Tisch, etwas Verträumtes im Blick, das ihr einen herablassenden Ausdruck verlieh.

Sie ging vor mir ins Zimmer, in dem es heller war, und drehte sich zu mir um. Ihr Haar war immer noch so dunkel, ihr makelloser Teint verdankte sein Strahlen wohl auch der Kosmetik. Ihre Augen waren so hell wie in meiner Erinnerung, und jetzt fielen mir die Grübchen beidseits des Mundes wieder ein. Ebenso wie Delphine Poisson war Marjorie Levart mühelos wiederzuerkennen. Am stärksten überraschte mich, dass ich nicht die kleinste Falte in ihrem Gesicht entdeckte. Sie behauptete, dreiundvierzig Jahre alt zu sein, war tatsächlich achtundvierzig und hatte die Haut einer Fünfzehnjährigen. Vielleicht war die Schönheitsbehandlung, über die ich in der Zeitschrift im Frisiersalon gelesen hatte, der Grund für diese Merkwürdigkeit. Sie zog die Augenbrauen hoch, die Grübchen wurden tiefer.

»Haben Sie …?«, fragte sie, ohne den Satz zu vollenden.

»Ja, natürlich«, antwortete ich sofort, steckte die Hand in die Tasche und holte zwei Hunderteuroscheine hervor.

Sie nahm sie wortlos und legte sie in eine schwarz lackierte Schatulle.

Wir standen in einem großen Raum, von Lampenschirmen gedämpftes Licht fiel auf einen dicken Wollteppich, das Sofa und die Sessel waren aus Samt, und hinter einem Vorhang vermutete ich das Bett. Der Rauch einer Duftkerze, vermutlich Jasmin, schwebte in der Luft.

»Mach es dir bequem«, sagte sie, zum Du wechselnd.

Wahrscheinlich war das bei solchen Begegnungen üblich, sobald der Freier bezahlt hatte, durfte er geduzt werden. Das schuf eine vertrauliche Atmosphäre, etwa so, wie wenn ich einen Mitarbeiter nach seinem Vornamen fragte und ihn wie beiläufig ins Gespräch einfließen ließ, als ob ich ihn schon immer kennen würde. Ich zog die Jacke aus und legte sie auf die Rückenlehne eines Samtsessels. Sie zeigte mir eine halb offene Tür, dahinter rote Fliesen.

»Wenn du duschen möchtest, da ist das Bad«, sagte sie und setzte sich aufs Sofa.

Jetzt sah ich, dass sie Pantoffeln trug, die ebenfalls mit Schwanendaunen bedeckt waren. Wahrscheinlich war sie unter ihrem Seidennegligee nackt. Ich blieb unbeweglich stehen, ziemlich unbeholfen, wie ich zugeben muss. Um etwas Gelassenheit zu demonstrieren, sah ich mich um. Abgesehen von der winzigen, dunklen Diele, dem Wohnzimmer und dem Bad sah ich keine weitere Tür.

»Wie merkwürdig ... Gibt es hier keine Küche?«

Marjorie Levart betrachtete mich schweigend.

»Nein, es gibt keine Küche«, sagte sie schließlich. »Es ist keine richtige Wohnung.«

»Ich verstehe, es ist wie ein Hotelzimmer, aber in einem Wohnhaus.«

»Ganz genau«, antwortete sie lächelnd.

Offensichtlich entsprach ich mit meiner unpassenden Frage nach der Küche, meinem Zögern bezüglich der Dusche und vor allem, weil ich wie ein geprügelter Hund mitten im Zimmer stehen blieb, nicht dem Schema ihrer sonstigen Gäste.

Sie klopfte einladend neben sich auf das Samtsofa. Während ich zu ihr ging, löste sie den Gürtel ihres Negligees, entblößte ihre Brüste und eine dünne Goldkette um ihre Taille. Ich setzte mich neben sie und sah ihr in die Augen. Nein, sie erkannte mich nicht, da war ich mir sicher. Mein Blick huschte über ihre Haut und blieb an der Goldkette hängen. Das hatte ich nur einmal gesehen, in einem Krimi mit Alain Delon aus den Siebzigern. Am Ende des Films entkleidet sich Mireille Darc und enthüllt ebenfalls eine Bauchkette. Mir fiel das Plakat ein, darauf sah man die Silhouette der Schauspielerin, die nackt im Abzug eines Revolvers stand. Ich war vierzehn, als der Film in den Kinos lief, meine Mutter hatte ihn mir verboten, sicher wegen der Nacktszenen.

»Das ist sehr hübsch.«

»Danke.«

»Ist das ein Geschenk?«

»Mein erster Freund hat sie mir gekauft, als ich sechzehn war. Und ich habe kein einziges Glied hinzugefügt.«

Ich antwortete nicht. Diese Kette hatte sie also schon in der École Levert getragen.

»Womit fangen wir an?«, fragte sie und legte die Hand auf meinen Oberschenkel.

Ich starrte auf die Hand mit den perlmuttfarbenen Nägeln, die sich langsam auf meinen Hosenschlitz zu bewegte.

»Wenn du das benutzt«, fügte sie hinzu und zeigte auf ein Kondom, das wie durch Zauber in ihrer anderen Hand aufgetaucht war.

»Wenn ich das benutze?«, wiederholte ich.

»Dann blase ich dir einen, und danach gehen wir ins Bett.«

Sie war Ursache für die Berufung eines Priesters und würde es nie erfahren.

»Wissen Sie ... Sie sind wirklich sehr schön, du bist sehr schön, du bist charmant, aber ... ich weiß nicht warum, ich habe keine Lust mehr«, stieß ich hervor. »Vielleicht können wir ... ich weiß nicht ...«

»Ein Glas trinken«, vollendete sie meinen Satz.

»Ja, gute Idee!«

»Ich habe eine Flasche Champagner, die kostet extra. Macht fünfzig Euro.«

»Kein Problem«, antwortete ich erleichtert und stand sofort auf, um die Brieftasche aus meiner Jacke zu holen.

»Ach, weißt du, drauf gepfiffen«, sagte sie und stand ebenfalls vom Sofa auf. »Ich mag dich, er geht aufs Haus.«

Sie schloss den Gürtel ihres Negligees wieder, ging zu einem kleinen, in die Wand eingelassenen Kühlschrank und holte eine Flasche und zwei Champagnerschalen heraus.

»Bist du nicht von hier?«

»Nein, ich bin nur ein paar Stunden in Metz.«

»Komm, setz dich, entspann dich! Du hast für eine Stunde bezahlt.«

Ich entkorkte die Flasche und füllte die Schalen, dann stießen wir an. Während ich den Champagner trank, beobachtete ich sie verstohlen, sie tat dasselbe. Kam ihr jetzt bei meinem Gesicht ein Verdacht? Ich fragte mich, ob eine Prostituierte das Gesicht eines Kunden Jahre später noch erkennt.«

»Und, kommt die Lust wieder?«

»Leider nein.«

»Das macht nichts«, beruhigte sie mich und leerte ihre Schale. »Das ist sogar lustig, so schließt sich der Kreis. Mein erster Kunde hat mir diesen Streich gespielt, mein letzter ebenso.«

»Wer war dein letzter?«

»Das bist du. Ich höre heute auf. Du bist mein letzter Kunde.«

Ich sah sie an und wusste nicht, was ich antworten sollte. Dieses Geständnis, das sie mir nicht schuldig war, schuf eine Bindung zwischen uns. Plötzlich lag etwas Zartes, Berührendes in der Luft.

»Weißt du, in meinem Beruf gibt es immer einen ersten Kunden und dann, eines Tages, einen letzten. Der bist du.«

Ich schenkte ihr Champagner nach, und wir stießen noch einmal an. Die Erotik hatte den Raum verlassen, wir waren nur noch ein Mann und eine Frau, die auf einem Sofa saßen und plauderten, bevor jeder seiner Wege ging. Ich fragte sie, ob sie immer in Metz gelebt habe, sie verneinte, sie kam aus Paris, dort hatte sie angefangen zu arbeiten.

»Erzählst du mir davon? Also, wenn du magst ...«

Sie erkundigte sich ein letztes Mal, ob meine Lust nicht wiederkehren würde. Ich versicherte es ihr und fügte hinzu, dass ich wirklich lieber plaudern wolle. Sie ging zu einem Regal, holte einen Katalog heraus, überflog ihn mit einem kleinen Lächeln und setzte sich wieder neben mich. *Prestige Angels* stand in goldenen Lettern über einem Foto von ihr, das vor vielen Jahren aufgenommen worden war.

»Du warst Eva?«

»Ja, ich hatte viele Vornamen.«

Der Katalog der Callgirl-Agentur war wie eine Speisekarte aufgemacht, ein sehr schönes Porträtfoto und direkt darunter auf einer Zeile Maße, Größe, Gewicht und Bildungsgrad des Fräuleins. Eingerahmt von zierlichen Schnörkeln folgten darunter die erotischen Spezialitäten wie ein Menü. Das einfallsreiche Layout ging so weit, dass einige Besonderheiten als »Beilage« angeboten wurden. Man konnte »à la carte« auswählen, was man wollte und wie lange. Dann rechnete man die Summe aus und kam auf einen Betrag in Francs, neben dem sich die zweihundert Euro für diese Stunde wie ein Trinkgeld ausnahmen.

Dem leicht verschwommenen Porträt à la David Hamilton folgten vier andere Fotos des nackten Mädchens: liegend, sitzend, schmachtend und von hinten. Ich hätte mir nie träumen lassen, dass Marjorie Levart einen so perfekten Körper hatte. Jérôme Auberpie hatte offenbar einen viel schärferen Blick gehabt als wir alle. Ich blätterte weiter zu Grete, einer blond gelockten Schwedin, Mia, einer Spanierin mit Glut in den Augen, und Christie, einer Rothaarigen mit glattem Haar und Perlmuttteint. Dann kam ich zu Evas Seite zurück.

»Wann war das?«

»83/84. Großer Luxus, was?«

Mein anerkennendes Lächeln galt der Präsentation ebenso wie den Preisen.

»Geschäftsleute, Reisen, Privatflugzeuge, Luxushotels. Das waren verrückte Jahre.«

»Und heute?«

»Ende der Karriere.«

»Warum in Metz?«

»Das ist eine andere Geschichte«, sagte sie ohne nähere Erklärung. »Und du, was machst du? Du musst mir nicht antworten, wenn du nicht willst.«

Ich schenkte ihr noch einmal ein und leerte den Rest in meine Schale, inzwischen überlegte ich mir eine Antwort.

»Auktionator.«

»Schöner Beruf«, sagte sie bewundernd. »Aus Berufung?«

»Sozusagen«, antwortete ich unbestimmt, und dachte dabei an die harten Worte, die Dominique Pierson über seinen Beruf fallen gelassen hatte.

Sie stellte ihre Fragen mit viel Takt, sicher eine Angewohnheit, die sie sich von ihren Abenden als Callgirl mit mächtigen Männern bewahrt hatte. Es ging nicht nur um Sex, sondern darum, mit dem Kunden zu plaudern, was Bildung und die Kenntnis mondäner Gepflogenheiten voraussetzte. Ich spürte, dass sie sich freute, für unsere gemeinsame Stunde wieder in diese Rolle zu schlüpfen. Was war geschehen, dass sie in Metz in diesem Studio gelandet war, weit weg von Luxushotels und Privatflugzeugen? Nun war ich wieder am Zug und fragte sie, wie sie zu diesem Beruf gekommen sei. Ich dachte, sie werde meiner Frage ausweichen, sie gar als indiskret empfinden, aber sie antwortete mir ehrlich. Sie hatte einem Modefotografen, dem Mann, der ihr die Goldkette geschenkt hatte, Modell gestanden. Bald folgten Cocktails und Nachtclubs. Sie brach mit ihrer Familie, aber die Fotos brachten ihr kaum mehr ein als die Miete für eine Dachkammer. Immerhin traf sie viele Leute. Auf einer Vernissage lernte sie einen Mann kennen, der ihr anbot, sie mit der Leiterin einer Callgirl-Agentur zusammenzubringen. Er gab ihr seine Karte. Ein paar Monate später hatte sie angerufen. Was machte es für einen Unterschied, aus Spaß oder für ein Coverfoto mit Fotografen zu schlafen und das gleiche für Geld zu tun? Sie aß in einem gehobenen Restaurant zu Abend, verbrachte die Nacht in der Suite eines Luxushotels und verdiente das Sechsfache ihrer Miete. Danach hatte sich alles fast von selbst ergeben, wie sie sagte.

»Wenn du Sex und Geld magst und nicht viel Moral hast, ist es ziemlich einfach«, sagte sie zum Abschluss.

»Und heute? Bist du allein?«

»Sehe ich so aus?«

Sie zog die Augenbrauen hoch, wodurch ihre Grübchen wieder hervortraten.

»Nein.«

»Also bin ich nicht allein«, sagte sie lächelnd. »Hast du Kinder?«

»Ja, und du?«

»Auch.«

»Bleibst du in Metz?«

»Nein, ich werde weit fort gehen«, sagte sie verträumt. »Und du, wo gehst du hin?«

»Nach Paris.«

»Bist du aus Paris?«

»Nein, eigentlich wohne ich in Perisac.«

»Perisac ist hübsch, da war ich mal vor langer Zeit. Dort gibt es ein sehr bekanntes Restaurant.«

»La Musarde.«

»Genau. Eine Frau ist dort Chefköchin, ich war 1995 oder 1996 dort. Eine schöne Erinnerung«, sagte sie mit verträumtem Blick. »Ich war mit jemandem da, den ich sehr liebte ... Hast du es eilig?«

»Nein, mein Zug fährt erst um sechs.«

»Komm.«

Sie meinte, wir würden es auf dem Bett bequemer haben, auch wenn wir nicht miteinander schliefen. Ich zog meine Schuhe aus, sie ihre Schwanenpantoffeln, wir legten uns nebeneinander und schwiegen eine Weile.

»In Italien wartet ein Mann auf mich«, vertraute sie mir an. »Er wartet seit zehn Jahren auf mich. Er nimmt mich so, wie ich bin, mit meiner Tochter, die nicht von ihm ist. Ich habe jahrelang gezögert, aber jetzt fahre ich zu ihm.«

»Warum hast du gezögert?«

»Ich weiß nicht, er ist ein sanfter Mann. Doch, ich weiß es. Ich liebe ihn nicht richtig. Jetzt ist es zu spät, ich habe beschlossen, zu ihm zu fahren. Nach den Sommerferien wird meine Tochter in Italien eingeschult. Bis dahin bringe ich Ordnung in mein Leben, darum bist du der letzte Kunde.«

»Du hast recht, du musst fahren.«

»Bist du sicher?«

»Ich bin sicher.«

»Danke.«

Sie hatte mir mit gedämpfter Stimme ihre Geschichte anvertraut, deshalb erzählte ich ihr im gleichen Ton von meinem Tag in der Schweiz. Marjorie Levart hörte mir schweigend zu, ihr erzählte ich alles. Ich erzählte von der roten Akte mit dem Namen meiner Mutter und von dem Mann, der mir alles beigebracht hatte und der mein Vater war. Ich vertraute mich nicht der Schulfreundin an, die sie ohnehin nie gewesen war, sondern der Prostituierten, Eva, der früheren Schönheit von *Prestige Angels*, die die Nächte reicher Männer versüßt hatte. Bezahlen um zu reden, um sich anzuvertrauen, das war besser als ein Beichtstuhl. Ein elektronischer Wecker klingelte.

»Die Stunde ist um, ja?«

»Erzähl weiter, das ist nicht mehr wichtig«, sagte sie in rätselhaftem Ton.

Zum Schluss umarmten wir uns. Ich weiß nicht, was in

mich fuhr, plötzlich suchte mein Mund ihren Hals, ihr Gesicht, ich streichelte ihr Haar, sie öffnete die Augen. Prostituierte lassen sich nicht küssen, das wusste ich. Aber es gibt Ausnahmen, ich spürte ihre Zunge an der meinen, und wir küssten uns voller Leidenschaft. Nach diesem Kuss waren wir beide völlig erschöpft, mir drehte sich der Kopf.

»Deine Akte mit all den Briefen ...«

»Ja?«

»Verbrenn sie.«

»Bist du sicher?«

»Ganz sicher.«

Wir trennten uns wie zwei Liebende, die sich auf einem Flughafen verabschieden, sie schloss leise die Tür hinter mir. Der Flur war dunkel, ich drückte auf den Schalter, das Licht reizte meine Pupillen, und der Jasminduft verschwand.

*A*rmand fragte mich nicht nach meinem Treffen in Metz, er schien es vergessen zu haben.

»Ich habe seit gestern früh nicht geschlafen«, sagte er mit erschöpfter Stimme und massierte sich die Stirn.

Ich wagte nicht, ihn nach den Gründen dieses Schlafentzugs zu fragen. Er hätte wie üblich nicht geantwortet. Also nickte ich nur. Ab und zu drehte sich die schwarze Labradorhündin, die vorne neben dem Fahrer saß, mit hängender Zunge zu ihrem Herrchen um, dann wandte sie sich wieder der Straße zu und beobachtete sie aufmerksam durch die Windschutzscheibe. Das gab mir das merkwürdige Gefühl, von einem Hund gefahren zu werden.

Sylvie hatte ich nicht von meinem Ausflug nach Metz erzählt. Ich berichtete ihr zeitversetzt von meinen Begegnungen. Sie glaubte, ich hätte gerade Dominique Pierson getroffen, den Auktionator, der seinen Beruf hasste und sich das Leben von Cédric Pichon, dem Erfinder von Videospielen, gewünscht hätte. Ich erzählte ihr ausführlich von meiner Begeisterung bei der Versteigerung von Derks Tellern und meinem Kauf, verschwieg ihr aber wohlweislich den wahren Preis und sagte, ich hätte achthundert Euro bezahlt.

»Waren Derks Teller nicht viel mehr wert?«

»Es war ein gemischter Verkauf, er ist nicht besonders aufgefallen«, schwindelte ich und schlug ihr vor, den Teller im La Musarde an die Wand zu hängen.

Das war die unangenehmste Seite meiner Reise in die Vergangenheit, immer wieder belog ich meine Frau. Nicht, um sie zu betrügen, sondern nur, um mich nicht vor ihr rechtfertigen zu müssen. Wenn ich ihr von Genf erzählte, würde ich ihr gestehen, dass ich ihr in unseren ersten Jahren Dinge verheimlicht hatte. Warum hatte ich nie erwähnt, dass Derk Akten und Geld in der Schweiz hatte und ich manchmal dorthin fuhr? Sylvie hätte es für sich behalten, davon war ich überzeugt, sie hätte sich vielleicht sogar über den Vertrauensbeweis gefreut. Nun war es zu spät, die Vergangenheit ließ sich nicht ändern. Meine Begegnung mit einer Prostituierten in Metz hätte wohl ihre Toleranzgrenze überschritten. Auch wenn sie es mir zu Recht nicht zutraute, mit einer Hure zu schlafen, würde die bloße Vorstellung, dass ich aus freien Stücken einen solchen Ort aufgesucht hatte, mir eine Szene bescheren, die ich mir lieber ersparte.

Das Bellen der Hündin riss mich aus meinen Gedanken. Wir kamen zur Porte Dauphine, sicher erkannte sie den Ort. Mir fiel wieder ein, dass sie trächtig war.

»Was wirst du diesmal mit den Welpen machen?«, fragte ich Armand, der seit unserer Abfahrt ebenso still war wie ich.

»Alle schon verkauft«, sagte er und massierte sich den Nacken, »nur an Freimaurer.«

»Sind Labradore unter Freimaurern besonders beliebt?«

»Ich glaube nicht, aber ich habe einen an einen Logenbruder verkauft, und er hat die Nachricht verbreitet. Wenn ein Weibchen darunter ist, werde ich es diesmal behalten, für die Nachzucht.«

»Die präsidentielle Nachkommenschaft.«

Armand nickte mit einem schwachen Lächeln, dann starrte er wieder aus dem Fenster. Er wirkte abwesend, und ich fragte mich, warum er mich zu diesem morgendlichen Spaziergang eingeladen hatte.

»Wie immer, Monsieur Vouste?«, fragte der Fahrer leise.

»Ja ... wie immer«, sagte Armand, ohne den Blick von einem Punkt in der Ferne abzuwenden, den er vermutlich gar nicht sah, so tief war er in Gedanken versunken. Wir bogen in eine große asphaltierte Allee ein, von der mehrere mit Blättern bedeckte Wege abgingen, und fuhren in den Wald. Der Fahrer hielt den Wagen an, öffnete das Handschuhfach und holte eine schwere Automatikpistole heraus, die er in seine Jackentasche gleiten ließ. Die Bewegung war so selbstverständlich, als hätte er eine Tüte Bonbons eingesteckt. Armand hatte gar nicht darauf geachtet. Die Hündin bellte dreimal, und der Chauffeur öffnete ihr die Tür.

Der Wagen fuhr im Schneckentempo wenige Meter hinter uns. Die Hündin rannte los, blieb zwischen den Bäumen stehen, kam zu uns zurück und flitzte sofort wieder weg. Dieses kleine Manöver wiederholte sie fünf- oder sechsmal. Ihre Aufregung stand in so krassem Gegensatz zu unserer schweigsamen Wanderung, dass es fast beunruhigend wurde.

»Du bist eher ein Katzentyp«, sagte Armand und massierte sich den Brustkorb.

»Eher, ja. Hast du Schmerzen?«

»Ich weiß nicht, irgendwas tut hier weh«, sagte er und verzog das Gesicht, »und es steigt hoch in die Schulter.«

Zwei Polizisten kamen uns entgegen. In arrogantem Ton wiesen sie uns darauf hin, dass Autos hier nicht zugelassen seien.

Armand zückte seinen Ausweis, woraufhin sich ihr Gesichtsausdruck sofort änderte.

»Alles klar, Monsieur, einen schönen Spaziergang noch.« Sie entfernten sich ohne ein weiteres Wort.

In der Ferne traf die Hündin Artgenossen. Ich entdeckte eine Welt, die weit weg von Archipattes Tagschläferei war.

Die Hunde beschnüffelten einander begeistert den Hintern, die Herrchen grüßten sich sehr würdig mit einem Kopfnicken und wechselten zuweilen gar ein paar Worte. Zwischen wildem Gerenne und Hundehaufen hatte eine ganze Hundegilde im Bois de Boulogne ihre Regeln und ihre Ordnung.

»Kommst du oft hierher?«

»Ja, jedes Wochenende. François«, sagte er nach einer Pause, »du warst für einen Tag in der Schweiz. Du hast sogar deinen Rückflug verpasst.«

Als verlangte sein Satz einen neuen Rhythmus, blieben wir stehen, und ich sah ihn wortlos an.

»Du hast vom Empfang des Hôtel des Bergues aus einen neuen Flug gebucht.«

»Spionierst du mir nach?«

Der Satz war von selbst herausgeschossen.

Armand antwortete nicht. Er sah mich schweigend an, und ich fragte mich zum ersten Mal, ob dieser blaue Blick nicht kälter war, als ich all die Jahre hatte glauben wollen.

»Du hast seit 1994 keinen Fuß in die Rue de Bourgogne gesetzt. Du wohnst ohne ersichtlichen Grund in seiner Wohnung und bist nach Genf geflogen.«

Die Hündin kam zu uns zurück und bellte dreimal.

»Schnauze!«, fuhr er sie an, holte einen roten Ball aus der Tasche und warf ihn weit in die Bäume.

»Wer war nachts in Derks Wohnung, noch Jahre nach seinem Tod?«, fragte ich ziemlich schroff.

»Aha, sieh an!«

Er schüttelte resigniert den Kopf.

»Du weißt viel mehr, als ich dachte«, setzte er fort. »Also hast du sie.«

Wir sahen uns an, und ich spürte, wie unsere Freundschaft, wenn sich dieser Begriff überhaupt auf unser Verhältnis anwenden ließ, endgültig zerriss. Die Hündin kam mit dem Ball im Maul zurück, Armand griff danach, obwohl er vor Speichel triefte, und warf ihn noch weiter weg.

»Was habe ich?«

»Die Akte Massoulier.«

Ich sah ihn schweigend an, er mich auch. Das war die Wahrheit, es gab weder François noch Armand, sondern nur noch einen Geheimdienstchef und einen Politiker, die miteinander verhandelten.

»Du antwortest nicht. Das sagt alles.«

Armand machte einen Schritt, wir liefen langsam weiter. Er klatschte in die Hände, um die Hündin zurückzurufen, die kläffte und weiter durch das Laub tobte.

»Jetzt fängt sie auch noch an, mich zu nerven«, schimpfte er. »Solange Derk die Akte hatte, war sie die Garantie für seine Sicherheit, aber danach ... Wir haben natürlich an dich gedacht. Da sie nicht wieder auftauchte, kamen irgendwelche Schwachköpfe auf die Idee, sie sei vielleicht in der Wohnung geblieben. Das war natürlich Blödsinn, Derk hätte so ein Ding nicht einfach herumliegen lassen. Ja, wir waren in der Rue de Bourgogne, ich und andere auch«, bestätigte er herausfordernd. »Wir haben alles unter die Lupe genommen und nie etwas gefunden, wenn du es geschafft hast, waren wir wohl zu dumm.«

Wir machten noch ein paar Schritte, dann blieb er plötzlich stehen und packte mich am Arm.

»Ich muss diese Akte haben! Begreifst du das?«

»Nein, ich begreife es nicht.«

»Scheiße!«, fuhr er mich an. »Du hast sie gelesen, du weißt sehr gut, warum ich sie haben muss. Du weißt sehr gut, dass die Maulwürfe seit 1986 Junge bekommen haben, du weißt genau, bis wohin das zurückgeht, hast du die Namen gesehen?«

Er wurde immer lauter. Ich hatte gar nichts gesehen und keinen Blick in die Akte Massoulier geworfen. Es bestand kein Zweifel, dass der Mann nicht Selbstmord verübt hatte. Das Vorhandensein der Akte im Safe in Genf war der Beweis dafür, ansonsten begriff ich kaum etwas von dem, was mir Armand erklärte. Mit verzerrtem Gesicht fluchte er über die Berliner Mauer, die drei Jahre später gefallen war, aber auch das habe nichts geändert. Bis zu Putins Machtantritt sei »die ganze Welt« eingeschlafen. Auch wenn das alles lange her sei, stehe in der Akte noch genug, um Köpfe rollen zu lassen und ein heilloses Chaos anzurichten, wie er sich ausdrückte.

»Köpfe rollen lassen! Begreifst du das?«, fragte er aggressiv. »Und meinen retten. Ich stecke in der Scheiße, warum, kann ich dir nicht erklären. Ich brauch die Akte!«

»Als Druckmittel?«

»Wozu sonst? Niemand wagt sich an mich heran, wenn ich darauf sitze. Ich bin nicht mit leeren Händen gekommen, François«, fügte er hinzu und schaute mich an.

Die Hündin kam zurück und legte den Ball vor meine Füße. Ich nahm ihn und warf ihn wieder auf den Weg, da Armand nicht so aussah, als wollte er noch mit ihr spielen.

»Ich will kein Geld, ich brauche keins.«

»Ich habe etwas viel Besseres für dich: deine Wahl!«, sagte er nach einer Pause. »Ich schenke dir deine Wahl im Austausch gegen die Akte von Massoulier.«

»Du schenkst mir was?«

»Als ich gehört habe, dass du nach Genf fährst, habe ich Himmel und Hölle in Bewegung gesetzt, um eine Information zu überprüfen. Ich habe meine Nächte damit verbracht, bin sogar bei jemandem zu Hause aufgetaucht und hab ihm meine Knarre an die Schläfe gehalten. Das stimmt, frag ihn!«, sagte er und zeigte auf seinen Fahrer.

»Welche Information?«

»Dass Alphandon betrogen hat. Sie kommt direkt aus seiner Partei.«

»Was erzählst du da?«, fragte ich tonlos.

Armand antwortete mir nicht, er starrte in die Ferne. Er war bleich, plötzlich wurde sein Gesicht grau.

»Armand!«

Ich streckte den Arm nach ihm aus, er packte mich am Kragen und riss mich in seinem Sturz mit. Ich hörte, wie der Wagen eine Vollbremsung machte und die Tür aufging.

»Monsieur Vouste!«, brüllte der Fahrer und stürzte mit seinem Revolver in der Hand zu uns.

»Ich glaube, er hat einen Herzinfarkt. Armand! Armand! Hörst du mich?«

Der Fahrer steckte die Waffe ein, riss den Knopf von Armands Kragen auf und löste die Krawatte. Armand lag auf dem Boden und atmete mit Mühe.

»Heurtevent ... Die Akte ... Ich brauche die Akte«, stieß er hervor und holte tief Luft, als würde jedes Wort seine Kiefer verbrennen.

»Ja, du bekommst sie, versprochen, aber beruhige dich.«

»Ich scheiß auf einen Krankenwagen!«, fluchte der Fahrer in sein Telefon. »Ich brauche zwei Polizisten mit Motorrad, um mir die Straße freizumachen, sie finden mich per Radar, ihr erreicht mich über Krypto-Mobil!« Dann brüllte er mich an: »Helfen Sie mir, ihn ins Auto zu tragen!«

Wir packten Armand unter den Achseln und zerrten ihn zum Wagen, er versuchte, kleine Schritte zu machen und wurde immer kurzatmiger. Wir setzten ihn auf den Beifahrersitz. Am schwersten war es, die Füße reinzubekommen, die nicht mehr zu reagieren schienen, und ihn anzuschnallen. Der Fahrer öffnete den Kofferraum und holte ein Blaulicht heraus, das er auf das Dach knallte.

»Deine Wahl ...«, sagte Armand kaum hörbar.

»Wir haben keine Zeit mehr!«, schrie der Fahrer.

»Deine Wahl ... Das EPROM ... Finde das EPROM«, flüster-

te Armand, bevor die Sirene losheulte und der Wagen davon-
raste.

Nach ein paar Metern machte er eine Vollbremsung, fuhr
rückwärts, und der Fahrer warf mir durchs Fenster die Hun-
deleine zu. Dann startete er wieder mit quietschenden Reifen
und sauste wie ein Teufel die Allee entlang.

Die Hündin kam angetrabt und setzte sich neben mich. Sie
ließ den Ball auf den Boden fallen und nahm Armands Krawatte ins Maul, knurrte und sah mich an. Ich hockte mich neben
sie und streichelte sie, mein Herz raste, alles war so schnell
gegangen.

»Er kommt wieder«, beruhigte ich sie. »Dein Herrchen
kommt zurück.« Hoffentlich hatte ich recht.

*A*n der Porte Dauphine bat ich mehrere Taxifahrer, uns zur Rue de Bourgogne zu fahren. Alle lehnten ab und empfahlen mir, ein Hundetaxi zu bestellen, von dem natürlich keiner die Nummer kannte. Es fing an zu regnen, und wir stellten uns am Metro-Eingang Rue Guimard unter. Die Hündin hielt noch immer die blaue Krawatte im Maul. Ich hatte versucht, sie ihr abzunehmen, aber ihr Knurren hatte mich schnell davon abgebracht. Beim Anblick der vorbeiströmenden Passanten beschloss ich, dass wir mit der Metro fahren würden. Am Schalter erklärte mir ein junger Mann, den ich hinter seiner gepanzerten Scheibe kaum verstehen konnte, er verkaufe keine Fahrkarten, ich müsse sehen, wie ich mit der Maschine klarkomme. Wozu war der überhaupt da? Ich hatte keine Ahnung, was seine Aufgabe war. Er stand von seinem Stuhl auf, um die Hündin zu betrachten.

»Sie sind nicht blind?«

»Nein«, antwortete ich, »warum fragen Sie?«

»Sie dürfen mit dem Hund nicht in die Metro, er hat keinen Maulkorb. Nur Blindenhunde sind ohne zugelassen oder kleine Hunde in einer Tasche.«

»Ich werde einen Labrador wohl kaum in eine Tasche stecken!«, sagte ich trocken.

Er war eingeschnappt und forderte mich auf, höflich zu bleiben, so seien nun mal die Bestimmungen der RATP. Ich wollte nichts mehr hören. Durch eine kleine Bewegung mit der

Leine lenkte ich die Hündin Richtung Treppe, und wir gingen zum Ausgang. Alle behandelten mich mit meinem Labrador wie einen Aussätzigen. Wir kehrten zu den Taxis zurück, und ich klopfte an die Scheibe des ersten. Ein junger Mann mit gegeltem Haar ließ sein Fenster runter, drinnen dröhnte ein Rapsong, in dem sich Feuer auf teuer reimte.

»Können Sie uns zur Rue de Bourgogne bringen?«

»Na ja ... Hunde sind verboten.«

»Auch für hundert Euro?«, fragte ich entnervt und holte einen Schein aus meiner Brieftasche.

»Steigen Sie ein.«

Während wir hinten einstiegen, hupte ein anderes Taxi. Mein Fahrer zeigte seinem Kollegen den Mittelfinger und fuhr los. »Worauf ... Worauf warten wir, um das Feuer zu legen?«, skandierte der Rapper im Radio. Ich erkannte die Stimme, es war Jocystarr.

»Ist das NTM?«

»Ja«, sagte der Fahrer, »mögen Sie die?«

Mit meinem grauen Anzug und dem schwarzen Labrador entsprach ich wohl nicht so ganz dem typischen Hip-Hop-Fan.

»Sie sind super«, hörte ich mich sagen.

Und während Joeystarr immer lauter brüllte, tanzte ein Wort vor meinen Augen: »SEPROM«.

In der Wohnung stellte ich der Hündin eine Schale Wasser hin, das sie schlabberte, ehe sie sich zusammenrollte und wieder an der Krawatte ihres Herrchens knabberte. Mir selbst goss ich ein Glas Gin ein, das ich in einem Zug hinunterkippte. Wenn Armand einen Infarkt hatte, dann wegen dieser verdammten Akte, die er wiederbekommen wollte. Wenn ich den Umschlag mit dem Klassenfoto nicht geöffnet hätte, wäre nichts passiert. Ohne das vibrierende Ei von Clément Jacquier wäre mir das Geheimfach nicht wieder eingefallen, und hätte ich nicht Dominique Pierson aufgesucht, wäre ich niemals bei Drouot gewesen, als die Teller von Derk verkauft wurden. »Die Information, dass Alphandon betrogen hat, kommt direkt aus seiner Partei.« Armands Worte gingen mir nicht aus dem Kopf. Jetzt lag er auf der Intensivstation, vielleicht war er tot. Meine lange Suche der letzten Wochen mündete also in dieser Minute, als ob sich alles aneinandergereiht hätte, um an diese eine Information zu gelangen, und vor allem an dieses merkwürdige Wort: »SEPROM«. »Finde das SEPROM.« Hatte ich es überhaupt richtig verstanden? Ich gab das Wort im Internet ein. Die Seiten, die zum Vorschein kamen, lieferten mir völlig unverständliche Ergebnisse auf Englisch. Vielleicht hatte ich ihn falsch verstanden. Ich versuchte es noch mal ohne das »s«, das vielleicht zum Artikel gehörte: EPROM. Siebenhundertfünfundsechzigtausend Antworten wurden angezeigt und eine der ersten lautete: »EPROM: *Erasable Programmable Read Only Memory*«. Ich klickte auf die Website, die mir folgende Erklärung für die unverständliche Bezeichnung anbot.

»Im Unterschied zu einem PROM *(Programmable Read Only Memory)*, der nur ein einziges Mal programmiert werden kann, ist es möglich, einen EPROM zu löschen, er kann mehrmals neu programmiert und endlos gelesen werden. Der EPROM kann nur in einem speziellen elektronischen Gerät ausgelesen werden. Es ist möglich, den ganzen EPROM oder unabhängig voneinander einzelne Speicheradressen zu beschreiben, dazu muss man den EPROM von seinem Sockel entfernen und in ein Programmiergerät stecken. Dieses muss mit einem Rechner verbunden werden, der die Daten für die Programmierung des Speichers schickt. Um den EPROM zu löschen, muss man ihn vom Stromnetz trennen und den darin enthaltenen Chip mit ultraviolettem Licht bestrahlen. Ein aufwendiges Verfahren.«

Links auf der Seite sah ich Fotos vergrößerter EPROMs. Ein Foto zeigte ihn neben eine Euromünze, er war nur wenige

Zentimeter groß. Ich öffnete ein zweites Fenster und tippte: »EPROM Wahl«. Das erste Suchergebnis war: »Wie man einen Wahlcomputer hackt.«

*E*ine große Community diskutierte über das Thema. Einige Foren enthielten Links zu Videos. Dort konnte man Informatikern zusehen, wie sie Wahlcomputer in den Niederlanden, in Frankreich oder in den USA hackten. Das schien bedrohlich einfach zu funktionieren.

»Lass dich in fünf Etappen wählen, dein Programm heißt EPROM«, verkündete ein Witzbold. In Form einer humorvollen Bedienungsanleitung präsentierte er das seiner Meinung nach beste Verfahren:

Wählen Sie Ihre Gemeinde aus und überprüfen Sie den Bestand an Wahlcomputern. Dann müssen Sie sich Zugang zu den Computern verschaffen. Mit Ausnahme weniger Gemeinden, die sie in Tresorräumen oder bei der Gemeindepolizei verwahren, werden Sie sie in den Schränken oder IT-Räumen der Rathäuser finden.

In Perisac standen die Maschinen in einer Lagerhalle, die der Stadt gehörte und wo auch das Stadtarchiv lagerte.

Rechnen Sie mit fünftausend Euro, um sich die Mitarbeit des Nachtwächters zu sichern, falls Sie eine verlässlichere Einschätzung haben, informieren Sie uns bitte.
Etappe drei: Programmieren Sie Ihren Sieg. Dazu müssen Sie das Programm, das eine gewisse Anzahl von Rechnern

kontrolliert, modifizieren. *Die niederländische Gruppe Wij vertrouwen stemcomputers niet hat einen Artikel veröffentlicht, in dem die notwendigen Schritte erklärt werden. Zwei EPROM-Module enthalten den Code. Um sie zu entschlüsseln und neu zu programmieren, brauchen Sie einen Informatiker, der sich mit der Technologie der achtziger Jahre auskennt. Rop Gonggrijp, Leiter der oben erwähnten Gruppe, schätzt, dass Sie für diesen Job fünf- bis zehntausend Euro investieren müssen. Je nach dem erwünschten Niveau der Vertraulichkeit kann es noch teurer werden. Suchen Sie sich einen guten Techniker. Eine allzu grobe Manipulation könnten die Stadtverwaltungen leicht aufdecken, wenn sie die Computer vor der Wahl testen. Zum Glück sind die derzeit gebräuchlichen Systeme komplex genug, um genau programmiert zu werden, und zugleich so überholt, dass niemand die Modifizierung aufspüren wird. Sie können beispielsweise eine Tastenkombination definieren, die ein Vertrauter von Ihnen am Abstimmungstag im Wahlbüro eingeben wird, um den Schummelmodus zu starten. Beispiel: zwei Kandidaten X und Y. Jede vierte Stimme der Bürger, die den Kandidaten X wählen, wird als Stimme für den Gegenkandidaten gezählt. Der vierte Wähler, der X wählt, wird also, ohne es zu wissen, Y seine Stimme geben. Es gibt aber noch andere Feinheiten, und Ihr Techniker wird Ihnen gern seine Kreativität auf dem Gebiet beweisen.*

Falls an den Geräten Siegel angebracht sind, machen Sie sich die Mühe, die Marke zu notieren. Man bekommt sie leicht zu kaufen: tausend Stück für hundertsiebzig Euro, Sie können den Überschuss sogar an andere Anhänger gefälschter Abstimmungen weiterverkaufen.

Jetzt installieren Sie Ihr Programm auf den Rechnern der Gemeinde. Da ein paar EPROMs weniger als zehn Euro kosten und jeder Rechner von etwas mehr als tausend Wählern benutzt wird, belastet dieser Posten Ihr Budget nicht allzu sehr. Bedenken Sie aber, dass die Konfiguration jedes EPROM mehrere Minuten dauert, machen Sie das nicht im letzten Moment, insbesondere wenn die Stadt, die Sie interessiert, verhältnismäßig groß ist. Ihre EPROMs müssen dann in jeden Computer eingebaut werden. Mit ein paar Gehilfen, zum Beispiel Ihren künftigen Stadträten, dauert der Vorgang weniger als eine Minute. Mit einem elektrischen Schraubenzieher gewinnen Sie noch ein paar Sekunden. Binnen weniger Minuten sind Ihre Computer imstande, Ihnen Ihr Wunschergebnis zu präsentieren, ohne Gefahr, entdeckt zu werden, denn ein Gegencheck ist nicht möglich. Ausgehend von den eben geschätzten Kosten erfordert die Manipulation aller Wahlcomputer für eine Stadt mit hundertfünfzigtausend Einwohnern etwa siebzehntausend Euro, also zehn Prozent der erstattungsfähigen Wahlkampfausgaben. Danach muss man die EPROMs löschen. Warten Sie, bis Sie gewählt sind, und lassen Sie etwas Zeit verstreichen. Wenn man Sie bei den Computern erwischt, könnte das Misstrauen wecken. Ein paar Monate später, wenn niemand mehr an die Wahlen denkt, löschen Sie die EPROMs, indem Sie die Chips mit UV-Licht bestrahlen. Achtung, diese Etappe dauert lange, wir empfehlen Ihnen deshalb ein kleines, durch einen Kurzschluss ausgelöstes Feuer. Alle Computer werden zerstört, und niemand kann sie mehr kontrollieren. Sie müssen dann nur eine kleine Subvention beantragen, um den Bestand zu ersetzen, oder bei all diesen Leuten, die Sie nicht gewählt haben, eine Steuer erheben.

Ich war wie erstarrt. Alphandon hatte betrogen! Was mich vor dem ehemaligen Cabaret du Ciel als dunkle Ahnung ergriffen hatte, erwies sich als wahr. Ebenso wahr, wie mein seltsamer Traum von den Giraffen mit der Statue »Verschwörung und Verrat«. Die Kommentare zu dem Artikel enthielten noch andere Tricks, um Wahlcomputer zu manipulieren. Manche Informatiker empfahlen, die EPROMs bereits vor der Anlieferung der Rechner auszutauschen. Was genau war mit den Computern in Perisac passiert? Wir hatten den Bestand acht Monate vor der Wahl erneuert. Ich wusste, dass es Kritik am Wahlverfahren gab, hatte mich aber nicht weiter darum gekümmert. Die meisten Wahllokale der Stadt arbeiteten noch mit Urne und Stimmzettel. Wie hatte es Alphandon angestellt, Zugang zu den Computern zu bekommen? Er war seit Jahren in der Stadtversammlung und hatte sicher Komplizen in der Verwaltung. Die Lagerhalle hatte bisher nicht gebrannt, wie es im letzten Absatz des Artikels empfohlen wurde. Wenn ich der Logik des Verfassers folgte, befanden sich die manipulierten EPROMs noch in den Computern. Der Beweis war noch da, greifbar, zwischen Perisac und Beaulieu, unter dem Blechdach einer Lagerhalle, die niemand je aufsuchen würde. Mein Telefon klingelte. Armands Frau rief aus dem Krankenhaus an. Er lag auf der Intensivstation, sie konnte ihn nur durch eine Glasscheibe sehen. Die Ärzte hielten sich mit Prognosen zurück, erst nach achtundvierzig Stunden würde man Gewissheit haben. Sie bedankte sich, dass ich die Hündin hütete, sie würde sie am Abend holen, dann brach sie am Telefon in Tränen aus. Ich versuchte, sie so gut wie möglich zu beruhigen, und schlug ihr vor, wir könnten uns in Harry's Bar treffen. Sie war einverstanden und brachte zwischen zwei Schluchzern heraus, sie wolle gern ein Blue Lagoon mit mir trinken, offenbar kannte sie Armands Spezialdrink. Gleich danach wählte ich Sylvies Nummer, sie antwortete nicht. Im La Musarde wurde Mittag gegessen. Ich hinterließ ihr eine Nachricht: »Armand hatte einen Herzinfarkt, ich habe seine Hündin, Alphandon hat betrogen, und ich habe den Beweis.«

Fünf Minuten vergingen, in denen ich vergeblich versuchte, einen Schlachtplan zur Aufdeckung des Betrugs auszuarbeiten, dann rief Sylvie zurück.

»Ich habe nichts von deiner Nachricht verstanden. Was ist mit Armand?«

Ich erzählte ihr von unserem Spaziergang, ließ das Feilschen um die Akte Massoulier aus, nicht jedoch die Enthüllung über die EPROMs. »Du musst sofort etwas unternehmen!«, rief Sylvie. »Warum bist du noch in Paris?«

Ihre Aufregung war ansteckend. Natürlich würde ich etwas unternehmen, ja, aber ich hatte keine Ahnung von Informatik, wo sollte ich das kleine Genie finden, das in der Lage war, einen Wahlcomputer zu öffnen und vor dem Gerichtsvollzieher – den würde ich natürlich ebenso brauchen wie einen Richter – zu belegen, dass eine Manipulation stattgefunden hatte? Ich müsste den Präsidenten des Landgerichts von Perisac informieren.

»Ein Gerichtsvollzieher findet sich, Präsident Carolier kennen wir, du brauchst ihn nur anzurufen.«

»Und den Informatiker, wo finde ich den?«

Schweigen.

»Siehst du, du weißt es auch nicht!«

»Auf deinem Klassenfoto …«

»Ja?«

»Ist keiner von deinen Freunden Informatiker geworden?«

»Cédric Pichon ist Entwickler von Videospielen.«

»François«, sagte sie nachdrücklich, »dann ist der Chip eines Wahlcomputers für ihn ein Kinderspiel. Ruf ihn an.«

»Ich kann ihn nicht einfach so anrufen, ich habe ihn seit dreißig Jahren nicht gesehen, und damals hatten wir auch kaum miteinander zu tun.«

»Du machst seit Wochen nichts anderes, als Leute zu treffen, die nicht damit rechnen, also ruf ihn an, und zwar schnell!«, verlangte sie und legte auf.

In dem Moment gab die Hündin ein komisches Pfeifen von sich und legte sich auf die Seite.

»O nein, bloß das nicht!«, flüsterte ich.

Als der dritte Welpe da war, trat eine Pause ein. Die Hündin sah mich mit hängender Zunge an, sie schien nicht zu wissen, ob noch mehr zu erwarten waren, und ich konnte ihr da auch nicht weiterhelfen. Die ersten drei hatte ich in ein Badehandtuch gelegt. Von Zeit zu Zeit strich ich ihr mit einem lauwarmen Waschhandschuh über das Fell und drückte so sanft wie möglich auf ihren Bauch. Ich war der absolute Laie. Das Leben mit einem kastrierten Kater hatte mich auf so ein Ereignis nicht vorbereitet. Armands Frau würde bald hier sein, ich hatte sie nach der Geburt des zweiten Welpen angerufen. Sie waren in einer Membran herausgekommen, die aussah wie eine kleine durchsichtige Tasche. Die Hündin hatte die organische Hülle abgeleckt und ein winziges, noch blindes schwarz-rosa Tierchen zum Vorschein gebracht. Erneut verkrampften sich ihre Beine, sie bellte zweimal, und schon erschien ein viertes. Ich hob es mit meinem lauwarmen Waschhandschuh auf und legte es ganz vorsichtig auf das Badetuch. Die Hündin schaute mich an und stieß ein Knurren aus. Ich hatte den Eindruck, dass sie mir sagen wollte, jetzt sei Schluss. Ich schob das Badetuch über das Parkett, um den Letztgeborenen zu ihrer Schnauze zu bringen. Mit geübter Zunge befreite sie auch ihn. Die kleinen schwarz-rosa Kugeln schmiegten sich zitternd aneinander.

»Alles gut, das hast du sehr gut gemacht.«

Ich streichelte ihre Ohren, die weich wie Samt waren, und

setzte mich im Schneidersitz mitten ins Wohnzimmer. Ich wusste nicht, wer erschöpfter war, sie oder ich, und fragte mich, wie es Männer aushielten, bei der Geburt ihrer Kinder dabei zu sein. Mich hatte schon erschüttert, die Pfote einer Labradorhündin festzuhalten, hätte ich bei Amélies Geburt Sylvies Hand halten müssen, wäre ich nach drei Minuten in Ohnmacht gefallen. Damals hatte ich schüchtern angeboten mitzukommen, und Sylvies Antwort hatte mich unendlich erleichtert:

»Kommt nicht infrage. Es reicht schon, dass du ab und zu in der Küche vom La Musarde aufkreuzt.«

Eine gute Stunde war vergangen. Die Stille wurde nur von Geschlabber und Schnüffeln unterbrochen. Ich hatte mich nicht von der Stelle gerührt und ließ mir in Endlosschleife die Ereignisse des Tages durch den Kopf gehen. Ben Vautier, kurz Ben: So hieß der Künstler mit den weißen Sätzen, der geschrieben hatte, dass die Schweiz nicht existiert; das war mir gerade wieder eingefallen, als es an der Tür klingelte. Wortlos nahm ich Armands Frau in die Arme und begleitete sie ins Wohnzimmer. Sie beugte sich über die Hündin und beglückwünschte sie durch Streicheln und leichtes Tätscheln, das dem Tier zu gefallen schien. Das Krankenhaus hatte sich nach dem letzten Anruf nicht mehr gemeldet, und die Geburt der Welpen verdrängten für einen kurzen Moment das andere, viel besorgniserregendere Ereignis.

»Karim hat mir aufgetragen, eine Akte von dir mitzunehmen«, sagte sie, als wir in der Küche ein Glas Wein tranken.

»Karim?«

»Sein Leibwächter, sein Fahrer, sein ... Ich weiß nicht, wie ich ihn beschreiben soll«, seufzte sie müde.

Ich holte die Akte Massoulier aus dem Kleiderschrank und steckte sie in eine Plastiktüte.

»Schau nicht hinein. Das ist sehr wichtig. Außer Armand und mir weiß niemand, dass es diese Akte gibt. Sollte irgendetwas passieren …«

Ich wusste nicht, wie ich es formulieren sollte.

»Wenn Armand es nicht schafft«, half sie mir.

»Dann müsstest du sie vernichten, ohne sie zu lesen. Aber das wird nicht passieren. Er wird es überstehen«, sagte ich und nahm ihre Hand.

Sie nickte und begann wieder zu weinen.

»Es gibt Leute, die von Armands Beruf träumen, ich nicht! All die Machenschaften, die schlaflosen Nächte, die Geheimtreffen. Und das ist das Ergebnis.«

Sie legte die Welpen auf eine Wolldecke in dem großen Weidenkorb, den sie mitgebracht hatte, dann nahm sie die Hündin an die Leine. Sie hatte ihren Wagen gleich vor der Tür geparkt und fuhr zurück nach Saint-Germain-en-Laye.

*C*édric Pichon, 1961 in Suresnes geboren, ist ein französischer Programmierer und einer der bekanntesten game designer weltweit.

Im März 1987 gründete er die Firma Arcane, die Software für den Börsenmarkt entwickelte. Bald darauf änderte er den Namen seiner Firma in Antaria und produzierte sein erstes erfolgreiches Videospiel, Eternity, das von Electronic Arts vertrieben wurde. 1993 folgte das legendäre Spiel Perfect Cristal mit fünf Fortsetzungen. 1997 verließ er die Firma und gründete Antarès-Sygma, um sich der Entwicklung eigener Projekte zu widmen. Er entwickelte God Games, sogenannte Göttersimulationen. Das Prinzip ist einfach: Der Spieler ist ein Gott und entscheidet über das Schicksal von Personen, die ihm unterworfen sind. Zu dieser Kategorie gehört Liberty Jack, von dem eine Fortsetzung in Vorbereitung ist. Das letzte Spiel ist Cosmos Divinity für Xbox 360. Cédric Pichon wird auch der französische Peter Molyneux genannt, eine Reverenz an den berühmten englischen game designer. Im September 2007 lehnte er den Verkauf von Antarès-Sygma an Microsoft ab und blieb Mehrheitsaktionär seiner Firma. Er wollte sich auch nicht in den USA niederlassen. Der Firmensitz von Antarès-Sygma ist nach wie vor Issy-les-Moulineaux bei Paris. Cédric Pichon hat seit Dezember 2001 kein Interview mehr gegeben.

Nachdem ich mich kurz im Internet schlau gemacht hatte, wählte ich die Nummer von Cédric Pichon. Der erste Anruf führte zu einem Anrufbeantworter ohne Ansage. Nach einer Minute versuchte ich es wieder.

»Hallo?«

»Cédric Pichon?«

Langes Schweigen folgte auf die Frage.

»Wer ist da?«, fragte die Stimme.

»François Heurtevent, wir waren in einer Klasse.«

Die Verbindung wurde unterbrochen, ich hörte ein Besetztzeichen und wusste nicht, ob Cédric Pichon absichtlich aufgelegt hatte, oder ob es eine Störung war. Dreißig Sekunden später klingelte mein Telefon. »Unbekannt« stand auf dem Display.

»Wie kommen Sie an meine Nummer?«, fragte die Stimme.

Ich hörte im Hintergrund Autos vorbeirauschen, als telefonierte er bei halb geöffnetem Fenster auf der Autobahn.

»Keiner kennt diese Nummer«, fügte er hinzu.

Diesmal hatte ich ein besonderes Anliegen und beschloss, ihn nicht anzulügen.

»Ich habe einen Freund vom Geheimdienst gebeten, mir Ihre Nummer zu beschaffen.«

Wieder folgte längeres Schweigen.

»Interessante Antwort ... Woher kennen wir uns?«

»Von der École Levert, 1978.«

»Weshalb rufen Sie mich an?«

»Ich habe ein Computerproblem. Ich bin Bürgermeister von Perisac ... Die letzte Wahl wurde gefälscht, es geht um Chips in den Wahlcomputern, die man manipulieren kann, EPROM heißen diese Chips. Ich glaube, sie sind immer noch in den Computern, ich brauche jemanden, der mir hilft, sie im Beisein eines Gerichtsvollziehers zu entschlüsseln. Ich brauche Ihre Hilfe.«

Erneutes Schweigen folgte meiner kurzen Zusammenfassung. Mir war nicht wohl mit diesem Mann ohne Gesicht, dem ich das Geheimnis des Wahlbetrugs anvertraute. Das war etwas völlig anderes als meine früheren Begegnungen, für die ich den Zufall inszeniert und im Rahmen des Möglichen den Ablauf kontrolliert hatte. Jetzt war es umgekehrt.

»Ich gebe Ihnen meine Assistentin, machen Sie mit ihr einen Termin für morgen Vormittag, zehn Uhr zweiundvierzig.«

Nach dieser ungewöhnlichen Verabredung verband er mich mit einer jungen Frau, die meinen Namen notierte, mich um eine erneute Schilderung meiner Situation bat und mich fragte, welche Schule Pichon und ich gemeinsam besucht hätten, vielleicht wollte sie meine Aussage bei Daniel Célacs Sekretärin überprüfen. Schließlich bestätigte sie mir die Verabredung für zehn Uhr zweiundvierzig.

Die Büroräume von Antarès-Sygma in Issy-les-Moulineaux erstreckten sich auf vier Etagen eines modernen Gebäudes und hatten eine große Fensterfront mit Blick auf die Seine. Ich wartete seit einer guten Viertelstunde in einem geräumigen Saal, der mit riesigen Schwarz-Weiß-Fotoporträts geschmückt war: Einstein, Dalí, Kubrick, Picasso, Rockefeller, Warhol. Die verstorbenen Genies in dieser seltsamen Ruhmeshalle richteten den Blick direkt ins Objektiv. Deshalb hatte ich das unangenehme Gefühl, von ihnen beobachtet zu werden, vermutlich bezweckte die kluge Auswahl genau dies. Zwischen den Gesichtern hingen Flachbildschirme, die mit Webcams irgendwo auf der Welt verbunden waren. Sie übertrugen Livebilder mit der Uhrzeit der betreffenden Zeitzone. Der Markusplatz, die ägyptischen Pyramiden, der Eiffelturm, der Berg mit den weißen Buchstaben in Hollywood und der Rote Platz in Moskau wurden in festen Einstellungen übertragen, durch die sich höchstens anonyme Passanten bewegten. Der Monitor mit dem Eiffelturm zeigte zehn Uhr siebenunddreißig.

Am Vorabend hatte ich den Präsidenten des Zivilgerichts erreicht. Carolier war Stammgast vom La Musarde und einer der wenigen, denen die Gunst gewährt worden war, die Küchenräume zu besichtigen.

»Ich verstehe den vertraulichen Charakter dieses Antrags. Ich erlasse sofort eine Verfügung, die Sie ermächtigt, einen

Gerichtsvollzieher heranzuziehen. Sind Sie sich Ihrer Sache sicher?«

»Ja«, antwortete ich leise und dachte daran, dass ich für den Rest meines Lebens als Lügner dastehen würde, wenn man in den EPROMs keine Spuren finden sollte.

»Ich nehme an, man muss sehr schnell handeln?«

»So schnell wie möglich.«

»Ich werde den Gerichtsvollzieher Corel verständigen, ist Ihnen das recht?«

»Sehr gut.«

»Er ist diskret, ich werde ihn bitten, sich bereitzuhalten. Wenn Sie recht haben, Heurtevent, gibt es ein Erdbeben.«

Die junge Frau, die mich in Empfang genommen hatte, kam nun durch die Tür.

»Sind Sie Monsieur Pichon schon einmal begegnet, Monsieur Heurtevent?«, fragte sie.

»Seit dreißig Jahren nicht mehr.«

Mit sanfter Stimme erklärte sie mir, dass man mit Monsieur Pichon ein bestimmtes Verfahren befolgen müsse. Sie nahm das Wort mehrmals in den Mund, wie Verner in Genf. Hier fragte ich mich jedoch, ob sie sich über mich lustig machte: Man dürfe Monsieur Pichon nicht die Hand reichen, da er keinerlei Berührung vertrage. Man dürfe nicht näher als drei Meter an ihn herantreten und müsse vermeiden, ihm zu lange in die Augen zu sehen. Und vor allem dürfe man ihm nie ins Wort fallen. Sie bat mich eindringlich, diese Vorschriften zu beachten. Die Person, die sie mir beschrieb, erinnerte an einen paranoiden Tyrann oder einen Sektenguru. Sie beendete ihre Empfehlungen mit dem Eingeständnis, dass Monsieur Pichon etwas eigenartig sei, aber schließlich sei er ein Genie. Das letzte Wort begleitete sie mit einem schwärmerischen Lächeln, dann warteten wir in lastendem Schweigen darauf, dass die Uhr die vereinbarte Zeit anzeigte. Um zehn Uhr einundvierzig Minuten und vierzig Sekunden forderte sie mich auf, ihr zu folgen. Wir gingen durch Büros, in denen junge Männer und Frauen vor Bildschirmen saßen. Niemand beachtete uns. Ich zählte im Stillen bis zwanzig. Tatsächlich, sie hatte unsere Ankunft vor der Tür des Meisters auf die Sekunde genau berechnet. Achtzehn, neunzehn, zwanzig. Sie strich mit der Hand über einen Touchscreen.

»Monsieur François Heurtevent«, sagte sie zum Monitor. Die Tür öffnete sich mit einem Luftzug, der ebenso kräftig war wie der beim Öffnen des Tresors in Genf.

Ein riesiger, völlig weißer Raum, ganz ohne Bilder oder Monitore an der Wand. Ganz hinten ein Schreibtisch und ein leerer Sessel. In der linken Ecke saß ein Mann auf einem weißen Ledersofa. Mit rasiertem Schädel, Anzug und Weste aus weißem Samt. Er trug Seidenhandschuhe. Ich erkannte meinen Klassenkameraden nicht wieder. Mit einem leichten Lächeln sah er mir entgegen.

»Guten Tag, François Heurtevent«, sagte er mit sanfter Stimme.

Ich wollte ihm schon die Hand reichen, als mir die Vorschriften einfielen. Mit seiner behandschuhten Hand forderte er mich auf, in einem Sessel Platz zu nehmen, der, davon war ich überzeugt, genau drei Meter von seinem Sofa entfernt stand. Ich legte meine Tasche auf den Schoß, um das Klassenfoto herauszuholen.

»Ich habe ein Foto mitgebracht.«

Ich streckte es ihm hin. Er nahm es, sah es an und nickte.

»Wir waren tatsächlich zusammen in dieser Klasse. Aber ich erinnere mich überhaupt nicht an dich. Egal, du kommst wegen deines Problems mit der Wahl zu mir. Du bist eine interessante Persönlichkeit. Du kommst mit deinen realen Problemen aus deiner Realität, und Menschen aus meiner Welt werden dir helfen, in deine Welt zurückzukehren.«

Ich blickte ihn schweigend an.

»Ja«, sagte ich etwas ratlos. »Ich habe vor allem ein Informatikproblem.«

»Nein. Hättest du nur ein Informatikproblem, würde ich dir nicht helfen, ich bin kein IT-Service. Du hast ein Weltproblem.«

»Ein Weltproblem?«

»Du schaffst es nicht, in deine Raumzeit zurückzukehren, du bist in eine andere Welt gelangt und musst in deine zurück, aber du findest den Schlüssel nicht. Du bist der Held von *Perfect Cristal 5*. Du musst in deine Welt heimkehren. Du musst wieder Bürgermeister dieser Stadt werden, im Moment befindest du dich noch in der Zwischenwelt.«

Trotz seiner poetischen Phrasen und seiner geschraubten Verrücktheit hatte Cédric Pichon nicht unrecht. Er war mit seiner Analyse brillanter als alle, die mir geraten hatten, »etwas Abstand zu nehmen«. Pichon hatte recht, ich war in einer Zwischenwelt und wollte in meine Welt zurück. Vielleicht war dieser Mann wirklich das Genie, das mir seine Assistentin angekündigt hatte.

»Steh auf, ich werde dir einen Ritter als Reisebegleiter mitgeben.«

Die junge Assistentin ging drei Meter vor ihm her, ich folgte ihm mit meiner Tasche in der Hand. Sie öffnete die große Tür eines Versammlungssaals. Dort saßen etwa zwanzig Personen hinter kreisförmig angeordneten Pulten, sie erhoben sich bei der Ankunft des Meisters, der sich in die Mitte stellte. Unter diesen Personen, von denen sicher niemand älter als fünfundzwanzig war, erkannte ich überrascht Karine, die kartenlegende Freundin meiner Tochter. Die Videospiele, für die sie ihre merkwürdigen Prinzessinnen zeichnete, waren also die von

Cédric Pichon. Sie zwinkerte mir diskret zu, dann setzten sich alle wieder.

»Wir hatten ein Meeting über *Fabel 2* und das neue *mental interface* geplant, das Peter Molyneux geschaffen hat«, begann Cédric Pichon. »Etwas Unvorhergesehenes in der Realität hat soeben das Szenario dieser Versammlung geändert.«

Alle hörten ihm mit aufgerissenen Augen zu und schienen seine Worte in sich aufzusaugen.

»Dieser Mann hat ein Problem«, sagte er und wies auf mich. »Er muss in seine Welt zurückkehren.«

Schweigen folgte, dann hob ein junges Mädchen den Arm.

»Wer ist er?«

»Er ist der Bürgermeister von Perisac, er hat die Wahl verloren. Aber er ist der Hüter eines Geheimnisses: Die Wahlcomputer wurden manipuliert, und er müsste immer noch Bürgermeister sein.«

Ein junger Mann hob die Hand. Cédric Pichon nickte ihm zu.

»Gefühl der Ungerechtigkeit und Initiationsparcours. Das ist *Perfect Cristal 5*.«

»Sehr gut, Kevin, das habe ich unserer Person gesagt, aber dieser Mann ist ein Laie, er kennt *Perfect Cristal* Version 5 nicht.«

Amélies Freundin hob die Hand.

»Ich kenne die Person. Ich habe Informationen über ihre Zukunft.«

»Wer ist das?«, fragte Cédric Pichon und wies auf Karine.

»Karine, die Prinzessin des Mondes«, antworteten die Anwesenden im Chor.

Ich war im Irrenhaus gelandet. Eine richtige Sekte, bei der ich mich fragte, ob sie wirklich harmlos war.

»Siehst du«, sagte Cédric Pichon mit derselben sanften und monotonen Stimme zu mir. »Fiktion und Realität treffen zusammen.«

»Also, Karine, was hast du für Informationen über ihn?«

»Ich weiß, dass das, was er behauptet, wahr ist, ich weiß, dass er verraten wurde und sein Reich wiederfinden wird.«

»Technische Frage«, warf ein junger Mann mit blondierten Haaren ein. »Hat die Person ein Problem mit EPROMs?«

»Genau. Ein Problem, das in deine Kompetenz fällt, Raphaël. Damit hast du dich als Ritter ausgezeichnet, du gehst sofort mit ihm los.«

Der junge Mann stand auf, und Cédric Pichon lächelte mir zu.

»So. Jetzt gehst du fort«, befahl er mir.

Raphaël forderte mich mit einer Handbewegung auf, ihm zu folgen.

»Die Welten, die Peter Molyneux geschaffen hat«, setzte Pichon vor seinem Publikum an.

Nun war es nicht mehr möglich, ihn zu unterbrechen. Ich konnte mich nicht bei ihm bedanken, er nahm mich gar nicht mehr wahr. Was war er? Ein großer Exzentriker? Ein Psychopath? Nie würde ich eine Antwort auf diese Frage bekommen. Als ich den Raum verließ, folgte mir Karine mit den Augen und kreuzte Mittelfinger und Zeigefinger, um mir Glück zu wünschen.

Zum ersten Mal in meinem Leben hatte ich ein Gefühl der Entkörperlichung. Die Geschwindigkeit war so hoch, dass ich meinen Körper nicht mehr spürte. Ich war nur noch ein Geist, der sich in schwindelerregendem Tempo auf einer asphaltierten Linie vorwärtsbewegte, die ich überhaupt nicht mehr wahrnahm. Ich konnte sogar seelenruhig denken, dass ich auf dieser abstrakten Umlaufbahn sterben und nichts spüren würde, weil der Aufprall so schnell käme. Aber nichts geschah, mein Pilot war einzigartig.

Das gelbe Monster, das mich in meine Welt zurückbringen sollte, trug den Namen Suzuki Hayabusa. Ein Motorrad, wie ich es nur von gelegentlichem Zappen durch die Sportkanäle kannte. Für Raphaël kam kein anderer Weg nach Perisac infrage, und ich hatte nicht gewagt, ihm zu widersprechen. Er hatte einen Overall voller Logos übergezogen und mir auch einen gegeben, den ich über meinen Anzug streifte, nachdem ich meine Tasche an die Brust gedrückt hatte. An einer Autobahnraststätte fragte mich Raphaël, wie Pichon vor dreißig Jahren gewesen sei, dafür horchte ich ihn über den Mann von heute aus.

»Er lebt in seiner Welt, erinnert mich an den Helden von *Lushins Verteidigung* von Nabokov.«

Ich pflichtete ihm feige bei, obwohl ich den Roman nicht gelesen hatte. Wenn ich mich nicht irrte, war es die Geschichte eines verrückten Schachspielers. Der Vergleich passte gut.

An einer Tankstelle, wo ich mich kaum noch auf den Beinen halten konnte und meine Oberschenkel nicht mehr spürte, belehrte er mich über die Neigung des Knies. Was wir machen würden, wenn wir auf die kleineren Straßen kämen, habe große Ähnlichkeit mit dem Kunststück der Rennfahrer beim Bol d'or, die sich so weit in die Kurven von Magny-Cours legten, dass ihre Knie den Asphalt berührten.

Als ich vor dem La Musarde ankam, war ich gut trainiert, aber vor allem am Rande der Ohnmacht. Wir fanden Sylvie in der Küche. Ich drückte sie an mich und roch den Duft ihres Nackens. Ich war zurück in meiner Welt.

Sie überwachte die Zubereitung eines Gerichtes, das ich an den Zutaten, die auf dem Tisch ausgebreitet lagen, sofort erkannte: ein Fasan, ein Hase, zwei Waldschnepfen, Schweinefilet, Kalbsbries und eine Pyramide von frischen Trüffeln. Jemand hatte *Oreiller de la belle Aurore*, das »Kopfkissen der schönen Morgenröte« bestellt, eins der kompliziertesten Gerichte überhaupt. Nur noch wenige Chefköche in Frankreich konnten das mythische Rezept von Brillat-Savarin zubereiten, das auch »Wohlgeruch von Federn und Fell« genannt wurde. Die genaue Zusammensetzung hatte ich mir nie gemerkt. Man musste das Fleisch mindestens zwölf Stunden in Olivenöl einlegen und dann daraus die Füllung zubereiten, die aus Haar- und Federwild, Leber von Rebhühnern, Champagner, Speck, Madeira und Trüffellamellen bestand. Diese unglaubliche Komposition wurde anschließend mit Blätterteig bedeckt und in Form eines Kissens geschlossen. Ein Detail hatte mich bei den seltenen Gelegenheiten, wo ich bei der Zubereitung dabei gewesen war, besonders fasziniert: Bevor Sylvie den Teig in den Ofen schob, bestrich sie ihn mit einer in Eigelb getauchten Fasanenfeder.

»Das ist ja der blanke Wahnsinn!«, flüsterte Raphaël beim Anblick des Wildes.

»Waren Sie noch nie in einer Küche?«, fragte Sylvie.

»Nicht in so einer«, erklärte er und bat um Auskunft über das edle Gericht.

Sylvie war es ein Vergnügen, ihm das Rezept ausführlich zu erklären. Jeder Laie hätte nach einer Minute abgeschaltet, Raphaël hingegen hörte ihr mit der faszinierten Aufmerksamkeit zu, die er und die anderen Jünger Cédric Pichon geschenkt hatten.

»Wenn die Pastete nur noch lauwarm ist, lässt man anderthalb Deziliter Gelee von Federwild ins Innere laufen. Dann wartet man ab, dass sie abkühlt und serviert sie ein paar Grad unter Raumtemperatur«, erklärte Sylvie, die selbst zu staunen schien, dass ihr jemand bis zum Ende zuhörte und sie sogar zu verstehen schien.

»Ich würde gern hierbleiben«, erklärte Raphaël.

»Hier?«

»Ja, um zuzusehen, wenn ich darf. Um zu sehen, wie eine Restaurantküche funktioniert. Es kommt mir vor wie … wie ein riesiges Gehirn.«

Sylvie verzog den Mund und klopfte sich mit der flachen Seite ihres Messers auf die Schulter. Das war bei ihr ein Zeichen intensiven Nachdenkens.

»Ja«, erwiderte sie dann geschmeichelt. »Stimmt, es ist ein bisschen wie ein Gehirn, so habe ich es noch nie gesehen.«

Ich ließ den jungen Mann zur Fortbildung bei einer der drei besten Köchinnen Frankreichs zurück und machte mich daran, mein Programm umzusetzen. Ich musste sofort Kontakt zu Gerichtspräsidenten Carolier und Gerichtsvollzieher Corel aufnehmen. Alles ging auf einmal so schnell. Mit etwas Glück würden wir uns am Nachmittag vor der Lagerhalle treffen. Alles klappte, der Gerichtsvollzieher rief zurück, dann noch einmal der Gerichtspräsident. Corel hatte um sechzehn Uhr Zeit.

*D*er Gerichtsvollzieher lehnte an seiner Wagentür und rauchte eine Zigarette, die er bei unserer Ankunft austrat. Ich saß wieder hinter Raphaël auf der Suzuki, und der Beamte zog die Augenbrauen hoch, als er uns sah.

»Ich wusste nicht, dass Sie Motorrad fahren, Herr Bürgermeister«, spottete er freundlich.

»Nur als Beifahrer«, korrigierte ich und stellte mir sein Gesicht vor, wenn er mich im Overall gesehen hätte. Für die kurze Strecke hatten wir darauf verzichtet.

Corel begrüßte Raphaël mit »Monsieur«. Der Unterschied zwischen den Welten, wie es Cédric Pichon formuliert hätte, sprang ins Auge: Raphaëls gebleichte Haare und seine abgewetzten Jeans, daneben die Klassenprimusfrisur des Beamten im dunkelblauen Anzug.

»Meine Herren«, sagte Corel feierlich, »auf Antrag des hier anwesenden Monsieur François Heurtevent, der die Justiz in Person von Gerichtspräsident Carolier angerufen hat, beginnen wir mit der Computerüberprüfung wegen des Verdachts auf Wahlbetrug. Ans Werk.«

Corel ging zum Fenster des Wachmannes und klopfte dreimal. »Was ist los?«, hörten wir seine gedämpfte Stimme.

»Gerichtsvollzieher, bitte öffnen Sie.«

In der Mitte der Halle stand ein gelber Gabelstapler. Holzkisten und Container waren bis zu einer Höhe von zehn Metern aufgestapelt.

»Die Wahlcomputer? Da muss ich nachsehen, hab erst nach den Wahlen hier angefangen«, brummte der Wachmann und ging wieder in sein Büro.

»Hat Ihr Vorgänger gekündigt?«, fragte ich.

»Ja, hat er«, antwortete er, während er auf einen Lageplan starrte. »Ich hätte ihn mir gern vorgeknöpft! So ein Chaos hier. Fünfter Gang, okay, ich weiß, wo sie sind.«

Wir folgten dem Wachmann vorbei an den unterschiedlichsten Haufen, die im Laufe der Zeit eigene Sektoren gebildet hatten: Papierarchiv, Materialvorräte, Dekorationselemente. In einer Ecke lagerte eine beeindruckende Zahl von Mariannenbüsten aus Gips. Nach jedem Bürgermeisterwechsel beendeten hier auch Catherine Deneuve, Brigitte Bardot oder anonyme Schönheiten ihre Laufbahn. Die gerahmten Fotos der Staatspräsidenten bildeten einen wackligen Stapel. Ich hatte mich nie für die Lager des Stadtarchivs interessiert, war nie hier gewesen. Die sogenannte Beaulieu-Halle, die aber noch zu Perisac gehörte, war für mich ein völlig abstrakter Ort, der mir nur hin und wieder in irgendwelchen Verwaltungsformularen begegnet war. Angesichts dieser Berge von Dingen, die sich in Jahrzehnten angesammelt hatten, müsste man eine schöne Versteigerung organisieren, um Platz zu schaffen. Aber wer wäre bereit, auch nur einen Euro für dieses Zeug auszugeben? Für diese republikanischen Reliquien gab es eigentlich nur einen Platz: die Müllhalde.

»Da sind wir«, ächzte der Wachmann. »Hier ist das ganze Wahlmaterial«, erklärte er mit einer vagen Handbewegung.

»Gibt es irgendwo Strom?«, fragte Raphaël.

Der Wachmann zeigte ihm einen großen Kasten, der an einer Säule hing.

»Danke«, sagte Corel. »Sie können uns allein lassen. Herr Informatiker, jetzt sind Sie dran.«

Raphaël stellte seine Tasche ab und packte einen Laptop, verschiedene Kabel und ein paar Werkzeuge aus.

Ich entdeckte die Aluminiumaufsteller mit der Diebstahlsicherung, auf denen wir vor den Schulen unsere Plakate präsentiert hatten. Sie waren blitzblank. Anscheinend hatte man ein Lösungsmittel benutzt, um die Reste der verunstalteten Plakate zu entfernen, die dem Fotografen Guillaume Lux so gut gefallen hatten.

»Ich leg los«, informierte uns Raphaël.

Er wandte sich dem ersten Computer zu, einer großen, flachen Kiste, die wir nur gemeinsam bewegen konnten, sie wog bestimmt dreißig Kilo. Er stellte den Computer auf den Boden und öffnete ihn wie einen riesigen Laptop, dann klappte er die beiden Seitenwände nach unten, die die Diskretion der Wähler gewährleisteten. Auf der Tastatur standen noch die Namen der beiden Kandidaten in der Stichwahl, Alphandon rechts, Heurtevent links.

»Die müssen wir abnehmen«, murmelte er.

Er ging um den Computer herum. Corel und ich sahen ihm untätig zu, etwas verlegen, ihm nicht helfen zu können.

»Da ist ein Siegel«, bemerkte der Gerichtsvollzieher, »es ist unversehrt.«

»Das hat nichts zu bedeuten, diese Siegel bekommst du überall, im Internet zum Beispiel«, klärte ihn Raphaël auf.

Corel antwortete nicht.

Raphaël machte sich daran, mit einem Schraubenzieher das Gehäuse zu öffnen. Unter dem großen Deckel aus Weißblech kam eine Leiterplatte zum Vorschein, die mir sehr kompliziert vorkam.

»Sind da die EPROMs drauf?«

»Sie kennen sich wirklich aus«, sagte er ironisch.

Mit Daumen und Zeigefinger zog er ein Plastikkärtchen heraus und hielt es ins Licht.

»Hier spielt es sich ab. Und bei der kleinen Schwester«, erklärte er uns und zog das zweite heraus. »Zwei EPROMs, können Sie mir folgen?«

Corel und ich nickten.

»Da ist auch noch der Drucker für die Wahlergebnisse«, fügte er hinzu und zeigte auf eine weiße Papierrolle, wie bei einer Registrierkasse. »Den brauchen wir am Ende.«

Er machte seinen Laptop an und verband ihn über ein Kabel mit dem Wahlcomputer, dann setzte er den Deckel wieder auf das Gehäuse und startete den Computer. Auf dem Laptopmonitor zogen Hunderte Zahlen vorbei. Er setzte sich im Schneidersitz davor.

»Der Speicher scheint intakt zu sein«, murmelte er. »Die EPROMs wurden nicht gelöscht.«

Corel warf mir einen Blick zu.

»Jetzt sind Sie dran. Wir starten einen Wahlvorgang«, sagte Raphaël.

Er drückte eine Taste.

»Wir machen es so«, erklärte er, »Sie stimmen jetzt fünfmal für Heurtevent, fünfmal für den anderen.«

»Corel, stimmen Sie für mich?«, bat ich den Gerichtsvollzieher.

Er kniete sich vor den Computer und stimmte fünfmal für die Liste Heurtevent, wobei er zwischen den einzelnen Wahlvorgängen ein paar Sekunden verstreichen ließ.

»Perfekt, ich hab's auf meinem Monitor«, zeigte uns Raphaël. »Jetzt für Alphandon.«

Nun kniete ich mich vor den Computer und machte das Gleiche wie Corel, fünf Stimmen für Alphandon, abgegeben von Heurtevent persönlich. Selbst in meinen absurdesten Albträumen war diese Vision nicht vorgekommen.

»Geben Sie eine Stimme für Heurtevent ab«, wies mich Raphaël an.

Ich drückte auf meine Taste.

»Jetzt eine für Alphandon!«

Ich stimmte wieder für meinen Gegner. Raphaël starrte sekundenlang auf seinen Monitor, dann verzog er das Gesicht.

»Was ist los?«

»Nichts, es passiert nichts Unnormales.«

Er stand auf, öffnete erneut den Deckel und kam zum Monitor zurück. Mehrere Sekunden vergingen, Corel und ich sahen uns schweigend an.

»Er ist nicht umprogrammiert.«

»Das heißt?«, fragte Corel.

»Das EPROM enthält kein spezielles Programm. Im Klartext heißt das, dass kein Komplize nach dem Einschalten einen Code eingeben kann, um den Schummelmodus auszulösen.«

»Das heißt?«, fragte Corel erneut.

»Der Computer, den wir hier testen, ist clean. Ich sehe keine Spur eines Hackers.«

Raphaël wollte sogleich den nächsten untersuchen. Wir zogen einen zweiten hervor. Wieder öffnete er den Deckel, und wir begannen unsere Stimmabgabe mit vier Heurtevents und drei Alphandons. Das Ergebnis war identisch, nichts Unnormales im Programm. Der Rechner zählte genau vier Stimmen für mich und drei für Alphandon. Dasselbe machten wir mit einem dritten Gerät, auch da ohne Auffälligkeit. Corel, ohnehin nicht sehr redselig, sagte gar nichts mehr. Ich stand kurz vor einem Kreislaufkollaps und bedauerte das Ganze zutiefst. Niemals hätte ich so weit gehen dürfen, niemals hätte ich einen Richter um Hilfe bitten und einen Gerichtsvollzieher kommen lassen dürfen. Corel war nicht mehr Zeuge einer Wahlmanipulation, sondern meines endgültigen Untergangs. François Heurtevent war nur noch ein erbärmlicher Kerl, der seine Wahlniederlage nicht akzeptieren konnte und wegen irgendwelcher Hirngespinste in seinem vernebelten Kopf Himmel und Hölle in Bewegung setzte. Ich spürte genau, dass auch der Gerichtsvollzieher solche Überlegungen anstellte, und wenn ich noch ein Kind gewesen wäre, hätte ich mich auf den Boden gesetzt und angefangen zu weinen. Corel sah auf die Uhr, ich auch, wir waren schon länger als eine halbe Stunde da. Raphaël hatte seinen Monitor nicht aus den Augen gelassen.

»Genial!«, stieß er plötzlich hervor.

Endlose Sekunden lang gab er keine Erklärung.

»Was ist los?«, fragte schließlich der Gerichtsvollzieher.

»Eine Zeitschaltung!« Raphaël musterte uns mit triumphierendem Lächeln. »Der Schummelmodus wird genau sieben Minuten und vierzig Sekunden nach dem Einschalten des Computers ausgelöst.«

»Wir haben abgestimmt, und das Ergebnis war korrekt«, erinnerte ihn Corel.

»Ja, weil wir zu früh abgestimmt haben. Niemand wählt unmittelbar nach dem Einschalten des Computers. Er wird Stunden vor dem Eintreffen der Wähler eingeschaltet. Wir fangen noch mal an!«

Wiederum wählten wir abwechselnd.

Dann rief Raphaël: »Ich hab's! Macht weiter.«

Corel und ich sahen uns an, der Überdruss, den ich seit einer Viertelstunde in Corels Gesicht gelesen hatte, war verschwunden. Ich spürte, wie das Blut durch meinen Körper raste. Wie zwei Automaten gaben wir abwechselnd unsere Stimmen ab.

»Jetzt fängt es neu an!«, jubelte Raphaël. »Das ist eine Endlosschleife.«

»Erklären Sie es uns«, bat ihn Corel, während er ein weiteres Mal für Alphandon stimmte.

»Wenn vier Stimmen für Heurtevent abgegeben werden, geht die vierte an Alphandon ... Dann fängt es wieder von vorn an. Zwei Stimmen, drei … vier! Stimmt. Stimmen Sie nicht mehr für Alphandon, stimmen Sie nur noch für Heurtevent.«

Ich stimmte mehrmals für mich.

»Da! Schon wieder!«, rief Raphaël hinter seinem Monitor. »Das ist die Manipulation, die Heurtevent-Wähler stimmen für Alphandon, ohne es zu wissen.«

»Um Gottes willen«, stammelte Corel.

»Der Wahlvorgang ist abgeschlossen«, sagte Raphaël.

Er stand hastig auf, öffnete den Deckel, wir folgten ihm und sahen zu, wie das Wahlergebnis ausgedruckt wurde. Er riss es ab und überflog es.

»Bitte schön. Hier sieht alles normal aus«, bestätigte er und übergab es Corel. »Sehen Sie sich das Ergebnis an. Wir haben nur für Heurtevent gestimmt, trotzdem gibt es Stimmen für Alphandon.«

Corel prüfte den Ausdruck.

»Ich rufe den Richter an«, entschied er.

*R*aphaëls gelbes Motorrad entfernte sich dröhnend in Richtung Kreuzung, bald war es nur noch ein kleiner Punkt auf der Avenue de la République. Bevor er fuhr, hatte ihm Sylvie ein extra für ihn zubereitetes *Oreiller de la belle Aurore* mitgegeben und ihm empfohlen, es gleich nach seiner Ankunft in Paris zu verzehren. Er hatte es behutsam in die Hecktasche seines Motorrads gelegt, ehe er den Motor aufheulen ließ.

Bald würde der Sturm losbrechen, Alphandon und sein Stadtrat würden hinweggefegt werden, neue Wahlen würden stattfinden, und alles würde wieder seine Ordnung haben. Nachdem ich Sylvie geküsst hatte, spazierte ich durch meine Stadt. Ohne Ziel, wie ich es allzu lange nicht mehr gemacht hatte. Als ich an den Pont des Changes kam, riss die Sonne die Wolken auf, und ich fand das flüchtige Gefühl wieder, das mich vor wenigen Wochen auf der Terrasse des Rendez-vous de Jean Bart erfüllt hatte. Ich lehnte mich an das steinerne Geländer und schloss die Augen. Augenblicke des Glücks. Ich fand keine bessere Formulierung, um diese Momente zu beschreiben. Sie verlangen eine feine Mischung vom Blau des Himmels, vom Licht der Sonne und vielleicht sogar von der Wirkung des Luftdrucks auf das Nervensystem und die Blutgefäße. Augenblicke des Glücks sind wie eine Rückkehr zur Kindheit. Wenn wir sie erleben, besinnen wir uns auf die Unbekümmertheit unserer ersten Jahre. Plötzlich wird das Leben fast mit Händen greifbar. Die Angst vor der Zukunft verblasst, die Ungewissheit laufender Projekte löst sich auf, alles wird offensichtlicher, klarer, wie ein Fotoapparat, mit dem man wieder scharfe Bilder macht, nachdem man lange nur noch verschwommene Abzüge zustande gebracht hat.

Auf dem Pont des Changes spürte ich, dass sich die Klammer schloss. Von diesen merkwürdigen Wochen blieben eine große, leere Wohnung, ein Porzellanteller mit einer Giraffe, ein offenes Geheimfach in einer Wand und in der Tiefe eines Kleiderschranks eine Akte, die ich niemals hätte öffnen sollen. »Verbrenne sie«, hatte mir Marjorie Levart geraten. Sie hatte recht. Ich würde sie verbrennen, wenn ich meine Sachen in der Rue de Bourgogne abholte. In der Wohnung gab es einen großen Kamin, Derk und ich hatten dort kiloweise Papier verbrannt, er hatte den Kauf eines elektrischen Aktenvernichters hartnäckig abgelehnt. »Feuer ist das einzig Wahre«, sagte er immer. Dann beugte er sich zum Kamin, rührte mit dem schmiedeeisernen Feuerhaken in der Glut und flüsterte: »Das Feuer und die Erinnerung.«

Am Flussufer kam eine Schulklasse von etwa zwanzig Jungen und Mädchen auf die Brücke zu und stellte sich in der Sonne auf. Die erste Reihe setzte ein Knie auf die Erde, die zweite blieb stehen. Vor ihnen erkannte ich Guillaume Lux. Er schob einige Schüler an andere Plätze und trat zurück. Alle erstarrten. Der Fotograf drückte ab, machte ein zweites Foto, dann ein drittes, und die Gruppe lief auseinander. Ich verfolgte sie mit den Augen, Lux sah sich auf seiner Kamera die Bilder an. Ein letztes Mal ging mir die verschwommene Gestalt des Jungen durch den Sinn, der ich gewesen war und dessen Gesichtszüge ich nicht erkennen konnte. Marjorie Levart, in ihrem Boudoir in Metz, kam mir absolut unwirklich vor. Ebenso Sébastien Beauchy, den ich verrückterweise gefragt hatte, ob er etwas mit Delphine Poisson gehabt hatte. François Truffix und sein *Mädchen auf dem Lastkahn*, Daniel Célac in der Direktorenwohnung der École Levert, alle hatten plötzlich nicht mehr Realität als die Erinnerung an einen Traum. Dominique Pierson und seine verhassten Kunstgegenstände, Jérôme Auberpie und seine unerreichbare Liebe, der Geschäftspartner Verner und Cédric Pichon, dem ich am selben Morgen begegnet war. Schon verschwammen ihre Gesichtszüge in meiner Erinnerung, kehrten zurück in die Vergangenheit, weit, sehr weit, auf ihren Platz, wo ein Fotograf eines Morgens vor einer Klasse gesagt hatte: »Nicht mehr bewegen ... Fertig, vielen Dank.« Ja, sicher hatte er das gesagt, so wie eben Guillaume Lux. Und sicher hatte er unsere Gesichter eine Stunde später vergessen. Er war in eine andere Schule gegangen, um ein anderes Klassenfoto zu machen, und in seinem Geist vermischten sich alle Kinder und alle Klassenfotos, um nur noch ein einziges zu bilden: das Foto der entschwundenen Jugend. Das Foto, das man in alten Schubladen verliert und eines Tages vielleicht wiederfindet.

Dank

An meine Mutter und an meinen Vater, der nicht mehr da ist, um mein Buch zu lesen.

An meine Freunde, meine Freundinnen. An Marike Gauthier, an Yann Briand. An Vincent Eudeline, Barthélemy Chapelet und Julien Levy. An Stéphanie Lollichon. Auch an Jean-Alexis A., an Michèle M., an Anne G., an Sophie R., an den Mann, der mich zu Armand Vouste inspiriert hat und sich wiedererkennen wird, an seinen Fahrer. An alle großen Seiltänzer der Politik. An die Männer im Schatten. An die Schauspielerinnen der siebziger Jahre. An M., den Schuldirektor. An Marc Dorcel. An H., den Bankier. An Marc, den Hundespezialisten, an den anderen Marc, den Antiquitätenhändler. An François Audouze, den Weinguru. An G. B., den großen Koch. An die anderen. An die Köchinnen. An den Freund Jean-Paul Desprat, an den Freund Adrien Goetz. Dank an die Friseurin Chantal, und L. Fyda. Dank an die Anwälte Maître M. und François G. Dank an Delphine T. An die Tischgenossen und den Senffabrikanten. An H. L. F., Mitglied der Kommunistischen Partei. An J. K. S., den Meister der EPROMs. An Margret M. An den *game designer*, der mir als Vorbild für Cédric Pichon diente, an den Ex-Minister, die Wahrsagerin, den Priester, an Nathalie L. An C. Maggiori, an F. Fontaine, an das Personal von Palace-Costes und die Redaktion der Comiczeitschrift *L'écho des savanes*. An das Hotel Paris-Rome. An Madame O. Veber. An Laurent aus Harry's Bar und an das Personal dieses edlen Lokals. An die Prostituierte S. und an alle, die ich beim Schreiben dieses Buches wirklich oder in Gedanken getroffen habe, wo immer ihr sein möget.